初次爱你请多关照

人生只有900个月，死也要死在有爱的地方。

咪蒙 等著

湖南文艺出版社
HUNAN LITERATURE AND ART PUBLISHING HOUSE

博集天卷
CS-BOOKY

当你爱一个人的时候，你不会去权衡利弊，不会去计算得失，不会去比较优劣。你的心已经先于你的理智做出了选择。爱本身就是唯一的答案。

——《价值一千万的爱情》

我们费尽心思，我们相互错过，我们被现实分开，我们
经历了漫长等待。
我们还在一起。

——《我拉二胡的时候最爱你》

广州 三●三 成都

其实很多时候，生活的琐碎会遮蔽掉爱情。

我们常常以为，爱情被生活打败了。

其实，爱情一直都在。

——《感谢春运，我捡了个男朋友》

当遇到对的人，曾经以为的鸿沟，只要抬起脚就可以轻松跨越。

真遇到那个人的时候，他甚至舍不得你抬脚，会代替你跨出那一步。

——《高高低低的爱》

序
我们这一代，嘴炮又纯爱

现在的年轻人越来越污了。

我认识一个女生，阅人无数，她身边的男生，都是日抛型。

有一天，她吐槽别人说，谈恋爱才两个月就分手，太随意了。

我看不下去了。

骂她，你自己对男人那么随便，笑别人谈恋爱随意，你好意思吗？

她说，我有啥不好意思的，我就是觉得爱情很神圣，所以才灵肉分离的。

×的，竟无法反驳。

很多人行为上没有这么豪放，但是嘴上尺度更大。

动不动就谈尺寸、谈姿势、谈体位。

不分时间、不分场合、不分地点。

比如我们公司的一个男编剧，什么都敢说，什么都敢做。

每次玩真心话大冒险，他都特别豁得出去。

他玩遍所有大冒险，却不敢说真心话。

他当了一个女生的备胎，长达六年。

他眼睁睁地看着她跟别的男生交往，再分手。

他穿越大半个中国，去找她，然而却看见她和另一个备胎在一起了。那个备胎明明比他资历浅，当备胎才三年。

他忘不了她，把她的名字，文在了胸口。

另一个男编剧吹嘘自己旷日持久，所以要同时多交几个女朋友——也算是共享经济的一种吧。

他还说，没有一个女人是完美的，有的女人脸好看，有的女人身材好，有的女人性格温柔，有的女人肢体灵活。

把她们拼起来，刚刚好。

后来他谈了恋爱，他在北京，女友在深圳，两个人异地。

他女朋友是平胸，北京刚好有个大胸辣妹在追他，我们以为，他会收了这辣妹，阶段性实现他的规划。

结果，丫的直接就把辣妹给拉黑了。

之后的两年半，他一直往返北京和深圳，去看他的女朋友。

他女朋友不喜欢婚前性行为，他甚至放弃了自己的长处。

我们问他为什么不多谈几个，不追求完美了吗？

丫的说了一句特恶心的话，如果你真的喜欢一个人，那她就是完美的。

我们总是这样，嘴炮又纯爱，口是又心非。

这本书的作者就是这样一群人，写的也是这样一群人的故事。

嘴上九浅一深，心里一生一世。

嘴上老汉推车，心里与子偕老。

因为这些故事，很多人在深夜被治愈了一场，痛哭了一场，振作了一场。

它们温暖了一些人。

我希望也能温暖到你们。

愿这 40 个故事，温暖你接下来的 40 分钟、40 小时、40 天、40 年。

在生活里，我们都很豪放。

在爱情里，我们都很生涩。

不管是第几次恋爱，真正爱了，我们依然患得患失、小心翼翼。

就像初恋一样。

遇到那个人，向 Ta 微笑：

初次爱你，请多关照。

咪蒙

二〇一七年八月

初次爱你，

请多关照

Contents
目 录

Chapter **1** / **我等的不是爱情，是你**

总会有人出现，成为你生命里的归属。

他会用行动告诉你：

就是这里了，不用害怕，我会一直一直陪着你，无论发生什么。

THE MOMENT I SEE YOU

Chapter 2 / 以你为终点，一路狂奔

当你爱一个人的时候，你不会去权衡利弊，不会去计算得失，不会去比较优劣。

你的心已经先于你的理智做出了选择。

爱本身就是唯一的答案。

THE MOMENT I SEE YOU

Chapter 3 / 爱就是平凡世界中的超能力

因为你掉进了黑暗，我唯一能做的，就是走进黑暗，陪你慢慢走出来。
占有，是改变别人，而爱，是改变自己。

最让我难过的，并不是当时为了让对方幸福而放弃。
而是，放弃之后，发现你却没有得到幸福。

THE MOMENT I SEE YOU

Chapter 4 / 希望有一个人，能陪你走到终点

其实很多时候，生活的琐碎会遮蔽掉爱情。

我们常常以为，爱情被生活打败了。

其实，爱情一直都在。

就像有人说的，所谓天荒地老，就是这样。

一茶、一饭、一粥、一菜，与一人相守，足矣。

THE MOMENT I SEE YOU

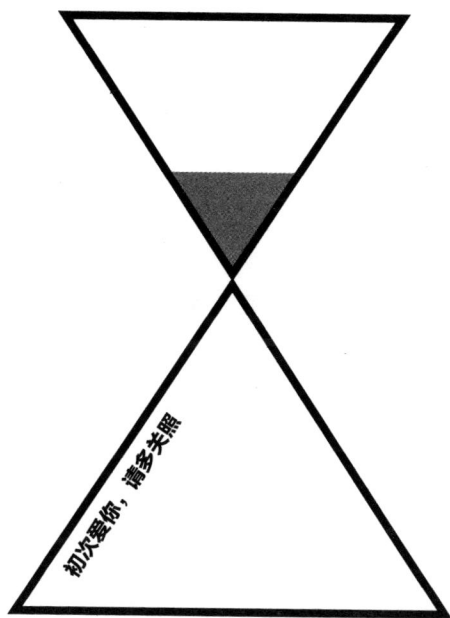

初次遇你，情多关照

我等的不是爱情，
是你

总会有人出现，成为你生命里的归属。

他会用行动告诉你：

就是这里了，不用害怕，我会一直一直陪着你，无论发生什么。

1

Chapter

初次爱你，请多关照

最老土的搭讪

普鲁斯特在《追忆似水年华》中说，尽管我们知道再无任何希望，我们仍然期待。等待稍稍一点动静，稍稍一点声响。

你听过的最老土的搭讪是什么？

我听过的是，你长得好像一个人。

说这句话的，是一个八十岁老头。

我在一家餐厅打工，上菜的时候，看见老头正在搭讪一个同龄老太太。

老太太回答他，那我长得像谁啊？

老头说，我老婆。

我去，老不正经，真猥琐。

老太太也气到了，说，你别胡说，我可是有老伴的。

说完起身就走。

老头贼心不死，赶紧挡住老太太，说，你先别走，听我讲个故事。是我们那个年代的故事。

出于好奇，老太太坐了下来。

老头说，我有一个发小叫柱子，当年柱子才十五岁。

那年代没什么吃的，柱子用弹弓打了一只鸽子，拿回来炖了汤。

结果隔壁村的刘小妹跑过来，慌慌张张，应该是家里出什么事了。

柱子说，大妹子，别着急，先喝口汤吧。

刘小妹喝了口汤，终于镇定了些。

然后她说，你有没有看见我家的鸽子？

柱子吓得一哆嗦，不敢告诉她真相，安慰她说，你别难过，鸽子一定是迷路了，过几天就会回来。

第二天，刘小妹又来了，突然看到天上有一个白色的东西飞过。

小妹惊喜地说，啊，我的鸽子！

柱子说，那是我的白裤衩，被风吹走了。

小妹叹了口气，眼神黯淡了下来。

看着小妹这样，柱子更愧疚了，于是给她烧了个土豆。

接下来的每一天，小妹都会来找她的鸽子，柱子每次都会做点吃的安抚她，小妹每次都吃得很满足。

柱子开始期待给小妹做饭，他喜欢上了小妹，他就更愧疚了。

有一天，小妹刚进门，就看见柱子站在院子里等她。

柱子兴奋地大喊，小妹，你的鸽子飞回来了！

小妹还没回话，柱子就从身后掏出了一只灰鸽。

小妹说，我的鸽子是白的。

柱子说，这几天太阳多毒啊，准是你的白鸽子被晒黑了。

小妹大喝，你当我傻啊！

柱子只好招了，承认鸽子是被他吃掉的，他愿意补偿她。

小妹说，那你一辈子都给我做饭吧。

于是，他们就开始处对象了。

结婚几年之后，柱子才知道，小妹一直在骗他。

那只鸽子本来就是小妹准备拿来吃的，还没得及杀，它就飞跑了。

小妹喝下那碗汤的时候，就知道那是自己的鸽子，但是柱子的厨艺太好了——后来她每天假装去找鸽子，其实是蹭吃蹭喝，结果喜欢上了柱子。

她假装在等鸽子，其实是在等柱子对她动心。

她等到了。

老头看着老太太，问，我的故事怎么样？

老太太说，听得我都馋了。

老头笑了，说，那我再给你讲一个故事。

五十年前，我有个工友，叫小高。

他是厂里最厉害的技术员。

他的女朋友叫芳芳。

我们厂一共有五朵金花，芳芳就是第六朵。

小高在第二车间，芳芳在第三车间。

他俩感情特别好，一分钟见不到，都觉得很难熬。

对他们来说，隔着一个车间，都像是异地恋。

小高下定决心要成为车间主任，这样就能自由地穿梭在两个车间之间，就能每时每刻看见芳芳了。

于是小高开始努力上进，经过了很多个日日夜夜，组织上终于看到了他的努力——派他去西北支援建设了。

这下完了，他们真的成了异地恋了。

走的时候，小高让芳芳等他两年，到时候他们就结婚。

结果，小高到了西北，才进职工宿舍呢，就被组织带进沙漠，加入一个保密项目，从此跟外界断了联系。

这一去就是四年。

四年之后，小高一回到职工宿舍，就看到床上堆满了来信，全是芳芳的。

第一封信：小高同志，我很想你……

第十九封信：小高同志，我在解放路发现了一家小吃摊，味道特别好，等你回来，我们一起去吃……

第三十八封信：小高同志，为什么你一直不回信，是不是和其他女同志发展出了战斗友谊，我也要去和隔壁车间的小李发展发展……

第三十九封信：小高同志，上一封信是我意气用事了，都是骗你的，我根本没有和小李同志接触。

小高一封封地拆信，看得又哭又笑，他拿出了最后一封信：小高同志，我妈给我介绍了对象，如果今年国庆之前，你还不回来，我就得嫁给他了……

国庆？小高一身冷汗，现在是10月中旬，国庆已经过去两周了。

他立马去赶火车，心急火燎，花了两天时间，才回到老家。

他直接冲到了芳芳家，她不在。

是啊，她都嫁人了。

他失魂落魄地去了芳芳提过的那家小吃摊。

他点了碗面，吃着吃着就哭了起来。

这时，一个熟悉的身影出现在他的身前。

是芳芳，她正微笑地看着他。

后来小高才知道，原来芳芳每天都会来这里等他，到国庆那天，小高又没有出现，芳芳发誓，她再也不来这儿了。

结果她还是来了。

当他们之间只隔了一堵墙的时候，她熬不过一分一秒；当他们之间隔了千山万水的时候，她反而熬过了四年。

她一直等他回来。

她等到了。

老头的故事讲完，老太太点点头，说，真是个好故事，还有吗？

老头接着说，那我讲一对老夫老妻的故事吧，男的叫老吴……

老吴跟他老伴结婚四十年，为了庆祝他们的结婚纪念日，儿子给他们报了一个旅行团，去美国玩。

老吴很兴奋，每天都在练英语，老伴埋汰他，练了两星期，就只学了三句话。

他们到了美国，导游带他们到时代广场自由活动。

老吴特别兴奋，见到外国人就招手，嘴里不停说，Hello啊！Hello啊！你们都hello！

这是老吴学的第一句英语。

他们一路看一路逛，老吴见到什么都问，这个how much？那个how much？

这是老吴学的第二句英语。

老吴一路上都在卖弄英语，走着走着，却发现老伴不见了。

他吓坏了。

他到处去找，在人来人往的时代广场，一个瘦小的亚洲老头，在高大的外国人中东奔西跑，嘴里喊着陌生的语言，显得特别突兀。

他走遍了他们走过的每个地方。从剧院到广场，从广场到商场。

在一个商场听到争执声，他往前一看，正是老伴。老伴戳在商场里面，死死抱住一根柱子不撒手，旁边站着几个高壮的保安，正在拉她。

老吴冲上去挡在老伴面前，他很瘦弱，但又很强壮。

老伴紧紧抓着老吴的胳膊，激动地说，老吴！老吴！

老吴对保安怒吼，你们别碰她！My wife！My wife！

这是老吴学的第三句英语。

原来老太太走丢了之后，一直站在原地，直到商场关门。

保安来清场，她还死抱着柱子不肯走。

老吴又担心又生气，你傻站在这儿干吗？

老太太说，我不认识路嘛。我只会傻站着等你，我知道你一定会找到我的。

她一直站在原地，这是最笨的等待，也是最执着的信任。

她等到了。

老太太听完故事，心满意足，就跟老头告别，回家了。

我跟老头聊天，这才知道，老头讲的是他和老太太的故事。

故事里的柱子是他，小高是他，老吴也是他。

而刚离开的老太太，叫刘芳芳。

刘小妹是她，芳芳是她，老伴也是她。

她是他的妻子。

他们十多岁的时候在农村相识，到了二十来岁，一起进了工厂，后来结了婚，约好了，要牵手走完这一辈子。

但是，老太太爽约了。

三年前，老太太患上了老年痴呆，到现在谁也不认识了，她口中一直说的老伴，每天就坐在她面前，她却再也认不出了。

老太太每天都会来这家餐厅，老头就每天来这儿给她讲故事，讲过去他们之间发生的事，希望有一天能让老太太想起他。

我小心翼翼地问，万一她一直记不起来呢？

老头说，上半辈子，都是她在等我，下半辈子，换我等她了。

他不知道需要等多久，但他会一直等。

"你长得好像一个人。"

这句话，其实是老太太以前对他说过的。

重逢的那天，他在小摊上吃着面，边吃边哭。

突然一个熟悉的声音冒出来。

"你长得好像一个人。"

小高抬起头，发现是芳芳。

小高哭得更凶了，哭着说，像谁?

芳芳说，我丈夫。

小高一愣，芳芳接着说，我已经向组织请示过，组织同意我们结婚，明天你就跟我去办手续，不许再跑了。

"你长得好像一个人。"

本来我以为，这是最老套的搭讪，没想到是最深情的告白。

有一天，老太太照常来了，坐下。

我算着时间，老头也差不多该到了，这时，门被推开，进来的却不是他，是一个年轻人，长得跟老头很像，胸前佩戴着一朵白花。

他坐在了老太太对面。

年轻人说，奶奶，我给你讲个故事吧。

我心里一沉。

那个风雨无阻，每天坐在同一个位置，面对同一个人，讲着同样的故事的老头，走了。

他等了好几年，想等她看着自己，露出熟悉的微笑。

他没有等到。

在这个浮躁而快速的时代，我们真的很没有耐心。

泡面需要三分钟，我们嫌太长；电视剧一集三十分钟，我们要快进。

然而我们愿意花三五年，甚至一辈子，去等待一个人。

普鲁斯特在《追忆似水年华》中说，尽管我们知道再无任何希望，我们仍然期待。等待稍稍一点动静，稍稍一点声响。

老太太看着年轻人，她望着他的脸出神，表情困惑。

"小伙子，你长得好像一个人。"

我在抗日的时候，给你买了栋房子

很多时候，我们都会以为自己在寻找一个有归属感的地方，其实不是的，我们一直寻找着的是一个有归属感的人。

总会有人出现，成为你生命里的归属。

1

都说买房子难。

可你见过拿命换来的房子吗？

我爷爷的房子是用他的命换来的。

2

我爷爷姓李，叫李寿民。

1937年爷爷从合肥漂泊到了芜湖，那年他二十岁，无依无靠。

一个叫曹光荣的姑娘看我爷爷可怜，收留了我爷爷，把爷爷安置在芜湖一家叫张恒春的药厂。

曹光荣是药厂的老员工，别人都叫她曹女士。我爷爷被她推荐，当了药厂的保安。

就这样，两人渐渐相熟起来。

我爷爷贪财，挣来的每一分收入都攒着，张恒春药厂的旁边就是一个小酒馆，放工之后，大家总会去小酒馆喝一杯。我爷爷的工友邀请爷爷去。

我爷爷说，从小到大，烟酒都没沾过，不去。

后来小酒馆倒闭了，倒闭那天，酒免费。工友最后一天去酒馆聚会的时候，竟然看到了我爷爷。

我爷爷指着桌子上的空酒杯，对小二说，满上，赶紧的。

那天晚上，我爷爷赖在了酒馆里，工友想拉我爷爷走。爷爷不高兴了，告诉工友说，打小我就好酒，量大。妈了个×的，不喝白不喝，我不走，还要再来。

可是抠门的爷爷攒下来的每一分钱，都被曹女士骗了去。

曹女士抽烟，量很大。

每次看到我爷爷，曹女士都会说，李寿民，给我买包烟去。

我爷爷问，给钱吗？

曹女士说，我没钱给你，你买不买？

有的时候，爷爷小半个月的薪水都换成了烟，烟被曹女士吸到胸膛里，再幻化成云彩吐出来。

纯粹是为了给自己省点钱，爷爷劝曹女士少抽点烟。

身为医生的曹女士对我爷爷说，吸烟没事，身体经受住了烟的考验，增强了免疫力，会长寿。

曹女士告诉我爷爷，自己十六岁之前住在北平，家里很有钱。因为兵变，家产没了。父亲带着自己从北平城跑了出来，然后死在了路上。当时我太小了，都不知道难过，父亲没留下任何的遗物，除了兜里的烟。自己就这么学会了抽烟，一路飘飘荡荡地来到了这里。

爷爷点了点头，明白曹女士是觉得自己和她一样，像浮萍一样无依，才好心收留了他。

3

因为办事勤奋，爷爷得到了药厂老板的赏识，成了他的随从。

爷爷依旧维持着他和曹女士的关系，爷爷买烟，曹女士抽。曹女士问不给钱行吗，爷爷说好。

爷爷升职那天，曹女士买了件大衣送给爷爷。

我爷爷看了看大衣，纳闷道，这有什么好的。

工友嘲笑爷爷不识货，说，一件大衣，顶你三个月的薪水。

我爷爷愣住了。

工友说，你们俩走得这么近，她是不是看上你了，不然平白无故送你这么贵的大衣做什么？

我爷爷摇了摇手，说，不可能，她什么人啊，败家，我看不上。

当天晚上，我爷爷喝了个大醉，趁着酒劲就去跟曹女士表了白。其实从见到曹女士的第一面起，我爷爷就喜欢上了她。

我爷爷跑到曹女士面前，醉醺醺地说，为什么送我大衣，你是不是看上我了？你老实说，诚实点。

曹女士愣了，然后说，老是让你买烟，过意不去，就想着送你件东西。

我爷爷一下子蒙了，说，啊？不会吧？是这样吗？

曹女士问，大半夜来找我，你是不是喝高了？

我爷爷说，喝多了，真喝多了。我刚才说什么了？

我爷爷酒量很大，那天晚上根本没有醉，装醉只是为了借机打探曹女士的心意。

他失败了。

第二天，我爷爷借机问曹女士，听说追求你的人很多，你一个都没答应，为什么？

曹女士点了根烟，淡淡地说，我不会在这里待太久，不会找这里的人。

那个时代辗转到芜湖避难的人很多，芜湖这个城市太小，小得都不像一个家，所有漂泊的人都把芜湖当作一个中转站，祈祷有朝一日能回到家乡。

曹女士说，等战争结束，她会回到北平，找一个人，盖一座房。

我爷爷点点头，说，你会的。

除了抽烟，曹女士每天最大的兴趣就是读报。

曹女士很信任老蒋。对于老蒋有朝一日会带领国军杀回北平去，解放全中国这件事，曹女士深信不疑。

半年后，曹女士就从报纸上读到了，日本人占领了上海，接着又屠杀了南京的消息。

4

在一个阳光灿烂的日子，日本人轰炸了芜湖。

当炮弹呼啸着穿过芜湖江边的树林的时候，芜湖江边的树林也同样呼啸以对。

张恒春的药厂未能幸免，直接被炸塌了，所有人都疯狂地往外面跑，包括那些曹女士的追求者。我爷爷没有看见曹女士出来，穿过人群，喊着曹女士的名字往炸毁的厂里冲。

曹女士被碎石砸了脚踝，痛得一步都走不动，爷爷倒拎起曹女士，直接扛在自己肩上，带着她逃出了药厂。

曹女士就是在那一刻喜欢上的我爷爷。

日本人打算进攻芜湖后，所有人都打算逃离这里，准备下一次漂泊。

深夜，芜湖城吸食着炸弹留下的尘烟。

曹女士找上我爷爷，我爷爷吃惊于她的到访，为了不打扰到同屋，爷爷走出来，和她漫步到宁静的长江边。

两人沉默地坐下，漆黑之中只剩海水的咆哮声，曹女士掏出一根烟，对我爷爷说，给我点烟吧。

我爷爷替曹女士点燃烟。

曹女士靠在爷爷的肩膀上，对爷爷说，带我走吧，我喜欢你。

曹女士说，自己最恨不断地漂泊，因为漂泊过程中的每一刻，都在提醒着她，你是一个人。做梦的时候，她梦见过自己和父亲一块死在了路上，这是一个美梦，因为能和家人在一起。

曹女士对我爷爷说，和你在一起，我不再害怕了，你带我走。

我爷爷看着曹女士，点了点头。

5

曹女士和爷爷约定，第二天早上把行李打包好，在沿河路上集合，一起离开芜湖。

我爷爷准时出现，曹女士看到爷爷没带行李，呆住了。

我爷爷对曹女士说，我有事要办，不能和你走了。

曹女士轻轻地问，你是不是喝酒了？喝醉了吧？

我爷爷说，没有。

曹女士盯着我爷爷的眼睛，问，这么说，你改主意了？

我爷爷说，是，我变了卦。

原来那天深夜，爷爷和曹女士分开后，药厂的老板也找上了爷爷。

药厂的老板开门见山地诉说了来意，他要去逃难了，但他希望我爷爷留在芜湖。因为他在芜湖的财产很多，带不走。日本人来了一定会把他的财产掠走，他希望爷爷帮他守住他的财产。

作为回报，他承诺给爷爷一大笔钱。

我爷爷想了一夜，然后对药厂老板说，我答应你。

1938年的年初，两个人分别。

曹女士逃出了芜湖，而我爷爷留了下来。

那时的信息还不发达，曹女士只能从一起逃难的朋友那里断断续续得知一点爷爷的下落，有传言说，爷爷贪财，药厂老板走后，我爷爷把药厂老板的财产贱卖折了现，然后带钱逃出了芜湖。

6

1944年，六年之后，一个犯人找到了曹女士。

犯人说，自己在芜湖的监狱里面和爷爷当了五年的狱友。

原来，药厂老板逃出芜湖之后，我爷爷把张恒春药厂的财产用箱子打包，沉到了芜湖中江塔旁边，长江口的下面。

爷爷想要逃出芜湖的时候，被伪军认了出来，逮捕入了狱。

日本人没有见到药厂老板和他的财产，便问我爷爷财产的下落。

我爷爷没有说。

迎接他的是无尽的牢狱生活，关了五年之后，日本人不耐烦了，告诉我爷爷，他们决定枪毙他。

爷爷知道自己会死，就委托马上刑满释放的犯人务必去找一个叫曹光荣的女士，带话给她。

曹女士看着眼前的犯人，问，他叫你带什么话？

犯人从口袋里掏出一张契约书，递给了曹女士。

原来那晚药厂老板找到我爷爷，让他保护自己的财产。我爷爷答应了，但条件是他会拿出财产的一部分，为自己买房置地。我爷爷让张恒春的老板签下作为约定的契约书，随身带在了身上。

犯人说，他让我带话给你，他说，升职的时候，你送了我件大衣，我一直想回送一些什么给你，却一直想不出来。但那天晚上我想到了，这间房子是给你的。我本想亲手把它交给你，可惜，我没那个命了。

你一定要活下去，等战争结束了，拿着钱，回到北平，找一个人，盖一座房。

7

我爷爷被执行了枪决。

行刑的时候，我爷爷笑了，因为了无遗憾。

枪响了，我爷爷看了看自己的胸口，没有发现血迹。

那颗子弹是颗臭子。

警察局研究决定，推迟行刑，爷爷将和下一批死刑犯一块执行枪决。

我爷爷大怒，大骂道，妈了个×的，晚死一个月还他×不是得死。

一个月之后，日军溃败，松山和芜湖被收复。

我爷爷被释放。

我爷爷对当时执行枪决的士兵说，幸好你当时射的是臭子，骂你是我不对。

执行枪决的士兵笑了，对我爷爷说，没有无缘无故的臭子，有人在井儿巷胡同等你。

我爷爷去到芜湖的沿河路，左拐走进井儿巷胡同。

曹女士站在那里等着我的爷爷。

原来曹女士接到犯人的口信之后，连夜找到了张恒春药厂的老板，曹女士对药厂的老板说，他一直在保护你的财产，现在被关进了监狱，如果你不去救他，我发誓你也活不了。

药厂老板贿赂了狱卒，结果有了那一次的行刑哑火。

我爷爷问曹女士，留给你的契约书呢？

曹女士说，用来贿赂，让你活命了。

我爷爷问，那一个月之后，如果芜湖没被收复，你打算怎么办？

曹女士说，那就再来一次。我会花光所有逃命用的钱，一次又一次，一次又一次地祈祷，直到你活下来，完完整整地回到我身边。

那张契约书好像一座桥梁，我爷爷用那张契约书，对曹女士诉说了爱意；曹女士又用它告诉我爷爷，无论何时，我一直在等着守在你身边，等你回来。

8

这之后，张恒春药厂的老板取出了长江口下面的财宝，给我爷爷和曹女士盖了房子。

我爷爷和曹女士结婚了。

曹女士成了我的奶奶。

他们的家就在芜湖市沿河路井儿巷二号，那座江边二楼的小房子里。

小的时候，我总会问爷爷，他和奶奶的故事。

爷爷说，你奶奶她以前从没想过在芜湖定居，直到遇上了我。

爷爷的遗愿是，埋在芜湖的江边。他说，下辈子，肯定还会在那里见到我奶奶。

很多时候，我们都会以为自己在寻找一个有归属感的地方，其实不是的，我们一直寻找着的是一个有归属感的人。

总会有人出现，成为你生命里的归属。

他会用行动告诉你：

就是这里了，不用害怕，我会一直一直陪着你，无论发生什么。

告诉罗拉我爱她

Tell Laura I love her.
告诉罗拉我爱她。
Tell Laura I still love her.
告诉罗拉我还爱她。

1

"你为什么要来美国？"

"为了见我曾经爱的人。"

海关检查的黑人大妈笑得很开心，把盖了章的签证递给郑树成，用生硬的中文说了句，祝你好运。

于是七十三岁、行动已经有些不便的郑树成终于来到了美国。为了见他爱过的人。

那个人叫陈罗拉。

郑树成本来以为这辈子都没机会再见到陈罗拉，直到上个月，他收到了一封从美国寄来的信。

"郑树成，你好。"

郑树成看到这句话的时候，脑袋里嗡地响一声。不是因为这句话本身，是因为信上的字迹。

只有陈罗拉会在一封字迹秀丽的信里，故意把郑树成三个字写成又笨拙又生硬毫无规则的样子。

那是郑树成第一次学会写自己的名字时写的样子。

陈罗拉不是第一个教郑树成写字的人，但她是第一个让郑树成认认真真学会如何写自己名字的人。

因为当时陈罗拉给郑树成说，如果你连名字都写不会，那我就不教你其他东西了。

十六岁的郑树成记住了这句话。

2

郑树成十六岁的时候，被父亲从乡下撵到了城里。郑树成死活都赖着不走，郑树成的爸爸大耳刮子生生抽晕了郑树成，然后拜托进城的老乡，把他送到了陈罗拉的家中。

按郑树成给自己儿子的说法，说当时你爷爷我爸爸打我那叫一个狠，隔二里地都能听见响，能把树上的老乌鸦吓一趔趄。

郑树成的儿子说，爸爸你要讲就好好讲，捎带手损人算怎么回事。

陈罗拉的爸爸陈杨，当年在郑树成父亲所在的乡里插过队，住在他们家，受了郑父不少照顾。走的时候说，以后郑树成要是想去城里发展，可以先去他家里住着，他也能帮忙照拂一二。

郑树成十六岁时，不想他一辈子耗在这片贫瘠的小地方的郑父，厚着脸皮托人带话，想问陈杨当年的人情是否作数。没想到陈杨一口就答应了下来，还在炼钢厂里帮郑树成找了个工作，乐得郑父差点要磕头作揖，给陈杨一家烧上八辈子的高香。

于是十六岁的郑树才像被押镖似的送进了城。

3

"郑树成,你好,我叫陈罗拉。"

郑树成看着眼前这个跟自己几乎一般高,因为刚做完运动,脸颊泛红的女生,一时不知道该怎么回话。

"罗拉,又上哪儿疯去了,快去你自己房间把衣服换了。"

"知道啦知道啦。"陈罗拉冲着闷头闷脑的郑树成笑了笑,转身进了里屋。

郑树成不知道自己是怎么从陈罗拉的家里出来,又是怎么被带到炼钢厂报到的。他只觉得脑袋晕晕乎乎的,像蜜蜂撞进了棉花里。

但很快郑树成就必须要面对进城来的第一次尴尬局面。

"来,把自己的名字填上,然后跟那边那个师傅去领工作服吧。"

郑树成搓了搓手指,面露难色。

陈杨问他,有什么困难吗?

郑树成小声道,我不会写我的名字。

陈杨也是一愣,想了想,对办事的人说,先让他工作着吧,名字不着急,也就这一两天的事。孩子是老实人,没问题的。

工作人员瞟了郑树成两眼,抬抬手,放他进去了。

陈杨不忘叮嘱,好好工作,别把这事放在心上,晚上回家,我叫罗拉教你写名字。

4

郑树成,你看清楚我刚才怎么写的了吗,来,把你名字写一遍给我看。罗拉指使起郑树成做事来理所当然,好像她本就该如此。

郑树成感觉自己几乎要把手里的铅笔撅折了,仍然一笔都不敢动。

真丢脸啊,郑树成心想。连自己的名字都写不好,白给姑娘看了笑话。

陈罗拉好像看出了郑树成的窘迫，笑着说，我出去削个苹果。你等会儿写好了给我看。

郑树成红着脸点头，他不敢承认自己已经忘了郑树成这三个字的笔顺是什么样的了。等罗拉走出屋子，郑树成飞快地扒过罗拉教他写名字的那张纸，对着上面的字迹，一笔一笔描摹起来。

扑哧一声轻笑，郑树成汗毛倒竖，手里的铅笔在纸上重重一划，一道蚯蚓似的痕迹反射着铁灰色的光。

"你的笔顺写错了，还有，那个树字不要写得那么开啦。"

不知道什么时候，陈罗拉又悄悄地走回屋子里，静静地站在郑树成的身后，看他艰难地在纸上描摹他的名字。

郑树成默默地站到一旁，把座位让给陈罗拉。陈罗拉接过笔，一边写一边跟他说，你看哦，郑字的左边，先写两点……

郑树成以后回忆起学写名字这件事，总觉得那一天过得既短暂又漫长。

5

陈罗拉教了郑树成很多东西。虽然郑树成觉得，除了学会写自己的名字，其他的都没什么太大用处，但他还是学得很用心。十六七岁的年纪，把时间花在没用的事上，才是最天经地义的事。

随着学的东西越多，郑树成逐渐意识到，陈罗拉不是一个常见的中文名。罗拉两个字，很有可能是从别的什么名字音译过来的。

陈罗拉，你为什么叫陈罗拉？郑树成问。

我妈妈的英文名叫Laura，翻译过来就叫罗拉。

事关陈罗拉的妈妈，郑树成很犹豫，不知道该不该问。毕竟在这个家里住了这么久，从来没见过她的妈妈，也从没听陈杨提起过她。

陈罗拉突然问郑树成，你听没听过一首英文歌，叫*Tell Laura I Love Her*，翻译过来叫《告诉罗拉我爱她》。

郑树成说没听过。

于是陈罗拉轻轻地唱了起来。

那是郑树成这辈子听到的第一首英文歌。*Tell Laura I Love Her*，《告诉罗拉我爱她》。郑树成一句话也没听懂，那个下午，他的脑子里一直盘旋着一个问题。

为什么要让别人告诉罗拉你爱她呢？你自己去说不行吗？

<h2 style="text-align:center">6</h2>

郑树成已经从陈杨家里搬了出来，和工厂的职工一起住。两年过去了，郑树成长得高大结实。常常给家里人写信，但郑树成现在已经不太想家了。

城里很好，有工作，有收入，有朋友，当然，还有陈罗拉。要不是陈罗拉，郑树成想往家里写信还得请人代劳。

郑树成一直想等一个机会，等一个向陈罗拉求爱的机会。直到厂里提拔郑树成当了小组长，郑树成觉得，机会来了。

郑树成在家拾掇了一番，提了一大袋子苹果，向陈罗拉家里走去。两年来这条路郑树成走了无数回，今天他觉得路上的一切看起来似乎都不太一样。

是陈杨给郑树成开的门，得知郑树成来找陈罗拉，陈杨告诉他，罗拉已经走了。

郑树成问，走了？去哪里了？

陈杨说，美国，是她妈妈把她接走的。

郑树成问，什么时候的事？

陈杨说，两个月前。罗拉妈妈从美国回来，要接罗拉去美国念书。罗拉自己也想去。想去就去吧。收拾了下行李，罗拉的行李不多，一晚上就收拾完了。走得有些急，罗拉也没来得及跟你说。

郑树成又变回了那个刚来到陈罗拉家里时，晕晕乎乎的郑树成。连提着苹果的袋子已经在手心勒出了血印也没察觉到。

郑树成走到楼下时，陈杨追了出来，连说不好意思，说看我这记性。罗拉有东西留给你，走的时候留的。这几天事太多，给忘了，还希望你不要介意。

7

"郑树成，你好。"

这是陈罗拉留给郑树成的信的开头。郑树成三个字写得横七竖八，和后面工整的你好两个字形成鲜明对比。

"走得很匆忙，没来得及跟你说，抱歉抱歉。我教你的东西不要忘了，好好练字，有空我会给你写信的。祝一切顺利。还有一张黑胶碟，会一并寄给你。"
以上是信的全部内容。

在回宿舍的路上，郑树成啃着手里的苹果，决定要攒钱买一部留声机。

等郑树成攒够了钱，陈罗拉的第一封邮件到了，是一封信和一张黑胶唱片。信上是陈罗拉一句一句翻译出来的歌词。Tell Laura I love her——告诉罗拉我爱她。

郑树成现在终于知道，为什么这个人要让别人告诉罗拉他爱她了。

原来歌里的人是个赛车手，为了一千美金参加比赛。不幸的是，他在比赛中发生了意外。在他将要死去的时候，他告诉身边的人说，请告诉罗拉，告诉罗拉我爱她，告诉罗拉不要哭，告诉罗拉，我对她的爱，至死不渝。

那个下午，还不知道赛车手是干什么的郑树成，一边听着留声机里的歌声，一边哭得稀里哗啦。

原来在爱情里不只有等不到，原来在爱情里还有句话叫来不及。

哭够了的郑树成提笔给陈罗拉写信，陈罗拉我爱你。然后认认真真把陈罗拉的地址誊了下来，封好信封，跑着到邮局去寄。

郑树成第一次觉得到邮局的路那么长。

8

郑树成看着躺在病床上的老妇人，一时间不敢确定她就是陈罗拉。那个已经多年没有音信的陈罗拉。

我们在整理母亲用过的东西时，发现了您和她的通信。陈罗拉的女儿说。

抱歉阅读了你们的私人通信。

郑树成摇摇头表示没关系。

不知道为什么，根据日期显示，自从母亲来美国大概四年后，您和母亲的通信就中断了。看得出来母亲很重视这些信件，这些年来一直保存得很好。

陈罗拉到美国的第四年，也就是郑树成最后几次收到陈罗拉的来信那一年，也就是郑树成开始自学英语的第四年。

郑树成的父亲从田垄上摔了下来，从此便一病不起，郑树成把父亲接来城里将养。多了一张嘴吃饭，又没有别的收入来源，郑树成的生活变得有些捉襟见肘。

不得已，郑树成开始动用自己四年来的积蓄，那些攒下来为了将来能去美国的钱。

郑树成想要亲口告诉陈罗拉，他爱她。这样，陈罗拉就不能视而不见了，就像她没有回应郑树成写的第一封信一样。

郑父自感时日无多，想在走之前，亲眼见到郑树成娶媳妇进门。

郑树成抽了一宿的烟，终于鼓足勇气，打算告诉父亲，自己爱的是陈罗拉，除了她，自己不会娶别人。

但郑树成突然收到了陈罗拉的来信。信上说，郑树成，我要结婚了。祝一切都好。

郑树成又抽了一宿的烟，最后回了八个字。

我也是，祝一切都好。

郑树成记得陈罗拉来信上的日期是1983年7月24日，也就是从那天起，郑树成和陈罗拉，再没有通信往来。

9

有一封信，从日期上来看应该是最早来的，不知道为什么没有拆封。陈罗拉的女儿从大衣里掏出一封信，递给郑树成。

郑树成认得信封上是自己当年的笔记。拆开信封，却发现里面除了自己写的信外，还有另外一封。

一封陈罗拉写给他的信：

郑树成，我爱你。

爸爸跟我说了你家的情况，我想了很久，才决定用这种方式和你告别，希望你能原谅。

没有回你的第一封信，因为那个时候，不知道我们各自的未来在哪里。如果有一天，我们能生活在同一个国家，同一座城市，你亲口对我说，我爱你。

我一定会告诉你我也爱你。

可惜，天不总是遂人愿。

郑树成，我爱过你。希望你一切都好。

原来你看到了那封信的，郑树成心想。

病床上的陈罗拉呼吸很轻，几乎听不到。郑树成看向她，好像看向一个就要消失的秘密。

Tell Laura I love her.

告诉罗拉我爱她。

Tell Laura I still love her.

告诉罗拉我还爱她。

爱上一个人，所以一直一个人

也许对有的人来说，爱情并不需要证据，因为思念不会说谎。

20世纪90年代的时候，我因为工作关系搬到了上海。全新的环境，让我对所有事物都充满了好奇。

不过，最让我奇怪的是，在我窗前总能看到一个老太太，每天早上拿着一个小凳子，提着一个保温壶，走到巷子口，就在那里静静地坐下，一直坐到天黑。第二天一大早，又拿着小凳子，提着保温壶，重新来。

就这么持续了十多天之后，我实在按捺不住好奇心。

我走到巷子口，跟老太太攀谈起来，老太太叫娟姨。

我问娟姨，你在这儿等谁吗？我看你都等了十几天了。

娟姨人很和善，打开她的保温壶，给我倒了一杯。

我接过一看，原来是绿豆沙，尝了一口，满是淡淡的绿豆香味。

我一边喝着绿豆沙，娟姨一边给我讲起了她的故事。

第一句就让我有点吃惊。

娟姨说，我不是等了十几天，我已经等了几十年了。

四五十年前，娟姨才二十多岁，那时别人还叫她阿娟。

当时，阿娟的父亲在郊外工作。一天，她带着做好的绿豆沙送给父亲，却在半路遇到了一个年轻的画家。

画家架着一个画架，看着一片油菜花，不停地涂涂抹抹。

阿娟停下了脚步，忍不住多看了几眼，谁知这个时候，画家脚一软，直接晕倒在地。

阿娟赶忙走近一看，原来在烈日之下曝晒太久，画家中暑了。

阿娟把他拖到树荫下，扶着他的头，给他喂绿豆沙消暑。第一次，阿娟离一个男人这么近，她发现，原来男人的睫毛可以这么长，比自己的还要长。

过了一会儿，画家终于缓过来，他说，这是他喝过最好喝的绿豆沙。

为了表达感谢，画家表示要给阿娟画一幅画像。

于是，接下来的几天，画家每天都会带着画架画笔，阿娟每天都会带着绿豆沙，相约在油菜花地边。

也许是出于一种默契，这幅画的进度异常缓慢。

两人更多的时间都拿来聊天，画家给阿娟讲他四处游历的见闻，阿娟给画家讲她从小到大的糗事。

两人每天分手前，都会相约第二天再接着在这儿见面，继续画画。

但有一天，画家说，明天不用在这儿见了，这幅画完成了。

阿娟难掩失望。

画家接着说，明天这幅画我会带去你家，作为给你提亲的礼物。

阿娟一听，娇羞地点头。

这晚，阿娟整夜未眠。

第二天，阿娟提着画家爱喝的绿豆沙，在约定的巷子口等了他一天。

画家没来。

阿娟想，一定是因为下雨了，他才没来；

一定是因为路上摔跤了，他才没来；

一定是因为有事耽搁了，他才没来。

他明天一定会来。

所以之后的每一个明天，阿娟都拿着个小凳子，提着绿豆沙，继续等他。

没想到一转眼，快五十年过去了，阿娟也变成了娟姨。

我听了这个故事，很感动，当场跟娟姨表示，只要我有空，我就来陪你等，让你不无聊。

娟姨笑了笑，说，没事，想着他就不无聊。

这天，我觉得心里暖暖的，没想到这么传奇的爱情故事，竟然就发生在我的身边。

之后的一个周末，我去陪娟姨等画家，我翻看着小说，她则一直痴痴地看着前方。

等晚上我跟娟姨分别，自己回家的时候，突然一个邻居大妈把我给叫住。

大妈说，你是不是又听娟姨说她的爱情故事了？哎，你别信她的那些胡话。

我很诧异，大妈接着说，我认识她好几十年了，这娟姨呀，年轻的时候，长得并不漂亮。二十多岁的时候，同年纪的姑娘都结婚当妈妈了，都没有一个男人看上她，更别说上门提亲。后来，她的妹妹都出嫁了，碍于情面，她总撒谎说有这么个未婚夫，但几十年了，人影也没见着一个。

这时，我才知道，周围的邻居早就把娟姨的等待当成一个笑话。

我有点替娟姨不值，想要反驳，却看到娟姨的妹妹就站在不远处，看来已经听到了一切。

我想娟姨的妹妹自然会维护娟姨，没想到她却默默走了，似乎在默认邻居的说辞。

难道娟姨真的是骗人？

从此以后，我还是会看到娟姨拿着小凳子，提着保温瓶，走向巷口的背影。

但我却再也没有陪她等那个所谓的"未婚夫"了。

这样的日子又过了一年，我们这片区要拆迁了。

陆陆续续，我们都搬走了，整个小区只留下了一个钉子户。

娟姨。

不管地产商开出什么样的条件，她就是不搬。

就算推土机都开到家门口了，她还是不搬。

后来，娟姨的妹妹要跟着子女一起移民去美国，想带着娟姨一起出国居住，也来劝她。

但娟姨还是摇摇头，说，我跟他约好了，要在这儿等他回来。就算推土机从我身上碾过去，我也不搬，万一他找不到我怎么办？

"他不会来找你的！他根本就不存在！"娟姨的妹妹一气之下，脱口而出，"你不要再骗自己了。"

娟姨反驳道，我没有……我没有，你是我妹妹，你还不相信我吗？

娟姨的妹妹难过地说，我知道你没有撒谎，因为这些都是病呀。

娟姨的妹妹告诉了我们真相。

那一年，战争爆发了。她们一家人往城郊逃难，慌乱之中，娟姨从山路上摔了下去，滚到山下，头撞到了石头，伤了脑子。醒来之后，就开始胡言乱语，跟大家说她有未婚夫，要等她未婚夫。

本来妹妹也想劝劝她，告诉她真相，告诉她这只是她的臆想和幻觉。但是在战乱中她们失去了爹娘，她妹妹也早就嫁了人，而她孤家寡人一个，有个念想也好，便随她去了。

但是没想到，这个幻觉五十年了还没醒。

现在，她不能眼睁睁地看着自己的姐姐守着一片废墟，一个虚无的幻觉过完最后的人生。所以，她告诉了娟姨真相。

娟姨失神一样地摇头，说，不可能，不可能……

她妹妹问她，你说你有这个未婚夫，你有什么证据吗？照片？书信？信物？你除了编造的回忆，还有什么？

娟姨想了好久，但她确实拿不出一点证据，她最后无力地坐下，喃喃自语，是病，是幻觉……

说着说着，娟姨突然泪流满面。

这一刻，娟姨发现她等待了半辈子的，是病，是幻觉，而不是爱情。

当天，娟姨就跟着妹妹搬走了。

从此，我跟娟姨再也没有了联系。

又过了两年，已经到了1994年，我因为办事恰好路过曾经的住处，一时间很怀念，便下来走走。

这里早已改建成高楼，但走过曾经的巷口，我还能清晰地想起，娟姨以前就是走到这里，然后坐在她的小凳子上，抱着绿豆沙，眼巴巴地等上一天。

但如今，这里早已空空如也。

娟姨的梦醒了。

我正欲转身离开，突然一个穿着干净整洁西装的老先生出现在我的眼前。

虽然年事已高，但仍是文质彬彬，手上拿着一幅用牛皮纸包好的画作，站在巷子口，四处张望。

我虽然从来没有见过他，却又好像见过他很多面。

我不愿意去相信，直到老先生问出这一句，你认识阿娟吗？算起来，她现在也该七十了。

老先生拆开牛皮纸，露出那幅油画，画上是二十多岁少女模样的阿娟，一双眼睛似乎会发光，嘴角上翘，灵气逼人。

别人说娟姨年轻时一点也不好看，但在他的笔下，娟姨是最美的。

这一刻，我不得不承认，这就是那个画家，娟姨的未婚夫。

他是真实存在的人。

当年，他本来第二天要去提亲的，谁知道老家已经爆发了战争，他打算安置了家人再来接娟姨，哪知道一路逃难，离娟姨越来越远，最后去了台湾，他始终未娶，一直盼着回去接娟姨，但最后过了几十年，才终于能第一次重回故土。

他的第一个目的地就是这里。

但他不知道，娟姨已经搬走了，已经出国了。

我同情他。

我更同情娟姨。

因为陪伴她几十年的并不是幻觉，而是真正的爱情。

曾经有个人真心爱过她，但她永远也不会知道了。

但是因为她拿不出所谓的"爱情证据"，她输给了我们的"言之凿凿"。

我红了眼睛，准备告诉老先生这一真相，正张口的时候，却看到远处一个熟悉的身影，一手提着小凳子，一手提着保温瓶，向我们走来。

娟姨！

原来她没走，她还在这里，她还在等待。

她怀疑过，然后，选择了相信。

也许对有的人来说，爱情并不需要证据，因为思念不会说谎。

娟姨走近了，发现了老先生。

五十年后，两位老人终于见着了彼此。

两人对视着，我能预想到，之后会是多么感动人心的拥抱和痛哭，因为这值得惊天动地，值得撕心裂肺。

娟姨终于开口了。

娟姨问，怎么来这么晚？

老先生说，对不起，路上有事耽搁了。

娟姨给老先生倒上一杯绿豆沙，说，这么热的天，快喝吧。

老先生把油画递给娟姨，说，你看看，满意吗？

两人没有哭，没有闹，平静得仿佛她只等了他，五分钟。

两人没有寒暄，没有客套，熟悉得仿佛他们昨天刚分开。

如果爱情需要证据的话，我想，这就是。

或许你的爱情需要蛛丝马迹，需要步步推理。

但有些人的爱情，并不需要。

爱就是爱，无法解释，也无法抗拒。

对于娟姨，她甚至不在乎时间。

当爱没有证据的时候，当所有人都在怀疑，她都选择坚定。

即便她老了。

"我不是在等爱情，我是在等你。"

一个叫大齐的男人期待去死

豆沙曾经说过，恐惧会战胜爱情。
那什么可以战胜恐惧呢？
爱情可以吗？
可以的。

大齐生病了。

因为长期熬夜工作，他疲劳过度，低烧不断，被勒令留院观察。

一开始，大齐很不爽，心心念念着自己的奖金要泡汤。

但是入院第二天，他就开始感谢这场病生得真是时候。

多亏了它，他才能遇到豆沙。

大齐住院那段时间，正好赶上了欧洲杯。

大齐是AC米兰的铁杆粉，每天凌晨，他都偷偷从病房溜出来，跑到一楼大厅，跟输液的人一起看球赛。

输液大厅里，每个人都无精打采，除了大齐，没人在认真看球赛。

球队进球了！大齐欢欣雀跃。

球队丢球了！大齐懊丧不已。

球队赢了！大齐激动地跳起来。

角落里一个小小的人影，也跳了起来。

是豆沙，她也在看球赛。

豆沙打量着大齐手中紧握的小队旗。

大齐看着豆沙蓝白条纹的病号服。

深夜，输液大厅里，两个AC米兰的铁杆粉丝病号，激动地拥抱在一起，庆祝着球队的胜利。

豆沙脸小小圆圆的，经常戴着一顶帽子，懒洋洋地坐在庭院的长椅上晒太阳。

她也是医院的病人，住在住院部五楼。

而大齐，住在六楼。

他们只隔了一层钢筋水泥，但这五楼和六楼，是人间和地狱的差别。

六楼，住的是感冒、肺炎之类的病人。

五楼，住的是肿瘤患者。

豆沙是肿瘤患者，恶性的。

因为化疗，她没有头发，所以总是戴着帽子。

她瘦得可怕，一米六五的身高，脸只剩巴掌大。

豆沙很得意，说，脸小拍照超级棒，我跟谁合照，就艳压谁。

大齐觉得豆沙特别逗，特别萌。慢慢地，两个人越来越熟悉。

他们经常聚在一起看球赛，一起溜出去找吃的。

他们喜欢斜靠着庭院的长椅，有一搭没一搭地聊天。

大齐给豆沙讲自己工作的事，豆沙给大齐讲她癌症病房里的人和事。

豆沙说，癌症病房里，最不缺的就是故事。

一个肺癌患者，被预言只有三个月寿命，却坚强地活了四年；

一个医生，做了一辈子的手术，最后得了胰腺癌，成了患者；

一个小姑娘，准备结婚了，却得了淋巴瘤，曾经山盟海誓的未婚夫，在确诊的第三天，就消失了。

大齐说，小姑娘怪可怜的，应该很难过吧。

豆沙笑着耸耸肩，问，你看我像很难过的样子吗？

大齐一愣，反应了过来。

大齐替豆沙打抱不平，说，那个畜生，要是我见到他，我帮你打他。

豆沙说，算了，恐惧是会战胜爱情的。

一天，大齐习惯性坐在庭院的长椅上，懒洋洋地晒太阳，等豆沙。

但那一天，豆沙没来。

大齐第二天继续等，豆沙还是没来。

大齐慌了，偷偷跑到五楼病房去找豆沙。

然后，没有找到。

他坐在庭院的长椅上，等了三天、四天、五天……豆沙依旧没有出现。

大齐心里有个可怕的想法。

第八天，在大齐坐在长椅上，满心绝望的时候，豆沙终于出现了。

豆沙更瘦了，脸色更差了，但是笑容满面。

她跟大齐解释，自己前几天病情有点反复，所以没办法来见他……

她没有说完，就被大齐抱住了。

大齐哽咽着说，我以为你死了。

豆沙愣了一下，笑着说，我没这么容易死……

大齐说，我喜欢你。

豆沙愣住，不说话了。

大齐说，你没出现的日子，我很害怕，我想了很久为什么，我想是因为我喜欢你。

豆沙不说话。

大齐问，豆沙，你愿意跟我在一起吗？

豆沙说，不愿意。

大齐愣了一下，追问，你不喜欢我吗？

豆沙沉默。

大齐继续问，你觉得我不够帅？其实我只是生病了，脸色不好。还是，你觉得我不够有钱？但我可以很努力，我工作很拼的……

大齐紧张得语无伦次，豆沙突然打断他，说——我是癌症患者。

大齐不说话了。

在疾病的面前，外貌不是问题，家世也不是问题。

在医院，三教九流聚在一起，穿上病号服，阶级重新划分。

有些人是健康阶级，有些人是亚健康阶级，而有些人，是死亡阶级。

大齐和豆沙面对面站着，却觉得两人之间像隔了一条大峡谷，他们分别在峡谷的两岸。

他跟豆沙，是生跟死的问题。

豆沙开始躲着大齐。

大齐失恋了，整天失眠，吃饭也没胃口。

本来已经好起来的病，开始反复。

最后，大齐晕倒了。

他醒来的时候，家人围坐在病床旁，眼睛红红地看着他。

大齐有种不好的预感。

果然，他得的根本不是肠胃炎，而是……胃癌。

大齐一下子蒙了。

什么失眠，没胃口，病情反复，才不是因为失恋，而是因为生病。

他回过神来，特别愤怒。

一定是医生误诊，自己身体一直很好，怎么可能呢？

然后是特别伤心。

自己二十七岁了，还没好好谈过恋爱，还没结婚生子呢。

最后是特别高兴。

如果自己也得了癌症，是不是，豆沙就愿意跟自己在一起了？

大齐冲去五楼找豆沙。

豆沙躺在病床上，看上去又瘦了。

看到大齐，豆沙有点惊讶，又有点难堪，因为她刚做完治疗，整个人憔悴而狼狈。

大齐看着有些窘迫的豆沙，把自己的诊断书递给了她。

豆沙接过来，瞪着"肿瘤、恶性"两个词发愣。

他笑着问豆沙，现在我们是一样的人了，我们可以在一起了吗？

大齐的笑里，有一点小嘚瑟，潜台词是，你现在没借口拒绝我了吧。

豆沙哭了，说，傻×，你有什么好高兴的。

大齐突然就不笑了，说，其实我有点怕。

豆沙抱住大齐。

大齐接着说，但是有你在，我就没这么怕了。

大齐也住进了五楼，住进了传说中的癌症病房。

他见到了豆沙故事里的人，他也开始拥有自己的抗癌故事——年轻小伙为爱伤身，勇得胃癌，跟心上人终成眷属。

豆沙和大齐在一起之后，半夜依旧一起看球，但一起吃饭变成了一起化疗。

大齐也开始脱发，他戴了一顶跟豆沙同款的毛线帽。

大齐也开始化疗，短短两个月，他瘦了三十斤。

大齐很得意，每天跟豆沙合照都说，我的脸现在也很小了，你别想着合照可以艳压我。

一天合照完，大齐问豆沙，你之前和那个渣男订的婚纱和酒席，不能退了是吗？

豆沙点点头。

大齐说，那要不我们结婚吧，别浪费了。

豆沙有点迟疑。

大齐把合照往豆沙面前一放，说，你看我们多般配。

豆沙看着照片里的两个人，谁也不艳压谁，像两根豆芽菜。

真般配，豆沙笑了。

她点点头，说，好，我们结婚吧。

大齐和豆沙领了结婚证，高高兴兴地摆了酒席。

他们结婚那一天，癌症病房里所有能走路的患者都参加了。

一群光头的人，坐在酒店大堂里，高兴地唱歌、喝酒、闹新娘……坑得比其他人都欢。

那一天，没有哭泣，没有沮丧，也没有死亡的恐惧。

他们开心地参加着朋友的婚礼，像正常人一样。

婚礼结束后，他们回到医院，又成了普通的癌症患者。

他们的日常娱乐是，比拼谁今天状态好，谁吐得少……

他们畅想的未来是，以后谁先死……

豆沙想了想，说，我想后死。因为我怕死的时候还要担心你。还有，我怕我死的样子太丑了。

大齐一拍手掌，面露喜色。

他说，刚好，我想先死，因为我不敢活在没有你的世界里。

连这种问题都这么契合，大齐很高兴。

也许是因为看得见终点，所以他们从来不舍得把时间浪费在吵架上。

他们越来越甜蜜，过得比99%的小夫妻都幸福。

幸运的是，经过几次化疗，大齐的病情得到了控制。

而豆沙，还等到了合适的骨髓，可以做移植。

大齐觉得，上帝是公平的，他们是幸运的。

他们生病把人生中的霉运都用光了，所以接下来，他们遇到的都是好事。

大齐问，要是我们都活下来了，干些什么好？

豆沙想了想，说，找一套带花园的房子，种点花，养条狗，早上工作，晚上回家，跟你谈谈心，吵吵架。

大齐说，真好，那我们都要活下来。

豆沙开始做移植手术了。

大齐开始东奔西走，他在郊区定了一套带花园的小房子，等豆沙手术结束，就搬进去。

豆沙的手术结束了。

大齐把房子退了。

豆沙出现了强烈的排异反应，在坚持了二十二天之后，离开了这个世界。

本来想后死的豆沙，先离开了大齐。

本来想先死的大齐，孤零零地留在了这个世界。

大齐退了房子后，一直住在医院。

他最常做的，就是坐在长椅上发呆，想念豆沙。

但他没有孤独太久，癌细胞在他体内炸开了花，他迅速衰弱，他再也没有力气下楼了。

在豆沙离开自己的第五十六天，大齐也离开了。

很多人觉得他们悲惨，但他们不这么认为。

他们很爱很爱对方，他们恋爱，他们结婚，他们相伴着慢慢走向死亡。

他们有一段幸福的人生，只不过比常人短了一点而已。

除此之外，都很完美。

离开这个世界之前，大齐笑着说，以前很怕死，但现在想着有人在等自己，就没这么怕了。

豆沙曾经说过，恐惧会战胜爱情。

那什么可以战胜恐惧呢？

爱情可以吗？

可以的。

我爱你，骗你的

因为你不爱我，所以不敢说爱你。
害怕我的爱，在你面前，无所遁形。
害怕我的爱，对你而言，已是多余。

***

我是大宇。

如果你要问我，人生最戏剧性的一刻是什么时候？

我会回答是现在。

我赶时髦去做专车司机，结果接到了一个乘客。

她是我多年未见的前女友林子。

我们对视片刻，我说，好巧。

林子说，是啊。

她上车后却说要更换目的地，于是我问，去哪儿？

林子顿了几秒，说，民政局。

好吧，现在才是我人生最戏剧性的一刻。

上车后，我故作轻松地问，你在民政局工作吗？

林子说，不是。

我顿了顿，问，离婚？

林子说，结婚。

我沉默，等了很久，希望她的后面能接一句"骗你的"，然而她没有。我鼻子有点发酸，上一次见面，她的结婚对象，好像应该是我。

我对林子是一见钟情。

第一次看到她，是在一次舞会上，她坐在角落，不是很漂亮，披肩长发、杏仁眼，但我看着她的眼睛，觉得可以从里面看到我跟她约会、交往、结婚、生子、变老。

一见钟情就是这样吧，第一次见面，就已经擅自在脑海里跟她过完了一生。

于是我走向林子，问，你为什么一个人坐在这里？

林子表情有点淡淡的忧伤，她说，我有先天性腿部缺陷，无法站立。

没想到是这样的答案，我不知道该怎么管理我的表情。

看到我尴尬的样子，林子调皮地笑了，她说，骗你的。

我一愣，啊？

林子说，其实，我在躲我的前男友，他在台上跳舞。

我看着台上跳得起劲的男生，莫名有点嫉妒。

林子说，骗你的。

我说，啊？

林子哈哈大笑，说，坐在这儿就是坐在这儿啊，哪有什么为什么，你又是为什么站在这里的？

在林子的面前，我像个傻×，一时气血上涌，冲口而出，我是因为喜欢你啊。

林子不笑了，只是看着我，在我尴尬得想要落荒而逃的时候，她说话了。

她说，那我们在一起吧。

我沉默了很久，没有等到她的"骗你的"。

我问，你是不是忘了说后面一句？

林子没有说话，只是亲了我一口。

我们就这样在一起了。

我们跟其他情侣一样，约会，吵架，再和好。

我们跟其他情侣不一样，我从不说谎，林子总是说谎来逗我。

开始我手足无措，慢慢地，我也熟悉她的套路了。

有一天，林子跟我说，我要出国，我们可能要异地恋了。

我头也不抬，帮她接，嗯，骗我的，我知道。

林子半天不说话，我抬头，看到林子咬着牙，默默流泪。

这次是真的。

林子因为工作调动，去国外进修，归期不定，可能一年，可能两年，可能很多年。

决定去国外之后，林子变得有点担忧。

半夜醒来，我看到林子还睁着眼睛看着我。

我问，怎么了？

林子说，睡不着。

我看着她不说话。

林子笑了笑，说，骗你的，我不是睡不着，我只是想趁还有机会，多看看你。

我不知道怎么安慰林子，我握住她的手，说，等你回来，我们就结婚。

林子说，不要。

我有点气馁，问，为什么？

林子说，因为临别时候一时脑热的承诺都像安慰，可信度太低。

林子说，我们分手吧。

我一惊，问，为什么？

林子坐起来，笑嘻嘻地说，我都不知道自己什么时候回来，我怕耽误你找下家。

我送她去机场，我对她说，我会等你的。

林子说，等我回来，下一次见面，我们就结婚。

我一愣，说，你上次明明说才不跟我结婚！

林子说，骗你的。

我问，哪一句？

林子笑嘻嘻地说，等下次见面的时候，我再告诉你。

不管她有没有骗我，但是我一直在等她。

没有等到她回来，我就因为父亲生重病回了老家。

父亲去世，家里垮了，我要以一己之力，撑起整个家。

因为太忙太累，因为有时差，我们渐渐地，断了联系。

听说林子回来了，又出国了。

就这样，我们再也没有见面。

按照约定，我们的重逢，应该是去结婚。

而现在，她却是要去跟别人结婚。

我苦笑，看来临别时候一时脑热的承诺都像安慰，可信度太低。

在车上，我问她，这些年，你过得好吗？

林子微笑着说，我过得挺好的，你呢？

我说，那就好，我也要结婚了。

说完，我在心里默念，骗你的。

林子长出一口气，重复了一遍，那就好。

我把车停靠在民政局门口。

我对林子说，祝你幸福。

林子点点头，说，我会的，你也是。

我看着林子的背影走入民政局，离开。

我想，这段感情终于有一个结局了。

***

我是林子。

我上车，看到大宇。

大宇对我说，好巧。

我说，是啊。

巧什么巧，我从国外回来，辗转打听，终于知道大宇的现状，在大宇家门口蹲点刷单，终于坐上了他的车。

大宇是我的前男友，我无比信任他。

我因为工作调动去国外进修，我离开的时候，因为不敢耽误他，所以提出分手。

大宇笃定地说，我会等你的。

不知道为什么，他说出来的话，我都相信。

我们很多年没有见，但是，我始终相信，他在等我。

我们的爱情，一直是未完待续。

今天是我们分别后的第一次重逢。

按照上次的约定，我们应该去结婚。

于是我上车，对他说我要去民政局，去结婚。

我已经想好了，他的问话和我的回复。

我想，如果他问我跟谁结婚，我就说你。

我想，如果他问我能不能复合，我就说，我们结婚吧。

我想，如果他问我，上次见面我哪句是真的，我就用行动证明，结婚是真的。

结果他问我，这些年，你过得好吗?

我说，我过得挺好的，你呢?

他说，那就好，我也要结婚了。

原来是这样，原来他要结婚了，原来他并没有等我。

我苦笑，看来临别时候一时脑热的承诺都像安慰，可信度太低。

我说，那就好。

有些人说谎，是因为不在乎你。

有些人说谎，是因为太在乎你。

因为你不爱我，所以不敢说爱你。

害怕我的爱，在你面前，无所遁形。

害怕我的爱，对你而言，已是多余。

离开的时候，大宇对我说，祝你幸福。

我说，我会的，你也是。

说完，我在心里默念，骗你的。

我想，这段感情，终于有了一个结局。

与初恋结婚的概率是 1%

因为遇见你，我有了面对复杂人生的勇气。

因为遇见你，我有了笑对颠沛流离的能力。

因为遇见你，我有了无条件相信自己的底气。

谢谢你，初恋。

能够与初恋结婚的概率是1%。

今天是我的婚礼，我要结婚了。

婚礼还有半个小时就开始了，司仪在忙着背词，新郎在外面接待宾客，而我作为新娘，肩负着整个婚礼最崇高的使命——惊艳全场。

为了完成这个任务，我已经在化妆室坐了三个小时，化妆师一边给我扑粉，一边说，你的皮肤真好，就是额角有块疤，我给你再遮遮。

我摸着额角，心想，还不都是他的错。

高三开学第一天，来了新同学，是我们学校的活化石，连续留级好多年的高三钉子户。

他叫徐铁侠，因为在这儿上高中上了六年，绰号六叔。我们恭敬地喊他六叔。

徐铁侠大手一摆，说，唉，六叔已经是过去时了，从今天开始，我就是你们七叔了。

第一次考试的时候，七叔考了年级倒数第三。

他脸色有些难看，一拍桌子，说，×的，以前都是我考倒数第一的，现在竟然有人比我的分还低！

我上过这么多届高三，你们这一届是最差的。真是一届不如一届。

上面这句话把我给逗乐了。

不久后的一天，我起晚了，在路上狂奔，突然一辆自行车"欻！"一声停在我身边，是七叔。

他开口对我说了第一句话，上车，我带你。

我上了他的车，觉得他虽然成绩差，但还蛮热心的。

五秒后，车翻了。我的头磕在了石阶上，去医院缝了三针，最后留下了一个小印记。

七叔说，我要对你负责。

我说，怎么负责？

他说，我做你男朋友吧。

你他×害我破相还敢调戏我，想做我男朋友，没门儿！

我怒了，为了让他彻底死心，我直击他的痛处说，我可不想跟一个永远的高中生谈恋爱。

从此，他再也没跟我说过一句话，我的目的达到了。

高考结束，我顺利考入了一所武汉的985，入学的时候，我环顾四周，发现很多帅哥，正在憧憬和他们其中的一位或者几位展开恋情，突然一辆自行车"欻！"一声停在我身边，是七叔。

他说，上车，女朋友。

丫的居然也成了大学生。

我不禁怀疑当今高考制度有问题，是不是扩招得太厉害了？

我没理他，转身准备走人。

七叔说，带你去吃全武汉最好吃的热干面。

一听到吃的，我腿就软了，情不自禁坐上了他的自行车。

一起吃遍了武汉小吃之后，我们成了彼此的初恋。

后来我问他为什么喜欢我。

他说，你记得我们摔车那次吗，你明明腾个手就能护住脑袋，你偏要护住手里咬了一口的包子。在地上滚了两圈，包子馅一点都没掉出来。我是被你为了吃死都不怕的大无畏精神所打动。

嗯，他果然是被我的美貌打动的。

化着妆，伴娘说，哎呀，你流鼻血了。

可能是最近天气太干了吧。

我赶紧两只中指紧紧钩在一起，鼻血顺利止住。

伴娘说，没想到你居然懂这种小偏方。

大一期末，我的高数面临挂科，七叔天天陪我泡图书馆，我居然要一个高中念了七年的人给我补习。

作为前学霸，我颜面扫地。

有一天，我看书看得头晕眼花，突然一道光射了我一脸，原来是校草。他一头褐色的短发，白衬衫牛仔裤，太帅了！我不禁多看了两百眼。

七叔不屑，说，小白脸。

第二天，我在图书馆睡觉，迷糊间看到了校草的身影，还是一身白衬衫牛仔裤，他像一团光一样向我靠近，靠近，靠近……

居然是七叔。

我客观地评价，你比平时好看了一点，但是离校草还……

话还没说完，七叔打断我，面露喜色地说，你流鼻血了！

明明我是因为最近学习压力太大，上火了。

但是，不管我怎么解释，七叔坚持认为，我是被他华丽的转身所惊艳到的，色欲熏心导致血脉偾张。

那天我血流不止，他教了我止血三式：一式舌头伸到最长，二式尽力翻白眼，三式将两个中指互钩。

他给我解释说，舌头、眼睛和手指的动作都是让血液分流，当头部的血液涌向舌头和眼睛、手指，鼻血就会止住。

我半信半疑地照做，没想到血真的止住了。

七叔用真诚的双眼看着我，说，看吧，我什么时候骗过你。

从此，我深信不疑，不管何时何地，只要流鼻血，我都会使出这止血三式。

直到一天，七叔流鼻血了，他很淡定地将两个中指一钩，很快，鼻血就止住了。

我察觉到不对，马上百度，原来只需要中指互钩，刺激穴位就能止血了，剩下两式都他×是在玩我，原来我这几年都在装狗。

我并不生气，只是挥了一拳，将他刚刚止住的鼻血又打了出来。

宴会厅响起暖场音乐，伴娘急匆匆跑了过来，说，要开始了。

我站起身，伴娘帮我提起裙摆，问我，紧张吗？

我说，紧张，不过给我一秒钟。

我背过身，偷偷握拳，给自己打气，谁牛×？我牛×！

我转回身，说，好了！

当我紧张时，低落时，不开心时，我都会这么喊话给自己鼓劲，有这个习惯已经很多年了。

还记得大学毕业的时候，七叔顺利找到工作，大家都对他刮目相看。但我觉得很正常，他一直都很聪明，要不然也不会每天把我骗得团团转。

而我，毕业了两个月，还没有找到工作。

从宿舍搬出后，我搬进七叔租的房子。

我看着七叔每天西装革履地上下班，忙忙碌碌，而我投的简历，全都石沉大海。

一天夜里，我焦虑得睡不着觉，在黑暗里叹了口气。

七叔突然开口，原来他一直没有睡，他说，我给你讲个故事吧。

他说，从前，有一个高考失败四次的loser，因为一个姑娘，发愤图强，每天只睡四个小时，没日没夜地学习，用了四年都崭新的书，一年就翻烂了，最后他终于考上了那个姑娘所在的大学。

说完，他问我，牛×不？

我说，牛×。

他说，是你把我变得这么牛×，所以，谁更牛×？

我哭着说，我牛×。

七叔喊，谁牛×？！

我哭着喊，我牛×！

过了一周，终于有个公司打电话过来，告诉我，我被录取了。

这是我梦寐以求的工作。

我脸上只是微笑，内心却在咆哮，谁牛×？我牛×！

但对方补了一句，你的职位在广州总部。

当时我就笑不出来了。

我不想离开武汉，因为武汉有热干面、糯米包油条、鸭脖、汤包……以及七叔。

七叔说，能不能跟我去一个地方？

这个我懂。

应该是想带我去海边的度假村或者林中小木屋散散心。

没想到，他带我回他的家。

饭桌上，他向他爸妈介绍我，以后她是你们的儿媳妇。

当晚，他跟我说，你放心去广州，两年之后，我来找你，我们结婚，我们永远在一起。

宴会厅的大门打开，我步入会堂。

我看到七叔，他朝我微笑。

七叔坐在观众席上，旁边坐着他的妻子，抱着他们的小孩，·家都笑得很幸福。

与初恋结婚的概率是1%，而我是那99%。

是的，我们分手了。

以前看别人说异地恋，总是：

一个拥抱可以解决的问题，非要闹到分手。

听说你的城市下雨了，但我不敢问你有没有伞，怕你说没带，我却无能为力。

每次感冒发烧你都让我多喝热水，可是我真的喝不下那么多热水了。

我以为这些只会是别人的故事，没想到变成了自己的。

刚开始异地的时候，一千分钟的套餐都不够我们用的，每天能聊好几个小时，慢慢地，变成了每天十几分钟。

后来，我收到月结短信，您当月套餐内语音通话已使用七分钟，剩余九百九十三分钟。

这七分钟，有两分钟是沉默，有两分钟是尴尬，剩下的三分钟，只是用来客气地说晚安的。

我们以为恋爱的终点是结婚，没想到是分手。

婚礼上，我手捧花束，拖着裙摆，走过七叔，走向新郎。

新郎接过我的手，我们一起宣誓，终生相守，永不分离。

初恋的时候，我们常常把"永远"摆在嘴边，但是，当时的我们并没有捍卫永远的能力。

初恋让我们学会了珍惜，学会了包容，学会了如何去爱。

因为遇见你，我有了面对复杂人生的勇气。

因为遇见你，我有了笑对颠沛流离的能力。

因为遇见你，我有了无条件相信自己的底气。

谢谢你，初恋。

别的情侣分手在哭，我们在笑

谁说一定要在一起才是好爱情。

有错误的人，有错误的时间，但没有错误的爱情。

1

王倩，深圳妞，是个编剧，来北京就是为了追梦。

每一个口口声声来北京追梦的人都是从租房开始的，王倩也一样。

王倩的住所位于北京天通苑西三区二十八楼一单元，十二层。

提到这件事，王倩就火大，因为她认为孙白蒙了她。

孙白，北京人，编剧部门的前辈。

王倩初到北京，请教孙白，有什么房子好推荐的？

孙白说，天通苑吧，地方很偏，但是价格便宜，只需要这个数目。

王倩问，会不会不安全？

孙白说，我也住天通苑，放心，哥们儿罩着你。

王倩问，我睡觉很轻，周围会不会吵？

孙白说，绝对没毛病，天通苑的夜晚静悄悄。

王倩搬进了天通苑，就住在孙白家的楼下。

一个礼拜后，孙白的爸妈心血来潮，雇了一个装修队来重新给家装修。

从每天凌晨六点钟楼上工人们钻头的节奏和拍子推断，王倩认为工程应该还处于孵化阶段，如果工头要强的话，三个月完事应该不是梦了。只是每天清晨王倩的脑仁有些许阵痛。

王倩刷新了对孙白的认识，孙白，在不靠谱的北京人里都算严重不靠谱的。

2

孙白打算请王倩吃晚饭赔罪。

王倩以"我刚洗完澡，今天好困啊"作为开场，两人以互道晚安结束。

接着一个小时后，王倩就在小区的脏发廊里遇见了孙白，场面很尴尬。

王倩修了一下头发，而孙白则在发廊妹的热情安利下，染了个黄毛。

孙白点上一根烟，捋了一下头上拉风的黄毛，对王倩说，你人不错，就是审美，差了点。

王倩看着孙白的黄毛，沉默了。

孙白看着王倩的沉默，也沉默了。

王倩和孙白一路沉默地回家。

打破沉默的是一条柴犬。那条柴犬是条疯狗，对着王倩狂叫两声，冲上去就咬。

王倩直接蹿到孙白身后，柴犬立马停止了吼叫。

孙白抽着烟屁股，纳闷道，为什么啊？都是人，怎么就差别对待了呢？

王倩看着孙白头上的黄毛，思路清晰地说，可能它觉得你是同类吧。

命运就是这么无常，两分钟前，王倩恨不得削了孙白的脑袋，而现在王倩觉得孙白的头发特别好，感觉跟遇见了上帝似的。

孙白对王倩说，那你愿意，让我送你回家吗？

王倩说，我愿意。

当孙白走过柴犬的刹那，柴犬低声叫了两声，明显流露出了对同伴的不舍。

王倩吓得直接掐住了孙白的手。

孙白在女孩面前要强，心想今儿个不把狗给办了，不是给大北京跌份儿吗？

孙白伸出脚，想赶走柴犬，没想到柴犬突然倔强了，一口咬着孙白的跟腱就不放了。

孙白那个晚上留给王倩的最后一句话是，王倩，你明天帮我请个假，哥们儿打狂犬疫苗去。

3

王倩和孙白渐渐相熟起来。

通过孙白，王倩又和北京渐渐相熟起来，连口音都变成了北京腔。

在北京，预测雾霾，比预测下雨要容易得多。两个月内，望京的房价就能从三百三十万涨到四百万。北京话里，"这事包在我身上"和"这事哥们儿真帮不了你"基本上是同义词。晚高峰从二环打车一定要先上厕所，否则，蛋会炸。

北京太大了，在这里，再大的事都显得微不足道。

王倩认真地这样觉得。

在这个大得让人心慌的城市里，王倩只和孙白熟。

每到周末，孙白总会开着他的旧桑塔纳带王倩去兜风。

有一次，孙白和王倩去旧货市场淘衣服的时候，碰上葛优了。是的，就是那个影帝葛优。

王倩巨想上前搭话，可是不敢。

孙白从店里拿上一件牛仔服，直接披在王倩肩上，问葛优，这件衣服在她身上好看吗，我们听你的。

葛优一愣，露出电视机里的笑容，说，我看行。

孙白直接掏钱结了账。

葛优饶有兴致地问孙白和王倩，你们是情侣吧？

王倩撒谎说，正在谈。孙白说，扯淡。

王倩直接跟孙白急了，说，我都委屈将就你了，凭什么你个黄毛能拒绝我，你去跟葛优说清楚去！

孙白望着已经走远的葛优，说，你看，葛优大爷多简朴，挣那么多钱，钥匙链还挂在屁股上。

王倩说，是啊，我被圈粉了。

孙白说，葛优不行了，现在都小鲜肉当道了。这个城市属狗的，说翻脸就翻脸。我有一发小，跟我住一个胡同里的。上学的时候我还能欺负他呢，结果他改天就发财了，还他×发得不清不楚的，弄得我都不敢随便欺负人了。

王倩大笑地告诉孙白，我就想成为你发小这种人。

孙白说，你会的。

王倩愣了一下，说，你还真当真了，我开玩笑的。

孙白拍拍王倩的肩膀，说，真的，你一定行。

王倩说，真到了那时候，我还是雇你当司机，怎么样，对你够意思吧。

4

王倩很拼，每天早上第一个到公司，半夜下班，进入公司短短半年，王倩成了项目组的组长。

加上王倩长得又漂亮，公司里的男的想泡她。

公司联谊的时候，所有人都问王倩一共谈了几个男朋友，现在是不是单身。

王倩回答说，五个，现在单身。

整个联谊会，孙白都待在角落里，一言不发。

王倩找到孙白，问孙白，你呢？

孙白说，什么？

王倩说，你谈过几个女朋友？

孙白说，就一个。高中时候一姐姐，我问她，我看你长得挺漂亮的，跟我行吗？她说，行啊。我问她，那能亲个嘴吗？她说，那来一下呗。×的，我恋爱谈得一点不像偶像剧，跟去银行办业务一样，三年后她就劈腿跟别人跑了。

联谊会结束的时候，有男同事提出开车送王倩回家。

王倩犹豫了一下，答应了。

两人走后，同事开了啤酒递给孙白，孙白把啤酒一扔，突然跑了出去，疯子一样坐上自己的破桑塔纳，就开始追王倩的车。

孙白在他的能力范围里，把桑塔纳开到了极限，眼看就要追上王倩的时候，咣当一声，右侧反光镜直接磕在桥洞上，被撞掉了。

孙白停下车，边摁喇叭边喊，王倩，我他×喜欢你！

王倩没听见，王倩的车越开越远。

维修来拖车的时候，问孙白，这是什么情况？

孙白流了泪，说，什么情况？媳妇他×跟人跑了的情况。

5

第二天，孙白送王倩上班。

王倩看着磕掉的反光镜，惊呼，你昨天怎么了？

孙白说，没事，昨天喝多了，撞电线杆子上了。

王倩点点头，说，太好了，你没事就好，我还是打车上班吧。

孙白把王倩推上了副驾驶，仔细地帮王倩系好安全带。

孙白一边开车出地库，一边跟王倩吹牛×说，真他×没事，哥们儿什么驾驶技术啊，看后视镜照样没毛病。

王倩深呼一口气，然后说，孙白，我喜欢你。

咣当一声，桑塔纳就顶在地库出口上，左边的反光镜也被磕掉了。

孙白问王倩，刚才，你说什么来着？

王倩说，昨天坐同事车子的时候，同事跟我表白来着。我拒绝了，说有喜欢的人了，是你。你答应吗？

孙白直接解开安全带，爬上桑塔纳车顶，狂跳不止，直接把桑塔纳的车顶踩瘪了。

孙白说，我答应啊，昨天我他×还追你来着，看你跑了，哥们儿这心啊，伤得粉粉碎。快，赶紧踩到车上来，让哥们儿亲一下你。

王倩欲言又止。

孙白说，看，你还腼腆什么啊？

王倩终于开口，说，你该换车了。

6

孙白和王倩在一起了。

孙白贷款买了帕萨特，王倩升了职。

孙白染回了黑头发，王倩又升了职。

孙白升了职，王倩已经成了部门总监了。

两人在一起的时间越来越少。

孙白忽然有一天跟王倩说，咱俩好久没扫街了，去旧货市场看看吧。

王倩问，能遇见葛优吗？

孙白说，肯定能。

两人去了旧货市场，不仅没有葛优，原来卖衣服的店都开始闭店大甩卖了，原来499、299的牛仔服现在通通只要三十块，真的只要三十块。

孙白叼了根烟，说，×的，怎么就变卦了？

王倩大笑说，变了不是挺好，新气象嘛。

王倩和孙白找了一家咖啡店坐下，王倩对孙白说，你知道我最喜欢北京什么吗？

孙白说，不知道。

王倩说，北京离深圳很远，在这里，你不需要花时间去处理人际关系，去考虑朋友家人的感受，权衡什么利弊得失，因为北京变得太快，你的所有时间都可以用在自己感兴趣的事上。每次走在大街上，看到生僻的面孔，我就忍不住会想，哇，他一定有着想要的东西吧。我觉得很难有人生活在这里，没有梦想。

孙白抽着烟问，我也算是你的梦想吗？

王倩说，算啊。

孙白问，算大的，算小的？

王倩说，算小的。

孙白问，那大梦想和小梦想起了冲突呢？

王倩说，把小梦想放下呗，带着大梦想上路。

孙白把烟掐了，说，瞧你那红杏出墙的德行，你说话算数，要不然哥们儿看不起你。

7

王倩的大梦想来了。

上海有个特好的电影项目来找王倩，要王倩去上海工作。不在这一行的人可能不知道，机会对于一个人是多么重要。你可能当了编剧二十年，碰不上一个机会。别人问你，有没有什么出名的作品。入行二十年的你只能尴尬地回答，正在写的下一部作品。

孙白在办公室发呆了一天,抽了两包烟。

孙白回到家,进了王倩的房间。王倩没收拾行李,一切东西都照常摆放着。

孙白问王倩,你打算去上海吗?

王倩说,去啊。

孙白说,丢我一个人在这儿,你也要去?

王倩说,必须啊。

孙白说,看来我真是小梦想啊,就要被人毫不犹豫地扔在这儿,歇菜了。那你干吗不收拾行李?

王倩顿了一下,流了眼泪,说,你丫还来劲了,我这人不是善良吗,就算扔一卷卫生纸,丢一条内裤我都手抖。

孙白说,我早就看穿你红杏出墙的德行了,拉倒吧,我原谅你了,赶紧收拾行李,给我走人。

8

孙白把王倩轰到了上海。

一个月之后,王倩给孙白发了微信。

王倩说,自己租住的小区有一条疯狗,夜里下班老追着自己,想图谋不轨。

孙白说,可怕吗?

王倩说,可怕。

孙白说,用哥们儿打飞机去除狗吗?

王倩说,很需要。

孙白打了架飞机,跑到了王倩的小区,结果只看见了一只流浪的小泰迪。

孙白问王倩,你是不是寂寞了,想搞了是吧?你就实话实说,不丢人。

王倩说,对。

孙白和王倩上完床，孙白说，我感觉我上当了。

王倩问，我骗你什么了？

孙白说，咱俩不是分别了嘛，我就想，都赔了老婆了，就别再赔上一次肉体了，没想到因为一只小泰迪，折了。

王倩问，咱俩，真的分了吗？其实如果你愿意的话，我可以和你一块回北京。

说完这话，王倩就后悔了，因为她不可能为了孙白回到北京去。

孙白沉默了一会儿，说，分了吧。你在上海，一待就是好几年。我爸妈在北京，走不了。你说，咱俩这算被现实打败了吧，那也没什么，被现实打败的人多了，白头偕老说穿了不过是把我俩在一起的时间乘上几倍而已，曾经灿烂过就行了。

9

王倩送孙白到机场。

孙白反复叮嘱王倩，千万别悲伤，千万别流泪，别的情侣分手在哭，我们在笑，这才是牛×。

王倩说，放心吧，肯定满足你这个愿望。

孙白领了登机牌，走进安检口的刹那，孙白突然停下，背对着王倩，说，和哥们儿在一起，没让你受委屈吧。

王倩流了眼泪，说，没有。很好，真的很好。

孙白一笑，转身对王倩说，真的？那哥们儿就知足了。

孙白转身，头也不回地上了飞机。

从上海飞到北京，需要两个小时。在两万英尺的高空上，孙白开始号啕大哭。

孙白一直在后悔，后悔为什么没有留住王倩。孙白很喜欢王倩，非常喜欢王倩，比任何人都喜欢王倩，但他知道王倩不会和他回去的。

10

五年过去了，王倩完成了她的梦想。

孙白仍然留在北京当着他的小编剧。

自此两人的生活就像两条平行线，再无交集。

唯一相遇的一次，是王倩到北京出差，打了一辆顺风车。

司机说，美女才下班啊？

王倩说，对，来北京出差。

司机说，下晚班不过点夜生活啊？

王倩说，不过，都有孩子了。

司机说，不会吧，美女这么年轻，都有孩子了？

王倩说，孩子都三岁了。

司机哈哈大笑，对王倩说，这么多年都有孩子啦，看来在上海混得不错啊。

这个司机就是孙白，王倩凑巧打到了孙白的车。

王倩忽然笑了，问孙白，这么多年，过得怎么样？

孙白说，还单着呢，不过有想追的妞了，你呢？

王倩笑着说，没骗你啊，儿子三岁了。还有，我实现我的梦想了。

孙白说，我知道你一定行的。

两人礼貌地分别，就如当初不顾一切地靠近。

孙白其实知道，自己和王倩不一样，只能陪她走一段路而已。

两个错误的人相遇在错误的时间，彼此相伴走了一段，最后不可避免地分手。

但如果问孙白，知道结局的话，会不会再来一次。

孙白会说，哥们儿愿意。

谁说一定要在一起才是好爱情。

有错误的人，有错误的时间，但没有错误的爱情。

以你为终点，
一路狂奔

当你爱一个人的时候，你不会去权衡利弊，不会去计算得失，不会去比较优劣。

你的心已经先于你的理智做出了选择。

爱本身就是唯一的答案。

2

Chapter

初次爱你，请多关照

陪你玩到天荒地老

玩玩，不过是彬子的一个借口。

玩玩，是彬子为了掩饰对迈雅一片深情想出的一个说辞。

玩玩，其实是彬子对于迈雅的一个承诺：

要玩，就玩真的。

要玩，就玩一辈子。

你见过最花的男人有多花?

我的朋友彬子有一个理论：

女友只分两种：月抛型和日抛型。

我们交女朋友讲究的是天长地久，他交女朋友讲究的是日新月异。

五一的时候，彬子要跟我们去泰国玩，他整理了行李，顺便把交往一个月的女朋友也整理了。

彬子的理由一如往常，他说，玩玩嘛。

是的，对彬子而言，交女朋友就是玩玩。

彬子的空窗期永远不超过两天。到清迈当晚，我们在一个小酒吧喝酒，彬子闷了一口酒，突然说，这妞不错。

我们顺着他的目光看去，角落有一桌女生，其中有一个胸部目测有E。

我们说，哇，那个吊带大胸妹吗? 确实不错。

彬子摇头，说，不，是她右边那个。

我们不情愿地把眼神从胸部挪开，果然看到旁边还有个妹子，一头黑长发，锁骨分明，鹅蛋脸，很诱人。

我们感慨，果然是彬子，眼光真毒辣，我们还是太肤浅了。

彬子放下酒杯，说，等着，我去玩玩。

彬子走到女生面前，故作深沉地说，今天是个值得纪念的日子，因为今天，我遇到了真爱。

结果女生说，Excuse me?

我们笑着骂他傻×，真当这儿是三里屯啊，人家听不懂中文，快回来吧。

彬子哑巴了，但他身残志坚，手脚并用地比画起来，嘴里念念有词，Drink，我买，给you。

女生恍然大悟，指着一个挂着的铃铛，说，Shake, shake。

彬子懂了，他屁颠屁颠地跑到铃铛前，摇了几下。

突然，整个酒吧的人都欢呼起来，客人们都冲他举杯致意。

彬子有点懵圈，酒保拿着一个POS机过来，让他把所有客人的账都结了。

这时我们才明白摇铃铛是请全场的意思。

此时，那个女生冲彬子调皮地一笑，转身离开了。

我们骂彬子傻×，玩现眼了。

彬子却说，有点意思，得玩玩。

彬子的钱都用来请客了，第二天只能一人窝在酒店。

晚上我们回到酒店，跟他邀功，说，彬子，我们今天碰到迈雅了。

彬子问，迈雅是谁呀？

我说，就昨天坑你那泰国妞，原来酒店隔壁那水果店是她家开的，她正在里面干活呢……

我话还没有说完，彬子就跑了，我们跟过去看热闹，刚跑过去，就听到迈雅的尖叫声，我们一惊，他该不会强上了人家吧？

突然一个人拿着个腰包窜出来，彬子也跑出来，大喊，抓小偷！

迈雅也跑出来，面露焦急，我们这才知道她的包被抢了，我们赶紧追上去，心想，英雄救美啊，彬子这次给北京爷们儿长脸了。

结果一过去，就看见彬子被泰国小偷痛殴了，彬子躺在地上，脸上是泰国小偷的脚印。

泰国小偷一边踹一边嘴里还念念有词，估计就跟北京话里"这孙子他×谁啊，多管闲事"，差不多。

我们火了，想上去帮忙，结果迈雅抢先上去，一个提膝，一个肘击，就把那个小偷撂倒了。

我们懵圈了，等我们回过神来，才明白过来：哇，这泰国女的会功夫。

迈雅伸手将一身脚印的彬子扶起来，彬子把怀里一直抱着的腰包递给迈雅。

迈雅接过腰包，看着彬子说，Thank you.

彬子腿一软，"嗷"一声倒在迈雅的肩上，号起来，Hurt,hurt,I die,I die.

我们上前想扶他，彬子瞪了我们一眼，偷偷朝我们使眼色，我们懂了，默默退开。

彬子晚上回来，跟我们嘚瑟，得手了。

我们不信，但接连几天，彬子都待在迈雅的水果摊，刚开始还老老实实地卖水果，后来就开始看手相、玩猜拳、互喂水果。

过了好些天，我们把泰国玩遍了回来，去水果店，彬子和迈雅还是在看手相、玩猜拳、互喂水果，感觉水果店要变狗粮店了。

我们对彬子说，该回去了。

彬子说，你们先走，我吃几块水果再回去。

我们说，吃个屁啊，中午的机票，要回国了。

在泰国，彬子跟迈雅处了一个多月，破了他跟女友交往的最长纪录，我们想彬子这次也算玩够了。

结果彬子回了北京，一直对着手机手舞足蹈，后来才知道他在跟迈雅视频，他们俩竟然还在一起。

更可怕的是，彬子还去报了泰语班，好好的一口京片子充满了冬阴功味。

"你丫去哪儿咔？"

"吃了吗咔？"

"吗呢咔？"

"走一个咔。"

咔咔咔咔个头啊，我们忍不住骂他，你还真要跟那泰国妞异国恋啊，告诉你，异国恋不靠谱，你也别祸害国际友人了。

他嬉皮笑脸，玩玩嘛。

我们怎么也想不到，阅妞无数的彬子，竟然栽在了迈雅手上，直到回想起那天迈雅打人时展现出来的过硬的身体素质，想必帮彬子解锁了不少姿势。

这么一想，感觉一切疑问都有了答案。

我们淫笑。

彬子却说，他和迈雅发乎情，止乎礼，是很纯洁的男女关系。

我们惊讶，泰国不是挺开放吗，你们居然没有……迈雅该不是人妖吧？

彬子瞬间就不说话了。

我们提出重重疑点，你想啊，那天她踢人的时候，那个力道，那个速度，是女人能做到的吗？你有没有见她进女厕所？你跟她一个多月，她有没有来过大姨妈？肯定是人妖！

彬子冷静地反驳我们，妖……妖……妖个头啊，别……别胡说了，老……老子不信！

第二天，彬子就飞泰国去了。

过了一周，这孙子满面春风地回来了，我们问，怎么啦？

他掩面痴笑，骄傲地说，我女朋友是女的！

我们笑话他，你丫骄傲个屁，男的就叫男朋友了。

他扯着我们，叨叨个不停，原来，被我们这么一说，他心里也有点犯嘀咕了，所以跑去泰国一探究竟。

两个见面的时候，彬子一会儿牵牵手感受她的力道，一会儿揽揽肩丈量她的骨架，一会儿摸摸脖子感受她的喉结，结果迈雅以为彬子在调情，一把就把他扔到床上，飞身扑到他面前压住他，彬子心一凉，想，这力气，难道真是纯爷们儿？

迈雅看着他，慢慢凑近，他看着迈雅的眼睛，里面有光。

彬子的心融化了，就算是人妖我也认了。

……

我们听得津津有味，问彬子，后来呢？

彬子说，你们休想空手套黄文。

彬子闭眼回味了片刻，脸红红的，他说，反正她是女的就对了。

我们问，接下来你打算怎么办？

他说，接着玩玩呗。

结果玩了几个月，彬子带着迈雅玩到北京了，他要我们尽地主之谊，不要脸地要我们请吃饭，我们约在石佛营吃卤煮。

迈雅来了，我们双手合十鞠躬，萨瓦迪卡！

迈雅来了一句，哥儿几个都来了？你们丫好。

彬子纠正她，教你多少遍了，"你们好"不加丫，这时你应该说"你们丫还没死啊？"。

迈雅不满，你丫没教过啊，我丫怎么知道？

我们震惊了。

彬子说，教她几句玩玩的。

彬子再这么玩几年，泰国妞都变朝阳妞了。

彬子说，这次带她来，是想让她见见父母。

我去，这他×还是玩？摆明就是奔结婚去的啊。

我们只说，你爸妈能同意吗？

迈雅干完了一碗卤煮，一抹嘴说，放心，我们丫练过好多遍了！服务员儿，再来一碗！

迈雅在一旁吃，彬子给我们详细解说了他们的战略部署，如果他爸嫌她家穷，他就说迈雅家是水果大亨，富得很；如果她妈嫌她语言不通，他就让迈雅当场表演个报菜名；如果他爸妈嫌她是泰国人，他就说你们不准他就下嫁非洲；要是他们还不同意，他就离家出走，让他们尝尝失去儿子的滋味！

我们敬佩，真是胆大心细脸皮厚啊。

第二天，彬子昂首挺胸地领着迈雅进家门，做好了死磕到底的准备。

没想到迈雅一进门，对着彬子爸妈，热情洋溢地来了一句，你们丫还没死啊？

彬子"扑通"一声跪下了，辩解，这是一场误会啊！你们听我解释啊！

彬子爸妈没有听彬子解释，直接拉着迈雅的手唠家常，这泰国闺女长得真水灵！你们什么时候结婚啊？什么时候怀孕啊？这两个月怀孕还来得及生个龙宝宝！

我们听说这事，都觉得彬子爸妈心真大，彬子这下玩大了，看来真要整出个混血小金龙了。

彬子嘚瑟，这次我就去泰国跟她妈定好日子，你们现在可以攒钱了，人不来没事，份子钱必须来。

等彬子从泰国回来的时候，整个人都蔫儿了。

我们问怎么一回事，他直接说，分了。

彬子去拜见准丈母娘的时候，才知道迈雅的妈妈早就为她定下了一门亲事。彬子打听到，对象是个卖海鲜的，于是他就去找了那个人，心想我北京大老爷们儿还能输给你一个清迈卖鱼佬吗？去到一看，花衬衫大裤衩爆炸头人字拖，彬子觉得自己赢了。结果卖鱼佬所到之处，所有店家都叫他老板，原来整条街都是他的，他还是海鲜酒楼的大老板。

彬子输了。

彬子带了礼物低声下气地去求迈雅妈，被拒之门外。

迈雅据理力争，结果被禁足了。

正当彬子气馁的时候，收到一条迈雅发来的短信，我跟你去北京，再也不回来了。

第二天，彬子定了机票，在机场守着，迈雅没来，只等来她的电话。

迈雅说，她走的时候去水果店偷看了妈妈一眼，平时水果都是迈雅抬的，但现在只有妈妈一个人吃力地搬着箱子，她的手一滑，水果洒了一地，她撑着腰一个一个地捡，捡几个要缓一会儿，迈雅知道她妈妈腰一直都不好。

迈雅从小是被妈妈带大的，她练泰拳也是为了保护妈妈不受地痞流氓的欺负。

迈雅想，如果她离开一天，妈妈就这样；那她离开一辈子，妈妈会怎样呢？

迈雅可以跟着彬子去看更大的世界，但她却是她妈妈的整个世界。

最后，迈雅对彬子说，对不起，我丫不走了。

彬子说，我不怪她。

我们安慰彬子，没事，就当玩玩呗。

彬子说，是啊，就是玩玩。

如果彬子只是玩玩，为什么说这话的时候，他会哭呢？

那之后很长一段时间，彬子像行尸走肉一样，跟着我们四处晃荡，我们去喝酒他也去喝酒，我们去唱K他也去唱K，有一天，我们去吃卤煮他也去吃卤煮，但是他盯着卤煮，只看不吃。

不知谁在旁边喊了一声，服务员儿，再来一碗！

他震了一下，像回魂一样，抓着我的手臂问，你们给我的份子钱凑够了吗？我预支一下。

彬子拿了钱要走，我们问，去哪儿？

彬子说，去泰国，我还没玩完呢。

彬子去了泰国，开了一家卤煮店，他信誓旦旦地说老北京卤煮一定会风靡清迈，风靡泰国，把中华美食发扬光大。

我们想，泰国除了迈雅，谁还会吃卤煮。

过了两年，他打电话过来告诉我们这些股东，现在店越开越大，盈利也翻番了，看来在短期内就能把海鲜酒楼的生意抢得一干二净，要追加投资的话趁早。

我们这些股东当场决定去泰国视察业务，领取分红，并顺便蹭吃蹭喝。

然后彬子带我们到了一个小店，店面逼仄，只摆得下四张桌子，店里一个人都没有。

我们一抬头，看到一个招牌，泰文不认识，但中文写的是"彬子卤煮"。

我们说，好奇怪啊，这家店跟咱们的店一个名字呢。

彬子乐呵呵地说，这就是咱的店呀。

我们怒了，闭嘴！说好的翻番呢？

彬子直接说，翻了呀，我开分店了！

我们问，分店呢？

彬子一指，分店回来了！

我们顺着手一看，一个泰国黑小子推着手推车回来了，上面赫然印着"彬子卤煮"。

我们无语，你这水平，什么时候才能追上卖鱼佬？

一旁的黑小子操着公鸭嗓，用蹩脚的中文说，就这个店名，不倒闭就算好啦。

我们愣住了，这店名怎么了？

黑小子指着招牌上一圈我以为是花边的文字说，这泰文翻译过来，就是彬子爱迈雅一生一世不变心爱你爱你顺便孝顺妈妈卤煮。

彬子很得意，说，这表面上是一个招牌，实际上是我写给迈雅的情书，感不感动？

我们说，感动个头啊，撤资，退股，还钱！

彬子被我们一顿痛骂，却看着街对面，突然笑了起来、

我们回头，看到迈雅从街角水果店跑出来，朝我们挥手，热情打招呼，你们丫还没死呢？

迈雅跑到彬子身边，把手里的碗递给彬子，说，咱妈说下回多放点咖喱就完美了。

彬子赖在迈雅肩上，冲我们使眼色，得意地笑。

我们嘲讽彬子，为了一个泰国妞，生生变成了一泰国人，这得算是倒插门了吧。彬子说，哥们儿就是倒插门啊，倒插门哥们儿可没试过，得玩玩。

玩玩，不过是彬子的一个借口。

玩玩，是彬子为了掩饰对迈雅一片深情想出的一个说辞。

玩玩，其实是彬子对于迈雅的一个承诺：

要玩，就玩真的。

要玩，就玩一辈子。

迈雅，我会陪你玩到天荒地老。

我们在一起，老天不同意

据说人一生会遇到约两千九百二十万人，两个人相爱的概率是 0.000049。

你相信命中注定吗？我他×才不信呢。

直到我遇到大崔和小西。

大崔是我们圈子里公认的寒流，只要他一到场，就能让全场气温骤降，没错，因为他随时随地都在讲冷笑话。

有一次朋友聚会，点单的时候，服务员说，先生，你想要哪种饮料，我们有酸梅汁、西瓜汁、玉米汁……

大崔说，我要张柏芝。

空气沉寂了。

我们都觉得，这种冷笑话，如果有人都能笑，那个人一定是大崔命中注定的媳妇。

接着，一阵狂笑声传来，大家循声看过去，看到一个女生眼泪都笑出来了，她一手捂肚子，一手拍桌子，指着大崔笑得说不出话来。

这个女生就是小西，这天是小西第一次见到大崔。

大崔说了不下一千个冷笑话，小西是第一个笑的。

大崔一脸赞赏地看着小西，两个人碰拳，相见恨晚。

过了一个月，他们就在一起了。

因为两个人所有的生活习惯都可以完美地契合在一起。

大崔喜欢吃川菜，小西也是。

大崔喜欢花衬衫，小西也是。

大崔喜欢看美剧，小西不喜欢，但小西喜欢看着那个看美剧的大崔。

大崔喜欢旅游，小西也喜欢旅游，两人相约一起从昆明骑行去香格里拉。

因为他们都相信同样扯淡的传说：骑行到五色海，给每个手指涂上不同颜色的指甲油，在海边为太阳献歌，就能获得幸福。

出发那一天，大崔和小西举行了盛大的誓师大会，邀请我们参加。

他们携手激情澎湃地发表演讲说，哪怕野火焚烧，哪怕冰雪覆盖，依然是志向不改，依然是信念不衰，不到香格里拉，誓不回头！

我们目送他们的背影豪迈地离开。

二十三分钟之后，我接到了一个电话，是小西打来的。

我问，你们到哪儿了？

小西说，我们到医院了。

What?!

我们赶去医院才知道，原来先前他们刚骑车出门，大崔望着小西笑，小西看着大崔笑，大崔望着小西笑，小西……看着大崔飞了出去。

原来不知道谁偷了下水道的井盖，大崔的车轮卡在井里，人已被甩飞到了三米远。

我们问小西，他情况怎么样？

小西说，局部轻微擦伤。

我们松了口气，说，那还好。

结果大崔拄着拐走了出来，全身涂满碘酒，头上绑了个绷带。

小西说，其他部位重度擦伤，外加额头缝了十三针。

我们看着痛得直吸冷气的大崔，齐声为他打气说，哪怕野火焚烧，哪怕冰雪覆盖，依然是志向不改，依然是信念不衰，不到香格里拉，誓不回头！

大崔和小西瞪着我们，活像是我们偷了那个井盖似的。

一个多礼拜后，大崔拆了线，立刻就跟小西骑上自行车再次出发了。

路上风和日丽，一切顺利，直到一场大雨的来临。

雨越下越大，很快他们就发觉不是在雨里前行，而是在瀑布里修行。

荒郊野外，他们不知道该怎么办，这时他们看见了一座两层小楼，主人热情地将他们迎了进去。

进去后，大崔和小西发现里面有男有女，有老有少，真是个庞大的家族啊。他们有的人在做饭，有的人在扫地，有的人在学习，有的人在唱歌，他们每个人脸上都洋溢着幸福的笑容。

当晚他们打地铺睡下，半夜，大崔和小西在睡梦中被一束强光照醒，睁眼看见一个警察叔叔拿着手电筒照着自己，周围早已一片兵荒马乱，还没反应过来，就被扭送上警车。

后来两人才知道，那个欢乐大家庭是个传销组织，他们的做饭真的是做饭，他们的扫地真的是扫地，但他们的学习是在进行洗脑，他们的唱歌是在蛊惑人心。

而大崔和小西也被当成团伙成员，抓进警局，盘问了一夜。

以上，是我们来到警局保释他们时，从警察叔叔口中得知的。

我们憋住笑，将他们接了回去。

路上，大家去便利店买水，我忍不住问大崔和小西，你们在一起之后，一会儿进医院，一会儿进警察局，你们不觉得很倒霉吗？

小西翻了个白眼说，胡说什么呀。然后她不理我们，自顾自拧开饮料瓶盖，看了眼说，我中了！

突然大崔也举起了手中的瓶盖，说，我也中了！

我们凑过去看，他们手中的瓶盖上都写着，再来一瓶。

大崔嘚瑟说，这叫倒霉吗？你们中得了吗？

二人激动地干杯，将瓶中饮料一饮而尽，拿着瓶盖去柜台兑奖。

服务员说，不好意思，这个兑奖期已经过了。

我们哈哈大笑，大崔不服气，说，这只能说明我们不是特别幸运，但不能说明我们倒霉啊，我……

话还没说完，大崔突然捂住肚子，肚子咕噜噜叫了起来，小西上前关心他，自己的肚子也叫了起来。

我们拿起饮料一看，对他们说，不好意思，保质期也过了。

你们根本就是八字不合、五行相克、属相犯冲、星座互煞呀！当我们在公厕门口等了他们两个多小时后，忍无可忍，终于喊出了这句话。

大崔隔着厕所冲我们喊，你们这帮封建愚民！忘了自己受过九年义务教育吗？

我们惹不起他，说，行行行，你们好自为之吧，到时候可别后悔。

小西冲了出来，举着卫生纸义正词严地说，我们才不会后悔，彻底的唯物主义者是无所畏惧的！

其实回到家，大崔跟小西也犯了嘀咕，才发现他们交往的一个多月里，水管爆了，马桶堵了，钱包被偷了，大崔被误认为是色狼，小西遇到碰瓷老人，两次。

小西问大崔，我们在一起就会倒霉，你信吗？

大崔说，我有1%相信。

小西说，我有50%。

大崔说，其实我也是。

他们意识到对倒霉的确信值加起来已经100%了，俩人沉默了一秒。

大崔问，五色海还去吗？

小西说，去，去了才能得到幸福。

第二天，大崔和小西的手上各戴着一串转运珠，告诉我们，他们决定第三次上路。

有了前两次的经验，这一次他们做了详尽的调查报告，把沿途所有的情况都预估了，只是没有估计到，最后我们也会出现在那里。

那次，出发之后，他们躲过了十二辆擦身而过的小汽车，逃过了二十三个碰瓷老太太，避开了三十四个下水道黑洞，历经一千零九十一公里终于来到了香格里拉，胜利近在咫尺。

就在此时，前面的路被巨石挡住，他们不会放弃，决定推着车，穿过一旁的树林，到达道路另一端。

进入树林后发现，这里到处都是参天大树，藤萝在林中交错穿插。

大崔从树上摘下一根很像蛇的树藤想要吓小西，于是将树藤在小西眼前晃，大喊，蛇啊！

小西吓得窜到一边，大崔哈哈大笑，然后就被咬了。原来他手里拿的真是蛇。

大崔摁住被咬的手臂，痛苦地说，就凭我们的倒霉体质，肯定是毒蛇，我要死了。

小西说，镇定！我听过一句老话，毒蛇出没之处，七步之内必有解药。

小西走了七步，果然找到一株草药，药香扑鼻。

小西将草药扔进嘴里嚼，嚼烂之后赶紧敷在大崔的伤口上。

本来没事的伤口，瞬间肿了起来。

小西惊呼，这是怎么回事……

大崔看着小西肿起的双唇，语重心长地说，看来蛇没毒，解药有毒。

中了毒的大崔和小西浑身乏力，弃了车，靠着意念爬出树林，晕倒在路边。

等他们醒来的时候，已经躺在香格里拉的医院了。

我们去接他们出院。

那天，他们一言不发，表情凝重，为了安慰他们，我说，都离五色海这么近了，要不，再去一次？

过了片刻，大崔说，车没了，不去了。

小西说，嗯，不去了。

车没了可以买啊。这句话我没有说出口，我知道他们不去不是因为车，是因为怕了。

回去的路上，他们一直很沉默。

快到昆明的时候，小西突然开口，问，我俩是不是到不了五色海？我们是不是得不到幸福？

大崔看着小西，说，不会的，前面一千多公里我们都过了。

大崔向小西摇了摇手腕上的转运珠，说，证明转运珠是有用的，只要我们多买点，下次一定能到。

小西点了点头，说，好，那我要两手都戴满。

迷信是因为在乎。

大崔和小西的迷信，是因为在乎彼此，是因为他们害怕动摇，所以寄希望于转运珠，来给他们力量加持，让他们能够更勇敢地走下去。

一下车，他们就直奔卖转运珠的店而去。

来到闹市，周围的店面都很热闹，唯独一家店门紧闭，门庭冷落，正是卖转运珠的那家。

门口贴着大大的转让告示，本店因经营不善，现低价急转店铺。

大崔和小西呆住了。

小西问，我俩是不是到不了五色海？我们是不是得不到幸福？

大崔这次说不出话了。

小西说，分开吧，对我们都好。

大崔想了一会儿，说，嗯，关键是对你好，对你好我就放心了。

当天晚上，大崔和小西分手了。

大崔跟我们讲起这事的时候，很平静。

他说，这家店有这么多转运珠，还是倒闭了，我们戴再多的转运珠，又有什么用呢？

之后，大崔好像没事人一样，还像往常一样讲着冷笑话，大崔的霉运也走了，不会骑车摔跤，不会碰到不法分子，不会喝到过期饮料拉肚子，不会被蛇咬，也再没有进过医院，更没有进过警察局了。

小西则慢慢淡出了我们的朋友圈。

后来他们都过上各自的生活，好像一切都没有发生过。

我们觉得这样也挺好的。

有一天我们跟大崔去吃饵丝，吃着吃着，他突然来了一句，我们骑行去五色海吧？

这是他一直想做的事，现在不倒霉了，也应该去完成了。

大家想了想，说，好啊。

然后我们去了五色海，开车。

大崔一个人骑行。

一周之后，我们在五色海的山脚等到了大崔。

我们问他，这一次路上还顺利吗？

大崔说，顺利，什么意外也没有。

后来我们一起上山，本来海拔越高，气温就越低，大崔还一直在我们耳边讲冷笑话，把我们冻得不行，即使我们一脸冷漠，他还是话痨个不停，一点也不像刚骑行了一千多公里，更不像一个刚分手的人。

终于到了山顶，大崔赶紧掏出五种不同颜色的指甲油，往手上抹，我们还没来得及跟他说话，他已经冲到了五色海边，张开双手围在嘴边，对着太阳高歌了一曲《种太阳》。

虽然我们之前听说过这个传说，但没想到真的做出来的时候，会这么傻×，于是我们都躲得远远的。

大崔唱着唱着，声音就消失了，我们过去一看，他已经泪流满面。

我们赶紧把他拉走，问他，你哭什么呀？

大崔说，这一路都很顺利，顺利到无聊。

他接着说：

以前我给小西讲笑话的时候，每次她都会笑到缺氧，过了大半天，吃饭的时候看了我一眼，想起那个笑话，就又喷了我一脸。

但你们不懂。

以前我给小西讲五色海传说的时候，她很兴奋，给我的指甲油选择了配色，要跟我男女合唱，连最后的结束动作都编排得有模有样。

但你们不懂。

我忘了。

我忘了我们都听陈奕迅，我们都常逛家居超市，我们都爱吃没煮熟的土豆，我们都喜欢《西游记》里的银角大王，我们都会在饮水机旁接水的时候心里默数，1，2，3，4……

我忘了我们有很多合拍的地方。

两个人在一起，有的人会偶尔争吵，有的人觉得不太自由，有的人会有些许自卑，这些都是爱情的副作用，它们只是爱情的一小部分，而我们爱情的副作用，只是偶尔有些倒霉，但我却错把它当成这份爱情的全部。

传说骑行到五色海，给每个手指涂上不同颜色的指甲油，在海边为太阳献歌，就能获得幸福。

我每个都照做了，但为什么我一点都不幸福。

我知道他不幸福，是因为身边没了小西。

我递给他一袋饮料，他抽出一瓶，打开，瓶盖上写着"再来一瓶"。

我凑过去一看，没过兑奖期，也没过保质期。

我安慰大崔，说，虽然小西走了，但你的运气回来了，都能真的中再来一瓶了。

大崔愣愣地说，再来一瓶给谁喝呢？

突然，大崔将瓶子一摔，转身就跑。

我们问，你去干吗？

大崔喊，我去找小西。

我们赶紧开车追上去，说，上车，难不成你要骑车回去啊？

自行车往车顶一放，大崔上了车，我油门一踩，车盘旋着山路下山而去。

汽车在飞驰，猛然发现一群大牦牛挡在路中央，我一个急刹车，幸好没撞上去。我松了一口气，"砰！"我们被追尾了。

大崔的脖子磕到后座，他揉着脖子急得跳下车要去拿车顶的自行车，突然顿住。

顺着大崔的目光看去，追尾我们的那辆车上下来几个人，其中有个人揉着额头，是小西。

牦牛群从他们身边经过，隔着牦牛群，大崔看着小西，小西看着大崔。

一年后。

我看着坐在我对面一脸恩爱的大崔和小西，问，结婚？你们不怕倒霉吗？

小西拿出一沓厚厚的保险单，说，我们保险都买好了，就算死了还能有钱拿，算什么倒霉。

这沓保险单，是他们死了都要爱的投名状，是他们给彼此最坚定的情书。

大崔把头靠在小西肩头，说，没有你，才是我最大的倒霉。

小西嫌弃地推开大崔的头，大崔撞上正端着饮料的服务员，不出所料，饮料又洒了他们一身，他们赶忙给对方擦衣服。

大崔说，没事没事，擦一下就好了，是西瓜汁。

小西说，你这就麻烦了，是张柏芝。

两个人狂笑起来。

他们手上不再戴着转运珠，不再需要外界力量的加持，因为最强大的力量，是他们对彼此的坚定。

据说人一生会遇到约两千九百二十万人，两个人相爱的概率是0.000049。

也许以后大崔和小西还是会遇到各种倒霉的事，但能遇见彼此，他们就是世界上最幸运的。

那个爱装的女同学，现在怎么样了

我们爱装，是因为喜欢，更是因为没有安全感。

当我们拥有了足够的安全感，就可以真的完全放松，去呈现最自然的自己。

很多人都讨厌同学会，因为同学会上充斥着炫富和装×。

但是何困困喜欢。

今年春节，何困困的高中班级，在毕业七年之后第一次举办同学会。

同学会当天，何困困早早起床洗澡化妆，她审视着镜子里的自己：头发是这周新做的，衣服鞋子包包也是这周刚买的，皮肤……呃，有几个痘印，遮一下，问题也不大。

现在的她，已经是自己颜值的巅峰了。

何困困出门的时候，她爸爸打量着她，打趣问道，打扮得这么漂亮，同学会上有你喜欢的人吧？

何困困说，不，有我讨厌的人。

何困困喜欢同学会，因为同学会可以让她炫富、装×和报复。

何困困报复的对象，是她的前任，林墨。

他们是高中同学，高中毕业后在一起，两年后分手。

何困困被甩。

在她生日的那一天。

当着她所有朋友的面。

从此，她再也没有谈恋爱。

他们只交往了两年，但是何困困记恨了他五年。

分手五年后，举办高中同学会。

何困困想，报复林墨的时候到了。

她制订了完美的计划，目标就是要在这场同学会中，闪亮登场，碾压林墨，一雪前耻……

何困困准时抵达同学会现场，一走进包厢，就吸引了现场所有人的目光，包括林墨的。

一如何困困高中的时候。

这是必然的，何困困冷静地想，毕竟不是谁都敢在零下五摄氏度的天气里光腿穿短裙的。

何困困高中的时候，就是学校出名的装×犯，特长是有两条特长的腿。

不管春夏秋冬，她都穿裙子。

教导主任问她，你为什么总穿裙子？

她高傲地回答，因为我喜欢装×呀。

于是教导主任让装×的何困困到走廊罚站。

那是冬天，所有人都裹得严严实实的，只有何困困，光着两条腿站在走廊，冻得瑟瑟发抖。

上课的时候，林墨会偷偷从门口探出头来，看何困困。

他是何困困的同班同学，也是何困困的后座。

何困困和林墨隔着一条走廊对视。

何困困问林墨，你看什么？

林墨说，看你的腿。

何困困很骄傲，抖着两条腿问，我的腿好看吗？

林墨说，好看，就是有点粗。

何困困气炸了。

大家都说她的腿又细又直，唯独他说粗。他是瞎的吗？

为了不让自己的腿再被吐槽，这次同学会，何困困特地从三个月前就开始进行瘦腿训练。

一进场，何困困就得到大家的交口称赞，多年不见，何困困越来越漂亮了。

何困困一边接受称赞，一边用余光望着林墨。

虽然林墨没有发福，也没有秃顶，岁月的沧桑似乎还让他变得更有味道了，但是跟光芒万丈的何困困比起来，他实在很普通。

闪亮登场成功，何困困很高兴。

人来齐后，大家开始吃饭喝酒聊天，很快就进入了同学会的惯例环节：比收入。

这一次，何困困先听到了林墨的收入。

林墨去年辞了职，现在的工资，也不过一月一万。

何困困听到这个数字，立刻两眼放光，蠢蠢欲动，希望同学们赶紧问到自己，这样自己终于能在工资上碾压林墨了。

高中的时候，何困困成绩不错。每次考试成绩出来，例行装×是必须的。

高三一模考的时候，何困困的数学拿了139分，创历史新高。

她将自己的试卷拿起来，靠近后排，尽量让林墨能够看清上面的分数。

林墨很配合，说，你数学拿了139分啊，好厉害。

何困困叹气，摇摇头，遗憾地说，我没发挥好，粗心扣了好几分。

林墨安慰何困困，别难过，这次数学难，上百的都没几个。

何困困的虚荣心得到满足，礼尚往来地问，你多少？

林墨微微一笑，将试卷放到何困困面前，说，140。

他看着无语的何困困，继续说，没多少，比你高一分。

是的，这就是林墨，腹黑的林墨。

同学会上，终于有人问何困困，你多少？

何困困挺直了腰背，轻描淡写地扭头看着林墨，说，两万。

看着林墨无语的表情，她补了一句，没多少，比你高一万。

一直被林墨碾压的何困困，终于逆袭成功，她很痛快。

饭桌上的气氛越来越火热，大家开始炫耀起自己的另一半。有老公的秀老公，有男朋友的秀男朋友，像何困困这样什么都没有的，就只能炫耀一下自己的追求者了。

同桌问何困困，你现在这么漂亮，应该有很多人追吧。

何困困一点都不矜持，大方地说，是啊，四五个吧。

在同学们的赞叹声中，何困困看到林墨的表情有点僵住了。

何困困问林墨，你呢？

林墨摇头，说，我没有女朋友，也没有人追。

当初何困困和林墨在一起的时候，林墨一直是受欢迎的那一个。

即使跟何困困交往后，还是有源源不断的女生喜欢着林墨。

而谢小雨又是其中最强的一个，谢小雨也是他们的同班同学。

她漂亮，成绩好，还是林墨的青梅竹马。

何困困不服气，问同桌，你们觉得我跟谢小雨，谁跟林墨更配？

同桌说，你挺好的，所以我选谢小雨。

何困困问了周围所有人，让他们在自己和谢小雨中间投票。

票数总数41，谢小雨和何困困的票数比为40:1。

何困困觉得很羞耻。

何困困环顾一圈，并没有在同学会上看到谢小雨。

何困困悄悄问同桌，谢小雨呢？

同桌四处张望，指着刚进来的一个女人，说，来了。

谢小雨进来了，她素着颜，看上去脸色不太好。穿着一件宽松连衣裙，整个人比高中的时候胖了一圈。

同桌看看谢小雨，又看看何困困，对何困困说，再给我一次重新投票的机会，我给你投一百票。

何困困笑了。

能够重新见到自己讨厌的人，并且欣喜地发现自己已经远远超过了她，这不就是同学会存在的意义吗？

何困困爽爆了。

何困困想，闪亮登场，碾压林墨，一雪前耻，她的计划已经完成了一半。

接下来，是另一半。

谢小雨走进来，跟大家打了招呼后，走到林墨面前，说，把车钥匙给我。

林墨将钥匙递给她，跟她说，你都怀孕了，开车小心点。

谢小雨离开后，何困困问林墨，你跟谢小雨结婚了？

林墨说，不是，但我准备结婚了。

难怪他没有女朋友，也没有人追，因为他有未婚妻了，而且对方还怀了他的孩子。

何困困看着谢小雨离开的背影，可能因为怀孕，她的走路姿势很难看。

她不美，然而她赢了。

何困困喜欢林墨，从高中就开始喜欢了。

因为喜欢林墨，所以何困困开始装×。

学生时代的我们，总是想在喜欢的人面前装×，呈现自己最完美的状态。

她喜欢光腿穿短裙，还喜欢炫耀自己的成绩，总想跟谢小雨争输赢。

她的每一个动作、表情和毛孔都在释放着信号：

你看，我是不是很特别？

我可是很优秀，很值得喜欢的哦。

所以，快点喜欢上我吧。

林墨。

何困困想起高中的冬天，她都会穿着短裙，林墨总问自己，你不冷吗？

她总说自己不冷。

林墨每次都会撇嘴，说，撒谎。

他总会将外套脱下来，把何困困焐热，然后递给何困困一杯热水，热水是他在课间跟同学们厮杀之后抢来的。

他们在一起后，何困困问林墨，你知道，我是为了吸引你的注意力，才坚持在冬天穿短裙的吗？

林墨问，你知道为什么我从来不制止你穿短裙吗？因为只有这样，我才能一直跟你搭话。

何困困发动投票，以40:0输给谢小雨的时候，心情一直很颓丧。

林墨知道了，来找她，说，你为什么不问我？我投你一票。

谢小雨和何困困的票数比分变成了40:1。

何困困唯一一票是林墨投的。

林墨搂着何困困，问，你知道什么叫一分绝杀吗？这就是了。

于是，他们就在一起了。

但是，拥有绝杀票的何困困，并没有因此就有安全感。

何困困想不断地证明，林墨是真的爱自己的。

她开始无理取闹——就像每一个在高中时代谈恋爱的人，以为爱是无穷无尽的，可以随意挥霍。

她的任性，在生日那天达到了巅峰。

何困困想让林墨当着所有朋友的面抱着自己，说一百遍"我爱你"。

林墨对何困困的忍耐终于爆发，两人分手了。

何困困以为自己去同学会装×，是因为要报复。

其实是因为喜欢。

何困困继续光腿穿短裙，炫耀自己的工资，总想跟谢小雨争输赢。

她的每一个动作、表情和毛孔都在释放着信号：

你看，我越来越优秀了。

你有没有后悔离开我？

如果有，就回来吧。

林墨。

是的，在何困困的计划里，闪亮登场，碾压林墨，一雪前耻，只是前半部分。

计划的后半部分，是让林墨后悔，痛哭流涕地求复合。

但是现在看来，没有机会了。

何困困想让林墨后悔，没想到后悔的是自己。

何困困从厕所出来，直接转身离开了酒店。

计划失败，继续留下来也没有意义了。

打车的时候，林墨追了上来，他看着何困困说，我送你吧。

何困困没说话。

林墨的眼睛在何困困冻得通红、抖个不停的腿上转了转，问，你不冷吗？

何困困潜意识里想装×说不冷。

但随后想起来，装×已经没有意义了。

于是何困困说，冷。

但是这一次，林墨再也不能给自己衣服，也不能给自己热水了。

林墨上前，一把把何困困搂进了怀里。

何困困一下子蒙了。

林墨问，这样还冷吗？

何困困推开林墨，问，你这是什么意思？

林墨说，意思是我喜欢你。

何困困问，你不是要跟谢小雨结婚了吗？

林墨说，谢小雨早就结婚了，不过是和我哥们儿。我知道你今天误会了，但我没有澄清。怎么，就许你装×，不许我装×？

何困困忘记了，林墨是个腹黑的人。

林墨看着何困困，说，何困困，我有话跟你说。

何困困看着他。

林墨说，首先，你的腿还是粗；其次，我辞职之后，创业开了公司，虽然工资比你低，但是资产肯定比你多，别再在我面前装×了，没用。

何困困甩手就走，林墨抱住何困困，继续说，你没必要在我面前装×，因为我爱你，我爱你，我爱你，剩下的九十七个我爱你，以后再说。如果你答应跟我在一起，我想我马上就要结婚了，跟你。

何困困看见林墨表情淡定，但双腿在发抖，脑门上全是汗，在大冬天。

何困困问，你很紧张吗？

林墨不好意思地说，刚才的话，排练好久了。

何困困用力地抱住林墨，说，我也爱你。

林墨不再装×。

何困困也不必装×了。

我们爱装，是因为喜欢，更是因为没有安全感。

当我们拥有了足够的安全感，就可以真的完全放松，去呈现最自然的
自己。

愿你们都能找到一个让你卸下盔甲和包袱，不再装×的人。

价值一千万的爱情

当你爱一个人的时候，你不会去权衡利弊，不会去计算得失，不会去比较优劣。你的心已经先于你的理智做出了选择。爱本身就是唯一的答案。

一个男人有十万，给你十万。

另一个男人有一千万，给你一百万。

你选哪个？

"哪个我都不选，因为我根本不需要男人给我钱。"我的室友兼同事是这么回答的，她叫梁爽。

说这话的时候，她正瘫在沙发上，蓬头垢面地啃一只大鸡腿，她就喜欢吃肉。别看这不着调的样子，她可是我们公司的女强人，才二十七岁，已经是公司最年轻的项目总监。

在公司的时候，她雷厉风行，气场七米三，以致没人敢追她。

有一天在电梯里，同事告诉我，有个科技公司的CEO在追梁爽。

我来劲了，问，谁呀。

同事说，是小林总。

我震惊，这个小林总是我们在北京的大客户，听说以前有人问他，怎么才能做到年薪百万呢？他说，很难，这样的话，我一年只能工作一天了。

牛×啊。

只要梁爽答应了他，我就有个土豪朋友了，爽。

同事说，梁爽真有福气，竟然有还没秃顶的有钱人在追她。

突然，旁边一个年轻人凑过来，插了一句话，她可不只这点福气，公司还有个年轻有为的W姓小鲜肉也在追她。

大家惊叹，纷纷八卦起来，年轻有为？W姓？难道是品牌部的北大才子小王，或者是销售部的业绩冠军小魏？

他回答，都不是！是产品策划部的优秀实习生吴唐，三年内有望转正哦。

大家一阵沉默。

我问，吴唐是谁？

年轻人得意地说，是我。

我打量着他，一脸的胶原蛋白都盖不住他傻×呵呵的神情，一撮呆毛耸立，像个立着的天线，接受着电梯里全部人的鄙视。

在梁爽嫁入豪门的路上，不知从哪里，半路杀出个屎壳郎。

我回家就跟梁爽打听他，我问，最近是不是有个叫吴唐的追你？

梁爽点头，哦，那个奇葩呀。

奇葩吴唐才十八岁，念大一，来公司实习的第一天，就跟梁爽表白了。

他对梁爽说，我喜欢你。

梁爽说，你太小了。

吴唐不服气，说，我十八厘米，不小了。

梁爽拍拍他的肩膀，说，好好工作吧，无论是十八岁的弟弟还是十八厘米的小弟弟，我都没有兴趣。

听完后，我连连给梁爽鼓掌，称赞道，在十八厘米面前还能毫不动摇，你真是个旷世烈女啊！

这件事之后，吴唐贼心不死，对梁爽穷追不舍。

梁爽立场坚定，除了工作以外，不跟他多说一句话。

有一天，在公司微信群，梁爽说她急着见客户，但深南大道大塞车，她正堵在路上，问大家有没有什么办法？

我看到梁爽的消息下，秒刷了一条信息，待着别动，等我。

说这话的是吴唐。

我看到吴唐叫嚣着"我有车！"冲出了公司，我透着窗眼睁睁地看着他跑向一辆宾利——后面的小绵羊，车身上还贴着哆啦A梦，他跨上车，嘟嘟嘟绝尘而去。

结果那天，梁爽到半夜都没回来，我在家里来回踱步。

凌晨，她一脸疲惫地回来了，我想，这该不会是纵欲过度的表现吧。

我问她，你去一睹十八厘米的风采了？

梁爽说，你别瞎扯！

下午吴唐骑着小绵羊赶到，及时把梁爽送到客户公司。

回去的路上，吴唐请她吃饭。

鉴于今天吴唐帮了大忙，梁爽不好意思拒绝，就答应了。

吴唐说，我知道很多人在追你，但我跟他们不一样。

梁爽问，怎么不一样？

吴唐回答，他们有钱，我穷。

丫的还挺得意的。

然后吴唐就把梁爽带到深圳城中村白石洲去吃麻辣烫，吴唐说，这是深圳最好吃的路边摊！

吃着吃着，吴唐突然说，跟我谈恋爱吧。

梁爽说，不要。

吴唐追问，为什么，不喜欢路边摊吗？

梁爽回答他，不，我只是不喜欢你。

我递给梁爽一只鸡腿，说，干得漂亮！赏你的。

梁爽接过鸡腿，狠咬一口，说，结果我就走回来了。吴唐傻乎乎的，有车不骑，推着车在后面用车灯给我照路，一直陪我到楼下。

什么？我冲到窗户旁边，低头一看，果然看到吴唐推着小绵羊站在楼下，看到我开窗，他咧着个嘴，朝我挥手。

笑毛笑！我狠狠把窗一摔，转过头，看到梁爽也在笑。

完了，我感觉到她要误入歧途了。

没想到，这条歧途是高速公路，梁爽在上面一路飞奔。

有一天，梁爽带领部门去做地面推广，忙得晕头转向，饭都忘了吃，结束的时候，梁爽在收拾东西，吴唐跑过来，霸气地说，今天这顿我请你了。

梁爽看到他手里拿着两个汉堡。

他们坐下，吴唐就开始捣鼓汉堡。他拿两根吸管当筷子，三下五除二，就把两个汉堡变成了一个双层鸡腿堡和一个双层生菜堡。然后，吴唐把双层鸡腿堡递给梁爽。

梁爽有点懵圈，说，你怎么知道我爱吃肉？

吴唐说，上次吃麻辣烫的时候，你就只挑肉吃啊。

梁爽看着吴唐拿着双层生菜堡吃得津津有味，再看看自己手里厚厚的汉堡，狠狠咬了一口，从没吃过这么扎实、这么好吃的鸡腿堡。

梁爽边吃边对吴唐说，下次我请你吃饭吧？

吴唐嬉皮笑脸地问她，请我吃饭，你不会喜欢上我了吧？

梁爽说，是啊。

他们就这样在一起了。

很多时候，我们都会因为细节而爱上一个人。

因为能延续爱的，是细节。

因为填满生活的，是细节。

梁爽就是这样，被吴唐的细节打动了。

梁爽明确拒绝了小林总，我痛心疾首。

梁爽天天坐着吴唐的小绵羊上下班，心花怒放。

吴唐经常赖在我们家不走，就是为了做各种肉给梁爽吃，每次看着他们腻歪的样子我都吃不下饭。

我以为他俩很快会分手，毕竟年龄差摆在那儿嘛。

没想到他们一谈就是三年，秀了三年恩爱，不知廉耻。

我吐槽他们，你俩秀恩爱最好安排在中午，因为早晚会有报应。

本来是一句玩笑话。

没想到，报应真的来了。

吴唐大四的时候，拿到了一家行业顶尖公司的offer，工资可观。

结果还没入职，梁爽家就出事了。

一年前，梁爽的爸爸承包了一个果园，结果合同有陷阱，面临巨额赔偿。

梁爽拿出自己的全部积蓄，我们几个好朋友也帮忙凑了钱。

我问，吴唐能帮你吗？

梁爽说，他给了我十万。

我有点不满，他只有十万吗？

梁爽说，不，他连一万都没有。为了筹这十万，他能开口借钱的都借了，不能开口的他也去求了。

她说完，眼眶有点红。

我也沉默了，只是问梁爽还差多少钱。

她垂下头，说，一百多万吧。

眼看赔偿期限要到了，如果拿不出钱，她爸就得坐牢。

梁爽急得请了长假，到处奔波筹钱。

一晚，吴唐来找梁爽，梁爽不在。

他突然开口说，听说以前你问过梁爽，一个男人有十万，给你十万；另一个男人有一千万，给你一百万，选哪个？梁爽都没有选，对不对？

我说，对啊，但事实上，她还是选了有十万给她十万的那个啊。

吴唐说，但是关键时刻，能拿出一百万的，是有一千万的人啊。

他的眼神黯淡下来，我第一次看到他不再傻×呵呵的样子。

他说，我和梁爽之间差了九岁，但我从来没怕过，现在，我有点怕了。

他已经倾尽全力了，但还是远远不够。

没等到梁爽他就先走了，我看着他慢慢地走着，走进了夜色里。

那辆贴着哆啦A梦的小绵羊，大概是卖了吧。

没过几天，下班的时候，我的办公室来了一位贵宾，是小林总。

他听了梁爽的事情，专门飞来深圳，准备帮她。

小林总跟我说，不是每个人都有重新选择的机会，但我给梁爽这个机会。

在路边的咖啡厅，我看到了小林总和梁爽，隔着玻璃窗，我不知道小林总在说些什么，梁爽没有说话，沉默着。

我听过一句话，当金钱站出来说话时，所有真理都沉默了。

我想，沉默的不只是真理，还有很多，包括爱。

不管梁爽现在做出什么选择，我都理解，我想吴唐也是。

不久后，梁爽辞职离开了公司，也从合租屋里搬走了。

过了两年，我攒了一个长假去看梁爽。

梁爽家很大，我走过一个长长的庭院，终于见到了她。

我问她，你老公呢？

梁爽下巴一扬，我看到一棵苹果树后面探出一个头，咧着嘴朝我挥挥手，还是一副傻×呵呵的样子。

是的，梁爽和吴唐结婚了，他们没有分手。

同一个问题摆在她面前，她做出了相同的选择。

那天，在咖啡厅，梁爽拒绝了小林总。

她当时本来已经打算去借高利贷，吴唐却做了一份将果园电商化的策划案，跟开发商签了对赌协议，输了的话，钱他来赔。

梁爽听到这个消息，赶到现场拦住了吴唐。

梁爽问，你知道协议一签，你就要放弃你想做的工作，每天被困在果园里吗？

吴唐说，我知道。

梁爽问，你知道你就要为了多赚点钱，每天来回算计吗？

吴唐说，我知道。

梁爽问，你知道你就会因为害怕失收，每天提心吊胆吗？

吴唐说，我知道。

梁爽问，那你为什么还要这么做？

吴唐没有回答，俯下身，拿过笔，在对赌协议上一笔一画签下了自己的名字。

"吴唐"。

他写得那么庄重，好像签的不是协议，而是他给梁爽的回答。

他要在她需要的时候，为她扛下一切难题，成为她的依靠。

第二天，梁爽拉着吴唐去了民政局。

未来不管好与坏，她要跟他在一起。

现在他们就住在这个果园里，梁爽摘下草帽，我看到她皮肤都被晒成小麦色了。

我问，你对当年那个答案后悔了吗？

她说，什么答案？

我说，那个问题你忘了吗，一个有十万给你十万的男人和一个有一千万给你一百万的男人，你选哪个？

她说，在考虑这个问题的瞬间，就不是爱了，因为爱情根本没的选择。

当你爱一个人的时候，你不会去权衡利弊，不会去计算得失，不会去比较优劣。你的心已经先于你的理智做出了选择。爱本身就是唯一的答案。

彩蛋：

吴唐从树上滑下，潇洒地一挥手，大喊，今天来客人了，我们吃点好的，我去镇上买几个鸡腿堡。

两分钟后，吴唐骑着一辆贴着哆啦A梦的小绵羊，嘟嘟嘟地绝尘而去。

我说，这小绵羊是……

梁爽说，是，从二手店找回来了。

小绵羊没有变，梁爽和吴唐也没有变。

钱也许可以改变世界，但改变不了他们，改变不了爱。

撩汉，我只靠碰瓷

爱情碰瓷是对一个人的执着。
若是爱他，何不讹他一辈子。

三十五岁还没男朋友，这辈子可能要孤独终老了。

钱小暖一边吃着泡面，一边思索着这个伤感的问题。

今天是她三十五岁生日。

其实，一个人过，是不是也行？

这时候，她妈给她打了电话，语气特温柔，女儿，生日快乐啊。

她正感动呢。

她妈话锋突然一转，发了狠，今年你还单身，我忍了。明年你再不结婚，
我就死给你看！

不是她不想结婚，问题是跟谁结啊。

看来，不管怎么样，也得找个男朋友了。

电视里正在放法制节目，关于碰瓷的，调查显示，碰瓷成功率高达32.5%，
其中被碰瓷的人，67%心地善良、经济宽裕……

作为大学霸，钱小暖最懂的，就是举一反三。

找男朋友是不是可以剑走偏锋？

比如来个碰瓷。

钱小暖拿了两条进口好烟，送给了隔壁小区的年轻保安。

保安露出了孩子般的笑容，然后将所有业主的资料送给了钱小暖。

为什么选隔壁小区呢？

因为它的环境好，因为它的风水妙，主要还是因为它的房价高。

钱小暖一眼就挑中了一个儒雅的男人，他叫郭淳，单身，三十六岁，异性恋，养一条狗。

养狗引起了钱小暖的注意——搞不好还可以来个《宠物情缘》呢，那是古天乐和宣萱演的一部很经典的剧，男女主都养狗。

钱小暖决定从狗入手，于是当即买了一条哈士奇。

第二天，钱小暖牵着狗在隔壁小区晃荡，终于守到了郭淳带着狗出现。

钱小暖冲了上去，拦下他，义正词严地说，先生，我要向你抗议，你的狗强奸了我的狗，并导致它怀了孕，你得给我赔偿。

郭淳不解说，可你的狗是哈士奇，我的狗是吉娃娃，你的狗是我的狗十倍大，你说它被我的狗强奸了？

钱小暖点点头说，看来你也觉得神奇，也许它是跳着强奸的吧。算了，我也不计较了，你就请我吃一顿饭赔偿吧。

郭淳不解说，等等，我觉得有哪里不对。

钱小暖点点头说，好的，那地点就定在你家里，明天晚上不见不散。

对话驴唇不对马嘴——这就是碰瓷的精髓。

钱小暖事后都被自己惊到了。

脸皮这么厚，看来也是被逼急了。

她想着，自己要是二十岁的时候，能有这种厚颜无耻的精神，现在娃都上中学了吧。

当天晚上，钱小暖硬着头皮去了郭淳家，想说，怎么也不至于把自己赶出去吧？

还好，郭淳没有。

郭淳说，老实说，我觉得狗狗强奸事件听起来挺扯的，但是看着你斯斯文文的，不像坏人，那我们就交个朋友吧。

钱小暖很感动，两人开始喝着饮料，吃着薯条，有一搭没一搭地聊天。

等钱小暖去上了个厕所，再出来，震惊了——郭淳被一个警察摁在了桌子上。

钱小暖心想，怎么会有警察，一定是我眼花了。

这时，一群警察破门而入，钱小暖也被控制了起来。

一脸懵圈的钱小暖来到警局才知道，郭淳是个诈骗犯，之前以结婚为由，骗了好几个富婆，两年涉嫌诈骗八百多万。

郭淳被逮捕了。

难怪郭淳会配合钱小暖那么初级的碰瓷。

钱小暖这是试图欺骗一个骗子啊。

给钱小暖做笔录的，是个年轻的警察，正是之前抓郭淳的那个。

钱小暖一脸诚恳地说，警察叔叔，我把该说的都跟你说了，你就放我走吧。

小警察说，我年纪比你小。

钱小暖赶紧赔罪说，好的警察哥哥，我是无辜的啊。

小警察突然凑上来小声地说，但是，为了保护你，我的手在抓犯人的时候受伤了，你得赔偿我。

小警察举起了手，他所谓的手受伤，只是指甲盖被擦了一点点。

钱小暖碰瓷真命天子不成，没想到却被一个小警察给讹上了。

小警察叫韩东，他申请做了钱小暖那片区域的片儿警，每天在钱小暖上下班的路上徘徊。

远远地看见钱小暖，韩东就会冲她喊，你得赔偿我，我要喝骨头汤，给我煮骨头汤！

钱小暖怕了，每次看见他转身就跑。

但韩东的碰瓷技术越来越高，躲都躲不掉。

一开始他只是守在小区里等钱小暖。

没过几天，他就跟钱小暖小区里的老头老太太们打成了一片，一起唠家常，一起撞树，做运动，钱小暖的资料，韩东一手掌握。

傍晚，老头老太太们接孙子回家，韩东就等钱小暖下班回家。

韩东还非要帮钱小暖遛狗。有一天，韩东说，自己被钱小暖养的哈士奇咬了，手臂都受伤了。

钱小暖看他手臂都在流血，袖子也破了，有点吓到，赶紧陪他去打了狂犬疫苗。

接下来的几天，韩东仗着自己是受害者，每天正大光明走到钱小暖家的饭桌前，开心地吃起了饭来。

一周多以后，钱小暖认真看了一下韩东的手臂，总觉得哪里怪怪的。

她问，你这真的是狗咬的牙印吗？我看着像人咬的啊。

韩东讪然一笑，嘿嘿，还是被你发现了。其实是我自己咬的……我不这样做，你也不会对我这么好嘛。

钱小暖说，你把自己咬出血？

韩东说，本来是想咬狠点，但是太痛了，所以血嘛，假的……你别担心，我完全没事了……

钱小暖本来觉得自己够无耻了，没想到有人比她更无耻。

现在他每天出入的，是她家的客厅，再这样下去，说不定就要爬上她的床了。

钱小暖细思恐极，正想着怎么跟他绝交，结果，韩东约她晚上在小区的地下车库见。

当晚，钱小暖紧张地来到地下车库，为了防止被骗，她的包里放着一根电棒、一个警报器、一瓶辣椒水、一根香蕉。

香蕉是晚饭，因为钱小暖最近在减肥。

钱小暖站到地下车库里，黑漆漆的一片，没有人影。

钱小暖害怕得想掉头就走，突然，周围亮起了星星点点的光亮。

车库里一瞬间有无数星光在闪烁，有的汇成了北斗七星，有的汇成了仙后座，有的汇成了猎户座，有的汇成了三角内裤……

这时，韩东从黑暗中走了出来。

钱小暖鄙夷说，喊，玩浪漫啊，对我没用。

韩东叹了口气，说，你还是没有想起来。

韩东说，2003年，十三年前，北京奥运会还没举办，手提电脑还没普及，网络速度还很慢，咪蒙公众号还没出现。

那一年，钱小暖二十二岁，韩东十二岁。

钱小暖大学还没毕业，在一所中学实习，当地理老师。

但每次上课，钱小暖都会发现班上少一个同学，问了才知道，那个学生翘课躲在宿舍。

钱小暖去宿舍找到了他，发现是一个瘦瘦小小的男生。

钱小暖问了情况，才知道男生叫韩东，因为一直被学校里几个小混混儿欺负，不敢去班里上课。

钱小暖去找了那几个小混混儿，说，韩东爸爸是警察，你们再欺负他，迟早被抓进去。

那几个孩子到底才上初一，就这么被唬住了。

钱小暖去找韩东，告诉他，这事已经解决了，不用再害怕了。

韩东还是有点不放心。

钱小暖把窗帘拉上，房中漆黑一片。

她拿过来一张被戳出洞的纸，包裹住台灯裸露的灯泡，房间的墙上瞬间变成了星空，钱小暖移动纸，星空也跟着移动。

钱小暖说，我的梦想，是未来做一个天文学家，每天与星辰为伴，你呢？

韩东说，我的梦想，是做一个警察，惩恶扬善，但我太瘦弱了，所有人都不相信。

钱小暖把手放韩东肩膀上，说，老师相信你，你以后一定能成为一个厉害的警察。

2003年5月23日，韩东暗暗下了决心，一、未来他要做一个警察；二、娶钱小暖做妻子。

车库里，星空下，已经当了警察的韩东望着钱小暖，说，当我做了警察之后，我开始寻找你，就在前几天，终于找到了你，却发现你在故意搭讪郭淳，我很难过，因为郭淳是我们的稽查目标。我担心你的安全，求了局里一整夜，他们才同意提前进行抓捕。

原来，韩东对钱小暖的碰瓷，都是基于对钱小暖的爱。

韩东走过来，对钱小暖说，我等了你十三年，从十二岁等到了二十五岁，就是为了能在你面前说一句，我想跟你在一起。

钱小暖坚决拒绝了，说，你年龄也太小了，尤其是，想到你以前还是我学生，十二岁的小男孩，让我感觉自己有恋童癖。

从此，韩东消失在了钱小暖的世界里。

上班的路上，没人再问她要骨头汤喝。

下班的路上，没人再等着她下班。

不会再有人强行拉着自己的哈士奇出去遛。

不会再有人厚颜无耻地坐在自己的饭桌上蹭吃蹭喝。

钱小暖不知道为什么，心里有些空落落的。

有一天，钱小暖下班骑着小电摩回家，遇到碰瓷的了。

法制节目里的那种碰瓷。

对方一六十多岁的老爷爷，躺在地上，离她的车三米远呢，非说是被她撞了，要她赔三千块。

周围没有目击者，没人可以证明她是清白的。

她被老爷爷缠上，简直想死。

这时候，韩东出现了——可见跟着她、想保护她，也不是一天两天了。

韩东指着电线杆，对老爷爷说，这个路段有监控，我们根据录像来判断。你要真是被她撞的，我们警方会帮你争取权益，但如果不是，我们就会以敲诈勒索罪论处了……

老爷爷骂骂咧咧地走了。

钱小暖说，那只是路灯，并不是监控，对不对？

韩东笑了笑，说，没错。

钱小暖觉得今天的韩东格外爷们儿。

钱小暖说，谢谢你。

韩东说，我不要你谢谢我，我要你赔偿我。

钱小暖说，赔什么？

韩东说，赔我一辈子。

没想到这一次，钱小暖还是被讹上了，代价还很大。

然而，她有点甘之如饴呢，这是怎么回事？

生活中的碰瓷是可恶的，爱情里的碰瓷，可能是可爱的。

若是真的爱，就可不顾自尊，死缠烂打。

若是真的爱，便想不断靠近，拥她入怀。

爱情碰瓷是对一个人的执着。

若是爱他，何不讹他一辈子。

我拉二胡的时候最爱你

我们费尽心思，我们相互错过，我们被现实分开，我们经历了漫长等待。
我们还在一起。

1

有一种说法叫，孩子小时候被逼着学一门乐器，长大之后泡妞，会事半功倍。

每次听到这种说辞，我都会擦一擦眼角的热泪，恨恨地说，那可真他×不一定，看你学的是什么乐器了。

像我就很悲剧，学的是二胡。

2

从六岁开始，每天晚上我都要练习三个小时的二胡。

这完全是被我爸逼的。

我爸的目的很单纯——希望我快速掌握几个骚曲，在酒局上给他助兴和吹牛×。

半年后，我爸认为我可以出师了，接着就把我带到了他和狐朋狗友的饭局上。酒过三巡，我爸让我赶紧整个骚曲，就那首《爱拼才会赢》。

我演奏完之后，我爸瞪大眼睛，问他的朋友们，我儿子拉得好不好？

大家说，李公子拉得太好了！

接着转折出现了。

隔壁的王叔也带着他女儿来参加了饭局。

那是一个梳着长马尾，马尾快长到腰间的小女孩。

她叫王倩。

王叔看着我爸，说，我女儿不才，也会一点乐器，我们和李公子切磋切磋。接着，王倩从黑书包里面掏出了一把亮晶晶的小提琴。

我和我爸彻底懵圈了。

王倩拿起小提琴，演奏了一曲《卡农》，饭桌上掌声雷鸣。

我输了。

那个晚上我爸悲伤地说，你的二胡白练了。

而我想说的是，我的二胡练对了。

因为那个叫王倩的小女孩对我笑了。

我注意过，我拉二胡的时候，别的大人都在喝酒聊天，只有她专注地看着我，那种一对一的凝视，仿佛给了我一个赞扬。

王倩同学，虽然我们是对手，但你长得真美。

二胡是如此难听，练琴又是如此枯燥，但如果能再见到你，我愿意坚持。

3

第二次见到王倩，还是在民族乐和西洋乐的比拼上。

我必须打探一下王倩的心意了。

我问王倩，同学，你老盯着我看干吗？

王倩戴上眼镜，告诉我，啊？没盯着你啊，我近视。你二胡弓子是唯一会动的东西，瞧着不费力。

我一愣，说，那你干吗听我拉琴这么认真？

王倩叹了口气，说，因为好难听啊，我一直在想为什么声音跟丧曲一样。

我原本以为，王倩是一个有文化、有教养的女孩子，我错了。

就这样，我和王倩成了死对头。

4

因同样学琴的缘故，我和王倩结伴去北京少年宫考级。

在一级到三级的考试过程中，我们一共发生了三次对话。

［考一级的时候］

我指着自己二胡上的蛇皮对王倩说，蛇皮做的，牛×不牛×，一千多块钱一张。

王倩拿起小提琴对我说，纯木的，一万块一把，你狂什么？

我：琴贵怎么了？我家比你家有钱。

王倩：你不知道啊，咱们那儿的胡同要拆迁了，拆了我家就比你家有钱了。

我：你吹什么牛×呢？

不欢而散。

［考二级的时候］

我：我没带松香，没法擦琴弓，你借我。

王倩：可以，我家有钱还是你家有钱？

我：我家。

王倩：不借。

不欢而散。

［考三级的时候］

王倩：我听了你的二胡，但还是觉得小提琴好听哎！二胡还是太悲伤了。

我：你懂个屁，二胡很摇滚，你听这个《赛马》，多躁啊，崔健唐朝黑豹你懂不懂？

王倩：还赛马呢，撑死了就是赶驴。

不欢而散。

我常常想，如果事情按正常发展的话，我想我和王倩会一起考到十级，然后打上一架，把人打哭那种，之后老死不相往来。

5

转折出现在我们考四级的时候。

一切如王倩所料：胡同真的拆迁了。

王倩家住在胡同入口附近，搬迁赚了大钱。

而我家住在胡同中间，政府拆到一半，决定收手不拆了。结果就是，我家裸露在街中心，还没收到一分钱。

第二天，家里人命令我再也不许拉二胡了。

理由是现在正是拆迁尾声阶段，我每天丧乐声一起，政府还以为闹出人命了，会来找家里麻烦。

深夜，我拿着二胡跑去找了王倩。

我在她家残破的窗边举起了二胡。她看到了我，拿着小提琴跟着我偷跑了出来。

我们两个搬了一把板凳，一起坐在胡同口。

月光倾泻下来，打在我们身上。

王倩问我，你以后不拉二胡了？

我说，不拉了吧，反正是丧乐。

王倩笑了，说，和你吵嘴习惯了，我一个人去少年宫，有点不适应哎。

我说，你家搬走了，少年宫我也不会再去了，咱俩以后不会再见了吧？

王倩说，应该不会了。

我说，很奇怪，虽然每回见面都吵架，但是如果见不到你，我一点都不想学琴。

王倩沉默了一会儿，说，咱们合奏一首曲子吧，欢快一点的。

王倩擦上松香，开始演奏起《赛马》。我也拿起弓子，给即将消失的胡同增添一点悲伤的气氛。

我看着王倩，所有月光都打在她脸上，王倩拍拍我的肩膀，说，虽然我讨厌二胡，但你拉得很好听。

6

第二天早上，我起得很早，心里很想王倩，于是又拉了一遍《赛马》。

然后门就被敲响了。

那是一个中年女子。她问我，刚才的二胡是不是你拉的？

原来我家胡同门口，是一家特别有名的豆汁店。有一个叫作高超的二胡老师很喜欢在那儿喝豆汁，她在喝豆汁的时候听见了胡同里面的二胡声，便敲窗户寻过来了。

高超对我父母说，我是个好苗子，她可以教我，让我去她家上课。

就这样，令人难以置信地，我去高超家接着学二胡了。

我觉得那是上帝给我的指示，让我继续跟王倩在一起。

我去找了王倩，和她表白。

王倩，我喜欢你，独奏太孤独了，我们合奏吧。

就这样，我和王倩成了情侣。

我和王倩都认为，我们能在一起，和那条胡同的拆迁、那个深夜的二胡小提琴合奏、鬼使神差的豆汁老师密不可分。

三件事情，缺一不可。

但命运，就这么发生了。

7

大学以后，王倩去美国读研究生。

我和王倩约定，等她从美国回来之后，就结婚。

我们每天都会打上一个小时的电话，但是没法触摸和亲吻对方。

我们每天会对对方分享自己的快乐和痛苦，但是无法亲临其境，也就无法设身处地。

永远是一年后我们就能见面了，永远是三年后我们就会结婚。

我们需要的是现在，需要的是你他×少啰唆，立刻滚过来。

异地恋，确实有修成正果的。就像彩票也有中奖的，可惜不是我们。

一年后，我和王倩和平分手。

又一年过去，王倩在洛杉矶结了婚，和一个学钢琴的外国研究生。

我参加了王倩的婚礼。

婚礼现场，王倩拉了小提琴，她丈夫弹了钢琴，两人合奏了一首《圣诞快乐，劳伦斯先生》。

我真心地觉得，很好听。

小提琴还是和钢琴搭配在一起更动人。

比胡同里面的二胡和小提琴合奏的那首不三不四的《赛马》敞亮多了。

8

我删除了王倩的联系方式，自己也换了手机号码。

一年半之后，朋友跟我说，王倩的老公出轨了，王倩骂了她老公，然后她老公骂回去，还打了她。那是洛杉矶最冷的天气，下着雨，王倩穿着一件薄上衣就离家出走了。

王倩的老公让她滚，让她永远别回来，没有任何反悔的意思。

朋友说，你丫不会去美国吧?

我说，当然不会，我疯了吗?

第二天，我辞掉了工作，坐飞机跑到了美国洛杉矶，守在海洋大道601号门口。

王倩的丈夫一脸轻松地走了出来。

我抽着烟，看着他。

王倩的丈夫没认出我，也掏出一根烟，管我要火。

我掏出打火机，让他伸脑袋过来。

对准他的鼻尖，我用尽全力，拳头如子弹一样招呼上去。

我说，去你×的钢琴，二胡和小提琴才是绝配。

因为这一拳，我被关进了警察局，赔了六万美元。

保释出来后，我去找了王倩，我想告诉她，如果没有地方可去，到我这里来吧，我一直在等你。

我没找到她。

王倩离了婚，从美国离开了，不知去向。

花六万美元，我只想再制造一次缘分，再见一次王倩。

老天爷，你他×连这都没同意。

9

我回到北京，回到儿时的胡同。

我家还是没被拆迁，依旧老样子，可是王倩没在，没能回到旧时光。

我沿着街道漫无目的地走，路过一间小酒吧的时候，里面透出小提琴独奏的声音。

我鬼使神差地推开酒吧的门。

然后，我又一次看见了王倩，她剪短了头发，但依旧是我梦里的样子。

我冲上去，紧紧地抱住她。

我对王倩说，我来找你了，王倩。就像小时候我去少年宫找你一样，其实根本没有豆汁店，根本没有听着二胡声音找过来的高超老师，根本没有这个孩子是个拉二胡的好苗子的屁话。是我哭着求我爸接着让我学二胡来着，我哭着跟我爸说，爸，我真的喜欢民族乐；爸，我想拉二胡！跟他×《灌篮高手》里面三井寿求安西教练那德行一样。

王倩听完，抬手就扇了我一个耳光。

王倩哭着说，你丫这几年他×跑哪儿了？

原来，王倩和她的老公掰了，两个人一起买的房子也不要了，什么都不要了，回到北京，就开始找我。才发现胡同里我家虽然还在，人却已经搬了。她在胡同附近的小酒馆找了一份拉小提琴的工作，祈祷万一哪一天擦肩，也不要错过。

10

我和王倩结婚了，在北京。

小提琴和二胡终于中西合璧了，梦想成真。

有人说，相爱的人总有办法找回彼此。

就真的是这样，我们费尽心思，我们相互错过，我们被现实分开，我们经历了漫长等待。

我们还在一起。

愿你成为某人的刻骨铭心

所有事努力皆有回报，唯爱不是。

然而还是希望，每一个你，不是成为某个人的文身，而是成为某个人的刻骨铭心。

你喝过失身酒吗？

你见过大美妞喝失身酒吗？

哦，忘了科普一下，传说中的失身酒，喝一口断片，喝两口脱衣服，喝三口就能上天。国外喝死过不少人。

刀刀是我们系最漂亮的女生，高挑美丽。那天她一进酒吧，就有猥琐男过来调戏她，说，小妞，陪大爷喝点小酒呗。

刀刀说，好啊。

一轮失身酒喝下来，刀刀屁事没有，猥琐男脱了衣服，兴致勃勃地强奸一把椅子。

刀刀把酒放下，打了个饱嗝，冷冷地看着那傻×。

旁边几个男的围了上来，一脚踹开猥琐男，跟刀刀说，这丫不行，别理他，咱们来喝。

刀刀拿过一把水果刀，猛地斜插进易拉罐，酒就从罐身里喷出来，她把嘴凑上去，继续猛喝。

喝high了，刀刀把外套一脱，只穿白色背心，露出满身文身。

刀刀说，该你们了。

男生们被吓到了，互相推搡。

一个男的说，我就不喝了，我女朋友要生了。

另一个男的说，我突然想起来，我妈也要生了。

几个人就消失了。

忘了说，刀刀也是我们系最彪悍的女生、最有名的女流氓。

第一次知道刀刀文身的来历，是一次朋友聚餐。

她从头到脚，有十八个文身。

每个文身都代表了一个她不想忘掉的东西。

手臂上的"8.13"，是她发小的忌日。十一岁的时候，她的发小暑假下河游泳，溺水而死。

手腕上的小狗，叫笨笨，是她小时候最好的朋友，因为出门的时候没有看好它，一个不小心，它被车撞死了。

一个朋友问，那你胸口上为什么文了个"林肯"？你他×胃口挺大的，小时候就想买林肯啊？

刀刀说，这他×不是林肯，这明明是林肖！

林肖是她奶奶的名字，四岁的时候，最爱她的奶奶去世了，这是就算病了也会挣扎着起来给她做饭的奶奶。

刀刀怕自己忘了她。

她还补了句，我奶奶做的卤肥肠天下第一好吃。

说着说着她就笑了。

突然，一个男生对刀刀说，别笑了，再笑你该哭了。

刀刀惊诧地看着他。

那个男生叫大布，是我们学校年龄最小的博士，一路跳级读上来的，现在才二十二岁，长着一张娃娃脸，人畜无害的样子。

刀刀扭头对我说，被他看穿了。

我一脸严肃，问她，那怎么办？

刀刀也一脸严肃，说，只能办了他了。

刀刀说到做到，当下几轮白酒加啤酒混着灌大布，散伙的时候，她扛着醉醺醺的大布去开房。

第二天，我们八卦地问刀刀，怎么样怎么样，那个小处男味道如何？

刀刀一脸晦气，说，裤子都没脱他就醒了，他吓坏了，躲进了厕所。

我们大惊，问，然后呢？

刀刀说，然后我就一脚把门踢开了，准备强上。

我们淫笑，追问，再然后呢？

刀刀的表情有点无奈，说，再然后他就哭了。

我们无语。

刀刀说，我们就打了一晚的斗地主，他一开始赢了我几把，我着急地吼了他两嗓子，他怕了，就一直算计着让我，应该输得很辛苦。

刀刀笑了，说，这个孬货，真可爱。

刀刀从此就缠上了这个孬货。

她平时总翘课，但是喜欢上大布后，每天去上大布的课，还骑着帅气的电摩，去接送大布，大布每次都一脸不情不愿，每次都被她强拉上去。

有天晚上，刀刀约大布去吃饭，大布说自己要做实验，刀刀急了，丫的忙着做实验，十几个小时都没吃饭，是要上天了吗？

十分钟后，刀刀踢开实验室的门，坐在大布旁边，强制性喂大布吃饭，大布那表情，好像吃的不是饭，是屎。

第二次刀刀再去，实验室换了大铁门，用脚踢不开了，所以，刀刀翻窗子进去了。

大布跟学校举报了这件事。

实验室装了防盗网。

大布这下终于可以安心做实验了。没想到又看到刀刀翻了进来，大布一脸惊恐。

原来刀刀带了全套工具，直接把防盗网给卸掉了。

天道酬勤。

有一天，大布约了刀刀，这是他第一次主动出击。

刀刀很开心，老子的好日子终于来了。

大布对刀刀说，我有话跟你说。

刀刀笑眯眯，鼓励他，那你说呗。

她心里其实都急死了，有什么话以后再说嘛。老子都穿了成套的内衣，不能浪费。

你懂的，女人一旦穿上成套的内衣，就意味着，有个男人要被睡了。

大布说，你以后别缠着我行吗？我有喜欢的人了。

刀刀说，以为是好日子，以为日后再说，结果日了狗了。

两天之后，刀刀打听到了大布喜欢的女生是谁。

她叫冯小九，是英语系的，大四，大布的青梅竹马，从小到大都是乖乖牌、好学生。

别人觉得冯小九温柔可爱，小鸟依人。

刀刀觉得她淡出个鸟来。

刀刀发誓要挽救失足青年大布，要变本加厉对他好，让他爱上自己，迷途知返。

大学毕业典礼上，刀刀远远看到大布，想跟他合照，却看到大布给冯小九送花。

冯小九礼貌地拒绝了，转身拉着旁边的男生，准备离开。

大布眼巴巴看着他们的背影。

刀刀眼巴巴看着大布拿着花，悬在空中的手。

刀刀说，他喜欢别的女生就算了，竟然还是备胎。

不能让我的男人这么丢脸。

刀刀打电话订了花店最大的花束。

当时最大的花束，是三百六十五朵玫瑰，快有两个人环抱那么大。

两个店员气喘吁吁地把玫瑰搬过来，刀刀蹲下，一声大喝，把大玫瑰花束扛了起来，气势汹汹地朝大布走去。

刀刀高挑美丽，她身上的学士服迎风而动，加上那一大束玫瑰花，特别抢眼，吸引了在场所有人的目光，包括冯小九和她男朋友。

她走到大布面前，把玫瑰花放下，吧唧亲了大布一口。

周围都是欢呼声和口哨声，大布脸都涨红了。

刀刀得意地笑。

她看到大布眼里含了泪水，原来他不是高兴，而是悲愤。

刀刀笑不出来了。

从此，大布更加躲着刀刀了。

刀刀好不容易堵住他，问他，为什么躲着自己？

大布先是不答，被逼急了，说，因为我不喜欢你。

刀刀怒了，作势要掐大布，说，你再说一次。

大布吓得脖子一缩，真诚地说，我不喜欢你。

刀刀咬牙切齿，问，你就那么喜欢冯小九？我哪里比不上她？

大布说，不是比不比得上，我就是喜欢她。

刀刀大吼，为什么不是我？

大布皱眉，问，那为什么是我？

刀刀被问住了。

是的，爱情就是这样，没有那么多为什么。

是的，爱情就是这样，她有多执着地喜欢他，他就有多执着地喜欢别人。

不服，憋屈，想问凭什么，为什么。

但爱情不讲逻辑，不问缘由。

大布很孬种，但对喜欢的人，他有自己的坚持。

刀刀很强悍，但对喜欢的人，她也毫无办法。

这一次，刀刀终于决定放弃了。

她去大布的实验室，想跟他告别。

门关着，刀刀熟门熟路，翻窗进去，发现大布晕倒在里面。

原来是实验室毒气泄漏，她把大布拖出来，一路背着，跑了好远，才打到车，把大布送到医院。

大布在急救的时候，刀刀想了很多。

要是他变成残疾怎么办？没关系，她每天用轮椅推着他去实验室就是了。

要是他变成植物人怎么办？没关系，她还是可以照顾他，只是，植物人还能勃起吗？

结果医生说，大布没什么大碍，休息两周就没问题了。

那就好。

刀刀把一朵玫瑰放在大布的枕边，离开了。

从此刀刀再也没有纠缠过大布。

作为一个女流氓，刀刀在当断就断这方面做得很牛×。

她只是大醉了半个月，而已。

朋友劝她文个身，把这事翻篇。

刀刀摇摇头，说，不需要。

爱一个人不需要文身，因为会铭记在心。

两年后，大布结婚了，对象不是刀刀，不是冯小九。

我和刀刀去了婚礼。

刀刀扛着三百六十五朵玫瑰花去了现场。

她高挑美丽，身上的红裙子迎风而动，吸引了所有人的目光。

刀刀把玫瑰放下，对大布说，新婚快乐。

大布给刀刀敬酒，我们看到他的手上，文了一朵玫瑰。

察觉到我们的目光，大布指着手上的玫瑰，对刀刀说，你给我的爱我没有办法回报，我唯一能做的事，就是不忘记你。

彪悍的刀刀，最后成为一朵温柔的花，留在了大布的记忆里。

刀刀问，那冯小九呢？

大布摇摇头，说，她不需要。

是的，有的人不需要文身，因为会被别人铭记在心。

而她那么喜欢他，最后却只能成为他的一个文身、一段故事。

刀刀笑笑，和大布喝了一杯酒。

爱上不爱自己的人是什么感觉？

在你面前，我进退两难。

在你面前，我无能为力。

如果我少爱你一点，你可能会忘了我。

如果我多爱你一点，你可能会讨厌我。

所有事努力皆有回报，唯爱不是。

然而还是希望，每一个你，不是成为某个人的文身，而是成为某个人的刻骨铭心。

高高低低的爱

当遇到对的人，曾经以为的鸿沟，只要抬起脚就可以轻松跨越。

真遇到那个人的时候，他甚至舍不得你抬脚，会代替你跨出那一步。

梁欢欢是个高妹，从小就这样，大家都叫她"高粱"。

小学的时候，高粱和同学们一起去游乐场，大家都买了儿童票，高高兴兴地排队进去。谁知，唯独高粱被检票员拦了下来，因为他们不认为有一米六的儿童。只够钱买儿童票的高粱，只好在大门外等了小伙伴一天。

因为身高，高粱吃过的亏还有很多。学生时代，每回跟大家一起在外面闯了祸，总会有人气呼呼地找到班里，指着高粱说，别人我不记得，就那高个儿，肯定有她。

长大后，有一次在电影院看黑帮电影的时候，高粱哭了。因为，大哥对小弟说了句，天塌下来有我顶着。而高粱知道，如果天塌下来，她一定是先被砸死的那一个。

高粱曾经有个初恋男友，那时候，高粱只有一米七，后来她长势喜人，每次长高一点，男朋友就冷淡一些，当高粱长到一米八三的时候，男朋友提出了分手。

他说不是身高的问题，转天，就跟一个一米六的姑娘在一起了。

从那之后，高粱再没谈过恋爱，也再没长过个儿。

过了几年，高粱已经到了适婚的年龄，闲来无事，就顺手注册了婚恋网站。

很多男生给高粱发来消息，殷切地问好，但一听说高粱的身高，就立刻像变魔术一样消失得无影无踪，再无音讯。

久而久之，每当又有男生问好，高粱第一句话就是，我有一米八三，但我不在意你的身高，希望你也不要介意我的身高。

在无数次沉默和抱歉之后，高粱遇到了李李。

当时李李给高粱的回复是，我非常介意你的身高，因为我就想找个高个子的女生，听说最萌身高差是十五厘米，你一米八三，那刚刚好。

一米九八？！高粱在心里放出了烟花，简直就是小巨人啊！好满意！

很快，李李就约高粱见面了。

高粱把约见地点定在了室外，心想两个平均身高超过一米九的人，就不在室内吓人了。

当李李出现的时候，高粱傻了眼，不敢相信她等待的"小巨人"，就是眼前这个小矬子。

一阵沉默。

高粱问李李，你多高？

一米六八，刚好和你差十五厘米！李李笑着，不以为耻反以为荣地回答。

最萌身高差什么时候可以是男生比女生低十五厘米了吗？

高粱为难，我会不会比你高太多了？

可是你说，你不介意身高呀！李李一脸天真。

高粱迟疑了几秒，决定给彼此个机会。

李李和高粱去了公园散步，气氛不算融洽。

因为高粱腿长，一步顶李李两步。

看着李李小短腿紧倒腾的样子，高粱特意放慢了脚步，可是没走出几百米，李李还是累到气喘吁吁。

不如我给你变个魔术吧。李李克制着喘息，满脸堆笑，试着讨好高粱。

好呀！高粱也尽量提起兴致。

李李拿出了硬币，花样换手，然后把硬币变没了。

噔噔噔噔！你看！硬币消失了！李李一脸得意。

高粱俯视着李李，尴尬地抽了抽嘴角，说，你穿帮了……我看见你把硬币放在帽檐上了……

毕竟再娴熟的手法，也敌不过高一头的视野。

因为她比李李高出快一个头，全程俯视着李李，几乎是眼睁睁看着李李把硬币悄悄放在了帽檐上。

顺着高粱的眼神，李李把硬币拿回手中。

哎呀，被你发现了呢，哈哈。

高粱本来以为跟李李见过一次之后，就能了却这段"孽缘"。

没想到李李不死心，很快就找上门来，邀请高粱吃饭。

这次他们找了家餐厅，坐了下来，好让彼此的身高差缓和一下。

李李很周到地给高粱带了礼物，高粱抽开丝带，打开盒子，却差点昏厥，里面躺着一双十几厘米的高跟鞋。

要不要穿起来？李李一脸兴奋，但高粱却备感尴尬，把身子又缩了缩。

不用了。我这么高，再穿高跟鞋，别人该把我当怪物了。

李李刚要反驳，却发现高粱脸色一变，顺着高粱的目光，李李看见一男一女走进餐厅，坐在了他们邻桌。

那是高粱的前男友，带着他身材娇小的女友。

前男友也发现了高粱，一脸得意地秀起了恩爱。

读懂状况的李李悄声问高粱，不如我们也来秀恩爱吧。放心，我只帮你演戏，不占你便宜。

高粱看着李李真诚的眼神，板着的脸终于有些放松了，对李李轻轻点了头。

本着和谐友好的精神，高粱和李李开始进行你喂我吃的戏码。

李李端茶倒水夹菜擦嘴，鞍前马后地伺候着，高粱也越演越来劲，甚至抛开多年来身高的枷锁，像个小女生一样，撒起了娇。

不嘛，人家想吃不带芝麻的那块肉！

这个好烫，你帮人家吹一吹嘛！

……

终于，在"腻歪"这一环节，前男友完败。

也许是心有不甘，前男友开始用高粱和李李刚好听得到的音量，暗戳戳地跟小女朋友吐槽高粱。

我跟你说，女生太高了也是一种残疾啊，还是你这种小鸟依人的好。

这种人啊，改名叫铁柱得了，名字就跟人的长相一个德行。

我说她就是染色体恶性变异，没进化好的人猿。

看她看久了都能得颈椎病。

恶毒的话不断钻进耳朵中，高粱的脸色越来越不好，身体蜷缩得越来越厉害，背都不敢挺直了。

但前男友丝毫没有要停止的意思，接着说，人群之中，你一眼就能看见她，你知道为什么吗？……因为大家以为看到死人妖了！

你再多说她半句试试？！本来就板着脸的李李被彻底激怒了。

李李猛然起身，撸起了袖子，脸涨得通红。

前男友看着站起来的李李，轻笑，怎么着？就你还想保护别人呢？

说完，前男友缓缓起身，俨然比李李高了半头。

他伸手摘下了李李的帽子向上一扔，帽子挂在了吊灯的一角。

帽子距离李李相差了七十厘米，这个距离，就是高粱也拿不到。

前男友扬着下巴，一脸挑衅。

李李没说话，默默地跑去搬了一个小板凳，放在吊灯下，整个餐厅鸦雀无声，同情的视线聚集在李李身上。

李李站上小板凳，伸出手臂，然后猛地从上往下挥拳，直冲冲地砸在前男友的脸上。

李李看着躺在地上的前男友，居高临下地说，人群之中，我一眼就能看见高粱，你知道为什么吗？……因为她最耀眼！

听到这话的高粱，抬头看着在椅子上站着的李李，突然觉得李李好像很高大。

说完之后，李李站在小板凳上，伸手想要去够被挂起来的帽了，却始终差了一点点。

这时，李李的耳边响起清脆的"嗒、嗒"声，一个高挑的身影从余光中掠过，从吊灯上摘下帽子，还给了李李。

是高粱。

高粱应该够不到呀？李李有点疑惑。

转过头，看到高粱一脸自信，身姿优雅，脚上还踩着李李送的那双高跟鞋。

李李笑着说，我就说这双高跟鞋很适合你。

高粱说，嗯，我也觉得现在的自己很漂亮。

高粱也笑了，就像李李说的一样，很耀眼。

李李给高粱的不只是一双高跟鞋，还有她缺席多年的自信。

这一天，他们在一起了。

之后的每个雨天，李李都会接高粱下班，为了给高粱撑伞，李李总要把胳膊举得直直的。

看着李李这么辛苦地迁就自己，高粱很心疼，李李却说，这样能把胳膊练得更壮实，就能帮高粱提更多东西了。

高粱问李李，我有什么值得你这么喜欢呢？

李李给高粱讲了个故事。

在很久以前的一天，李李正在逛商场，突然听到一阵小孩子的哭声。

循着声音望过去，原来是有个小孩子和妈妈走散了。

周围的大人们有的行色匆匆，似乎没工夫去理会，有的站在一旁交头接耳，似乎也不打算揽下这个麻烦。

李李向小孩子走过去，打算帮忙，一个高个子女生却先一步抵达。

那个女生蹲在小孩子面前，尽力压低身子，好让自己的视线和孩子齐平，然后轻声安抚着孩子。

李李在心里想着，这女生真温柔啊！

这时，女生抱着小孩子起了身，用力地把他举高，视线超过人群。

女生说，你要仔细看哦，找到妈妈了吗？

那高挑的身影几乎遮住了李李眼前的灯光，他感到一阵眩晕，心也跟着狂跳了起来。

是爱情来了。

等李李重新感受到灯光的照射，缓过神来，小孩子已经和妈妈团聚，女生也已经消失了。

没想到，这之后，他竟然在婚恋网站上看到了那个女生，她就是高粱。

李李觉得，这是命运安排的重逢，于是毫不犹豫地跟高粱搭了话……

所以……李李发表了结案陈词，我是喜欢你个儿高。

高粱哭笑不得，成就这段缘分的，竟然是让自己备感困扰的身高。

原来身高从来不是高粱的缺点。

曾经，一个人厌恶你的原因，现在，却成了另一个人喜欢你的原因。

原来，当遇到对的人，曾经以为的鸿沟，只要抬起脚就可以轻松跨越。

在周年纪念的时候，李李跟高粱说，不如我给你变个魔术吧。

好呀！高粱说。

李李拿出了一把钥匙，花样换手，然后把钥匙变没了。

噔噔噔噔！你猜钥匙哪儿去啦？李李一脸得意。

高粱俯视着李李说，你又穿帮了……告诉过你放在帽檐上我能看见的……

李李说，这次我是故意的。因为真正的魔术，藏在钥匙可以打开的门背后。

李李没有骗人，这一次，他给高粱变了一个家，一个大人国的家。

在这个家里，镜子很长，床很大，连洗漱台都很高。

高粱哽咽着问李李，那你怎么办？你洗脸都够不着！呜呜呜……

李李不知从哪儿变出一个小板凳，一步跨上去，轻轻擦掉高粱的泪水说，你看，这不就解决了嘛！

当遇到对的人，曾经以为的鸿沟，只要抬起脚就可以轻松跨越。

真遇到那个人的时候，他甚至舍不得你抬脚，会代替你跨出那一步。

最恶毒的告白

分手的时候，我们说遍了全世界最恶毒的话，我们认为对方就是这一辈子最痛恨的人。
仿佛只要恨这个人，就可以彻底地忘记他。
谁知道，恨比爱更持久。

分手的时候，你会跟对方说什么？
谢谢你陪我走过最好的时光。
爱过你。
我觉得以上的话很虚伪。

和小风分手的时候，我诅咒他一辈子阳痿，没有性生活却得性病，想去医院看生殖科却被车撞飞，飞到最高点被雷劈中，摔到工地上被碾土机碾过，碾成一块人渣被世界上最丑的野狗吃光。
是的，我说遍了全世界最恶毒的话。
小风幽幽地回了一句，到时候你慢点吃，别噎着。
我被这句话噎着了。

小风向来嘴贱，跟他在一起的时候，我每一天都备受羞辱。
跟他去动物园约会，到了野猪园，他问，你有没有一种乡愁油然而生？
跟他去参加朋友婚礼，我精心打扮一番，问他我怎么样，他说，挺隆重的嘛，你还多带了个下巴。

难得听他夸了我一句，说你笑起来很好看，我笑了，他接着说，对不起，可能是我记错了。

平时被他挤对就算了，就连分手，这是我们最后一次吵架，还是他赢了。

我大吼，滚！我他×死也不想看到你！

小风说，我也一样。

我说，好，谁先找对方，谁就是臭傻×！

分手之后，不少朋友劝我跟小风复合，说，你跟他都是臭脾气，真是天造地设的一对，还是收了对方，为民除害吧。谁跟他天造地设，他可是个贱人。

我们还在一起的时候，有一次，我通宵加班，感觉身体被掏空了，但我知道冰箱里有抹茶蛋糕在等我，我满血复活，冲回家，我去，我的蛋糕不见了！

是小风吃了。

我问他为什么吃我的蛋糕?

他说，因为我饿。

我说，可是我更饿啊。

他说，你还好意思说饿。

每天晚上我们散步，别人是遛狗，我是遛猪。

这个大贱人！

还有一次，我要参加高中同学会，因为上次聚会背便宜的包被以前的死对头嘲笑了，这次想买个名牌包。

我看中了一款，要一万多。

我查了查存款，还好，只差了八九千。

于是我开始每天三顿吃泡面，直到闻到泡面味都想吐。

小风出差回来，看着成堆的泡面盒，问我怎么了？

我说，我要买个贵的包去同学会。

他冷冷地说，你以为名牌包就能掩盖你身上的泡面味吗？

我跟他大吵一架。

这个自私、冷漠的超级大贱人！

分手后，我和小风消失在了彼此的生活中很多年。

今年的一次聚会，又有朋友不怕死地看着我说，小风……

我当下翻脸，说，别跟我提那个贱人！

我还记得，分手的时候，我们说过谁先找对方，谁就是臭傻×。

我不会食言，绝对不会。

当天晚上，我做了个梦。

我梦见小风和我面对面，烟雾缭绕，我看不清他的脸，烟雾消散，露出小风的笑眼，我害羞地笑了。

笑着笑着我就醒了，却发现枕头湿了，是我的眼泪。

这不是梦，是我们的第一次约会。

那是在一家火锅店，人很多，但其他人是模糊的，只有我和他是高清的。

这么多年，我一直记得我们分手时决绝的话和狰狞的脸，却忘了我们也有过甜蜜的过往。

我突然很想见见他，决定去找他。

我上了车，坐在靠窗的位置，看风景，以及想他。

自从那次小风吃了我的蛋糕，从第二天开始，我每次加班回来，都发现冰箱里莫名其妙有一块抹茶蛋糕。

我问小风，是你给我买的吗？

他说，不知道。

那次我为了买包跟小风大吵一架，之后我们一直冷战，一个多月没见面。

我还是接着吃方便面，但方便面太素了，第一天我加了鸡蛋，第二天我加了个火腿，第三天我加了鱼丸猪蹄和比萨……

最后钱没省下来，包也没买。

参加同学会那天，我背着破包准备出门，想着算了吧，如果再被死对头吐槽，我就回家多吃点，气就消了。

我打开门，却看到小风站在门外。

小风说，别吃泡面了，不健康。

说完他塞给我一个名牌包，说，拿去，好好装×。

我才知道，我们冷战期间，他一直在外面接私活，每晚熬夜帮人做设计，就为了给我买这个包。

看着小风的黑眼圈，我感动地说，我一定不辱使命，把这个×装好！

那天同学会上，我特别骄傲，不是因为我有这个包，而是因为我有小风。

我想起，除了损我，小风还为我做过很多事。

有一次，我爸出事了。

家里的小饭馆有客人醉酒闹事，我爸不小心推了一下客人，客人叫嚣着要告我爸，告到坐牢。

我爸一把年纪，我不想他出事。

我打电话向对方提出和解，对方不依不饶，我急得眼泪直掉。

这时候小风说，我去见他们吧。

小风和我爸去见了对方，等他回来的时候，云淡风轻地说，搞定了。我心想，他一定是用无敌毒舌和超强气场，把对方给震住了。

后来才听我爸说，他们去谈和解的时候，小风买了很多礼物送过去，还怕我爸憋屈，什么难听的话都替他受着。别人直接骂他是"傻×""尿货"，他都不在乎，一直鞠躬道歉。

对方看在他乖得像孙子的分上，终于松口了。

我诧异，我爸说的是小风吗？

回到家，小风已经睡着了，我坐在床边，看着他睡觉的样子，这家伙，睡着了都是一副扑克脸，感觉全世界都欠他的。他平常这么嚣张，我不敢想他是怎么低声下气跟人道歉的。我有点心疼，眼泪不停地涌上来。

我想，这辈子就是他了。

是的，我曾这样相信过。

但没两天，我们又开始因为鸡毛蒜皮的小事大吵。

我们相爱的时候是真的爱对方，我们争吵的时候也是真的想砍死对方。

我看过一个调查，一对爱人一辈子里，有一百次想分手，还有五十次想砍死对方。

我和小风仅仅用了两年，就用光了所有配额。

一开始我以为我们会一直争吵，一直和好，一直争吵，一直到老……直到那一天，我们向对方说尽了最恶毒的话，再也没有和好。

像很多情侣分开的原因一样，不是不爱了，只是太累了。

我们分手了。

很多人在分手的时候，都会给自己打一针麻醉剂。

有的麻醉剂叫"他也没有那么好"。

有的麻醉剂叫"我也没有很爱他"。

有的麻醉剂叫"反正他是个大贱人"。

在麻醉剂的效用下，他们忘了伤口的存在，这样，在意识到失去对方的时候，就不会那么痛苦了。

车停住，回忆戛然而止，我走下车，到了门口。

我给看门的人说，我找江小风。

他查了查记录说，在北区8813号。

我带着买来的花，向那片墓地走去。

我走到墓碑前，看到他了，照片里的他，戴着一条白色围巾。

那条围巾是我织给他的。

我看着墓碑上的照片，小风笑得很开心。

墓碑上，刻着小风的出生日期和死亡日期：

1989.8—2016.2

昨天的聚会上，朋友看着我说，小风……

我当下翻脸，说，别跟我提那个贱人！

他说，小风死了，胃癌。

我很久没说话。

他曾经说他死也不想看到我。

他做到了。

我将花放在他的墓碑前。

发现墓碑底座上刻着一行小字。

"臭傻×，你输了。"

原来麻醉剂的药效是会退掉的。

知觉恢复了，失去他的伤口一直在那里，早已痛入骨髓。

我号啕大哭。

分手的时候，我们说遍了全世界最恶毒的话，我们认为对方就是这一辈子
最痛恨的人。
仿佛只要恨这个人，就可以彻底地忘记他。
谁知道，恨比爱更持久。

江小风，我恨你。
我恨你一辈子。

爱就是平凡世界中的
超能力

因为你掉进了黑暗，我唯一能做的，就是走进黑暗，陪你慢慢走出来。

占有，是改变别人，而爱，是改变自己。

最让我难过的，并不是当时为了让对方幸福而放弃。

而是，放弃之后，发现你却没有得到幸福。

3

Chapter

初次爱你，请多关照

我和青梅竹马和她

对有些人来说，爱情从来不是游戏，爱情不分输赢，爱情不需要回报。

你们认识爱哭的男生吗?

我认识三个。第一个是我三岁的侄子，第二个是我刚离婚的大伯，但他们都比不上第三个，他叫毛蛋，是我的同事兼死党。

看电影《真爱至上》，他哭。

看刘翔在奥运会上领奖，他哭。

有一回，我跟毛蛋坐地铁下班回家，我们各自刷着手机，突然在拥挤的罗宝线里，毛蛋拿起手机痛哭起来，我把脸凑过去看，他手机上是一条微博，是一只母猪在饲养小黑狗的照片。他一边抽泣一边说，母爱真伟大。

在所有人的注视之下，我默默走开，假装不认识他。

但在某一件事上，毛蛋从来不哭，哭的是我们。

毛蛋是我们圈子里的游戏大神，他在大学是电竞社的社长，带领社员玩遍了《星际争霸》、《DotA》、《英雄联盟》，赢遍各大比赛，还曾被职业战队挖过角。自他毕业之后，电竞社各种比赛输得一败涂地，没两个月就宣告解散。

起初我们不服，他吃着西瓜说，不服来战，什么游戏都行，你们选。

我们打开了CS，毛蛋咬下最后一口西瓜，游戏开始了。

他一个人拿着小手枪冲到我们一群人面前，我们笑他找死，这时他冲我们扔了个闪光弹，我们一排屏幕都被闪白了，牛×啊。

回头一看，他的屏幕也白了，原来是傻×，这傻×对着白屏乱点一通。

再回过头的时候，屏幕恢复，我们已经被全部爆头，团灭了。

我们哭着跪下，说，服了，大神带我们。

毛蛋是我们圈子里的游戏大神，但他不是最厉害的，田七才是。

我们从没亲眼见过田七玩游戏，但我们知道，她跟毛蛋玩CS从没有输过。

我们想跟田七过过招，毛蛋如弹簧般跳了出来说，要想见真佛，先过我这关，田七从不跟菜鸟玩。

看来像田七这样的高手，只有毛蛋这样的人物才配输给她。

田七和毛蛋是青梅竹马，田七早毛蛋十天出生，俩人从小是邻居，都是超生的。虽性别不同却穿过同一条开裆裤，睡过同一张床，躺过同一个澡盆，上过同一所学校，还有，打过同一台小霸王游戏机。

小时候，田七最喜欢一屁股坐定在毛蛋家里，拿起游戏手柄，说，搞两局？

于是搞了两局，毛蛋输了，哭了。

经常惨败的毛蛋为了不再输给田七，终于振作起来，冲到田七面前大喝一声，我不跟你玩了！

在跟田七绝交的日子，毛蛋终于不用输了，他开心地玩起了掌上游戏机，他利用所有时间玩游戏，就算上厕所也不闲着，果然功夫不负有心人，终于有一天游戏机掉进了学校的粪坑。

这个游戏机是毛蛋预支了未来三年的压岁钱买的，这一刻，毛蛋的世界崩塌了，哭了，他的哭声响彻粪坑，声音直穿女厕所。

在女厕所的田七一拉裤子，当即冲进男厕所，看见毛蛋趴在地上，边哭边伸手够游戏机，却始终够不着。

起开！田七边骂边挤开毛蛋，俯下身将游戏机捡了上来，然后拿着沾满屎的游戏机，看着毛蛋说，搞两局？

毛蛋感动地说，太臭了，不搞。

夕阳下，田七举着沾着屎的游戏机追着毛蛋，喊，搞两局，搞两局。

此后，毛蛋和田七和好，两人也一直打游戏，搞两局到如今，毛蛋也一路输到了现在。

所以毛蛋今天的成功也不是偶然，都是被田七虐出来的。

有一次，我们去参加华中区《英雄联盟》比赛，一等奖奖金一万块。为了钱，我们拉上了毛蛋，果然他带着我们势如破竹，一路从预选赛打入八强，由八强打入半决赛。终于到了决赛，我们大杀四方，推了一半对方的塔，胜利唾手可得，我们都能看见一万块在我们眼前飘。

一万块该怎么花呢？吃个饭，唱个K，剩下的钱还能买好多的游戏皮肤……还没盘算完，毛蛋莫名其妙就死了，我们一转头，发现他在接电话。

毛蛋拿着手机，说，不忙啊，我有空，搞起。

毛蛋走了，去旁边开了另一台机子，我们还没反应过来，就已经被团灭了。

我们拿着二等奖的奖品，一人一个鼠标垫，来到毛蛋身后，准备一人抽他一鼠标垫。

结果毛蛋正兴致勃勃打着CS，大家看了会儿，发现不对。

对方水平很一般，但毛蛋表现得更一般，明显是在有意放水。

毛蛋输了，满意地放下鼠标，我们骂他，你他×放弃比赛，就是为了故意输给他？他谁啊？

毛蛋说，你们不认识。

这时游戏左下角弹出了对方的话，田园阿七：菜鸟，今天不错啊，打得挺好的，再搞两局。

我们炸了：

这是田七？！

田七居然是这种水平？！

她这种水平你居然输给她？！

你放弃一万块的比赛竟然只是为了输给她！

毛蛋不说话，默认了一切。

我们政治觉悟高，已透过现象看到了本质，问，你什么时候喜欢田七的？

毛蛋站起来，说，我……我……我……我没有……

我们说，那你什么时候开始故意输给她的？

毛蛋吞吞吐吐地说，初中的时候。

初中有一天，田七父母大吵架，田七拉着毛蛋去网吧，说要搞两局，在CS里，毛蛋选了警察，田七选了匪徒，那一次，毛蛋这辈子第一次发现自己可以赢田七，可他看着田七烦恼的样子，还是故意输给了她，当"Terrorist win（匪徒胜利）"弹出来时，田七说，菜鸟，你又输了！

田七欢呼雀跃，摇头晃脑，连夹马尾的发卡都被绷开，长发忽地一下散落，发丝的香气漫开，毛蛋第一次发现田七的头发这么长，她是女生。

这一刻，看着田七跳来跳去，发丝飞舞的样子，毛蛋眼中的田七仿佛开出了花，他喜欢上了田七。

从此，田七一直选匪徒，毛蛋一直选警察。

从此，警察一直输给匪徒。

我们一算，我去，毛蛋竟然骗了她十几年，我们说，你够痴情的！我们帮你！

我拨通了田七的电话，毛蛋想阻止一切，然而田七已经接通了，说，喂？

我直接开门见山，说，田七，最近想不想谈个恋爱啊？

我开了免提，大家全部安静地围了上来，等待答案，连毛蛋都凑了过来。

田七说，想啊，明天正准备去表白呢。

我们惊吓得捂着嘴，我说，这么主动？

田七说，我感觉到他也喜欢我，肯定能成，你们等着吧。

我说，好好好。赶紧挂了电话，我们八卦地看着毛蛋，起哄说，哎哟，毛蛋要请客了。

毛蛋一脸紧张，说，也许不是我呢。

这时，CS的游戏对话框弹出一句话，田园阿七：毛蛋，明天有空吗？出来吃个饭吧，穿好看点。

我们爆发出欢呼，把毛蛋抛起来，接住，抛起来，接住，抛起来，没接住。

毛蛋摔了个狗吃屎。

第二天，毛蛋穿着西服三件套，顶着刚做的发型，目测上面至少有二两发蜡，来到约定好的餐厅。

毛蛋看到我们一大群人，惊讶地说，你们怎么也来了？

我们说，我们晚上都接到田七的电话了，毕竟这么大件事也需要人见证的嘛。放心，我们礼炮都准备好了。

毛蛋羞涩一笑。

过了片刻，田七微笑着走了进来，看着毛蛋，说，毛蛋，我想告诉你……

所有人屏息凝神，攥紧礼炮，随时准备拉响。

田七接着说，我谈恋爱了，介绍一下，阿狸。

田七从背后拉过一个女生，齐刘海齐耳短发，鼻尖翘翘的。

田七喜欢女生。

田七说，我刚表白成功的哦，想让大家见一见。

一切来得太突兀，在场的所有人愣住，看向毛蛋，生怕他哭出来，原来毛蛋跟我们一样，也只是一个见证者。

他见证了田七喜欢的不是自己，他见证了田七喜欢的是女生。

大家沉默，场面陷入冰点，田七面露尴尬。

突然"啪"的一声，毛蛋拉响了一旁的礼炮，说，恭喜恭喜！

毛蛋赶紧转头看我们，说，愣着干吗，惊喜不都准备好了吗？

大家反应过来，纷纷拉响礼炮。

田七放松下来，把毛蛋介绍给阿狸，说，这是我发小，人模狗样的，还不错吧？

田七向大家讲述她与阿狸在一起的前后曲折，毛蛋就在一旁听着，时不时插个嘴讲个笑话，活跃气氛。

从餐厅出来，田七和阿狸先走了，毛蛋也拉着我们去了网吧。

网吧里，我们很同情毛蛋，但更想赢他一次，于是我们打算乘人之危，在他状态不佳的时候一雪前耻，没想到毛蛋战斗力不减，一支烟还没抽完，我们就全部被他爆头，爆头还不算，他站在我们的尸体中间，拿着一把机关枪对着我们的尸体来回扫射，来来回回，来来回回……

"毛蛋！你有没有人性啊？"

我们转头，毛蛋失神地连击鼠标，早已经哭成一条狗。

"为什么，为什么……"

毛蛋边哭边虐我们，他虐了我们一下午，哭了一下午。

田七能感觉到阿狸喜欢她，却感觉不到毛蛋喜欢她。

毛蛋明白了，在田七眼里，他就是个穿同一条开裆裤，用过同一个澡盆，玩同一台游戏机的玩伴。

田七总说，有毛蛋这样的好朋友，很心安。

心安到她再也不会因为他而感到悸动。

很遗憾，他只能让她心安。

很嫉妒，只有她能让她心跳。

毛蛋在田七的世界里，成了爱情的绝缘体。

半个月后，毛蛋突然拜托我，让我帮他把深圳的房子转租出去。

我惊讶，说，怎么了？

毛蛋说，我要离开深圳，去上海工作了。

我们骂他，说，虽然这里是个伤心地，但是也不用离开吧，时间长了，慢慢就会忘了。

毛蛋一再道歉，说上海离江苏近，可以随时回扬州老家。

大家挽留不住，只得一边骂一边送他走。

毛蛋走的第二天，我发现，被毛蛋骗了，原来三天前，田七跟着阿狸去了上海工作。

所有人不计前嫌地，给毛蛋发了个中指表情。

毛蛋去了上海，我们战队战斗力并没有减少多少，大概只是百分之九十吧，我们战队不时会被别人虐翻，这种时候我们会想起他，打电话问他的近况。

他每次都不耐烦，说，有话快说，我在跟田七打CS呢。

我们说，去死吧。

他这种态度，很容易失去我们这样优秀的朋友。

就在我们准备招募一个新队友的时候，他背着一个大旅行包，笑得很走心地出现在了大家面前。

毛蛋说，我回深圳了，在上海工作不开心。

这一次毛蛋是一个人回来的。

毛蛋跟田七从小在扬州长大，田七去武汉读大学，毛蛋也跟去了武汉，毕业之后田七来了深圳工作，毛蛋也跟来了深圳，后来田七和阿狸去了上海，毛蛋也跟去了上海，这一次他终于不跟了。

我们想，这样也好，他终于想开了。

我们问，田七呢？

跟阿狸去英国读研了，他说。

原来他不是不跟，是跟不过去了。

那段时间，我们觉得毛蛋跟田七中间差了八个时区，隔了九千公里，他也该消停了吧。

但毛蛋这家伙贼心不死，还是时常给田七发信息，说：

最近英国有点乱，你出门小心点，不行买个保险，受益人记得写我，对了，有空搞两局。

最近英国妖风太大，你少出门，不要被刮跑，你这个身材可是会砸死人的。对了，有空搞两局。

田七偶尔回毛蛋一两句，但总是隔着好几个小时，似乎从来没在同一个时间对话过，更别说搞两局了。

但毛蛋还是一直发着，搞两局，搞两局……

直到有一天，我们发现毛蛋终于消停了，但眼睛有点肿，后来才知道，原来前一天毛蛋的信息终于收到了即时回复。

"我是阿狸，田七已经睡了，最近她学业太忙，你有什么事我帮你转告。"

后来，毛蛋再也没找过田七。

原来对毛蛋而言，最远的距离，不是隔了八个时区，不是隔了九千公里，而是隔了一个人。

过了小半年，毛蛋突然找到我，要跟我交接工作，我说，你又搞什么？

毛蛋说他预支了三年的年假，他要去一趟英国。

前一天夜里，毛蛋从梦中被微信吵醒，是田七发来的。

"睡了吗？"

"还没，怎么了？"

"搞两局？"

毛蛋直接打了电话过去，说，出什么事了？

田七沉默了会儿，终于哭出声。

原来她跟阿狸大吵了一架，阿狸摔门而去，三天没回来。

听到这儿，我问，你怎么知道她不对劲的？

毛蛋说，我就是知道。

你说你好，我就认为你好，这是普通朋友。

你说你好，但我看穿你不好，这是好朋友。

你什么都不说，但我知道你过得好不好，这就是青梅竹马。

毛蛋说，田七需要我，我得去英国陪她，这一次，我要向她表白。

我劝他，你想清楚，别冲动，她可是喜欢女生的，你成功的概率是零。

毛蛋说，万一呢？万一她不是喜欢女生，只是恰好喜欢阿狸呢？我想试一试。至少我可以告诉她，没有了阿狸，还有其他人喜欢她。

我看着他直摇头，说，你一定是被下降头了。

我们劝不住毛蛋，他兴冲冲地办了签证，这段时间，毛蛋逛遍了各大论坛，查询了各种资料，最后他安排了一个田七治愈之旅。

第一站，带田七到牛津街道上的爱丽丝主题店，和她一起梦游仙境，让她重新相信童话。

下一站，和田七去海德公园的演讲者之角，让她大声喊出心中苦闷。

最后一站，跟田七去曼联的主场，老特拉福德球场看一场球赛，去现场为他俩喜欢的曼联助威一次，如果比赛赢了，就当场向她表白。

我们想田七在英国待那么久不比你更熟英国吗？但我们只是说，挺好的，希望那天曼联赢。

签证下来了，毛蛋成功去了英国。

半个月后，毛蛋从英国回来，看起来没什么变化，但时间长了，大家发现有两件事他再也不做了，一是，他不再哭了，毛蛋吃到幸福的味道不哭了，看悲情电影不哭，看感人故事也不哭了。二是，他再也不玩游戏了，而且把电脑里所有的游戏都删了，包括CS。

我们问他在英国发生了什么，他闭口不谈，我们也不敢再问。

后来，我们听说田七和阿狸和好了，正讨论着，说，最近阿狸……

毛蛋突然出现，我们赶紧转移话题，说，唉，最近小贝……跟维多利亚又有感情危机了！

毛蛋淡然，说，别演了。

毛蛋早就知道了，原来他早在去英国之前就知道了。

那一天毛蛋提着行李，在柜台前排队准备办理登机牌，忽然收到田七的微信，阿狸回来了，我跟她已经和好了，你不要担心啦！

看完手机，毛蛋收起手机，领了登机牌，还是踏上了去英国的飞机。

毛蛋说，为什么不去呢？就当旅游嘛。

毛蛋走出伦敦希斯罗机场，英国难得没有下雨，阳光正好，打在他的脸上。

第一站，毛蛋到了爱丽丝主题店，给每个人都买了纪念品。

下一站，毛蛋去了海德公园的演讲者之角，大喊，钓鱼岛是中国的！

最后一站，毛蛋去了老特拉福德球场看了一场球赛，比赛结束，他跟田七喜欢的曼联果然赢了，所有球迷都激动地起立，疯狂地欢呼，在震耳欲聋的欢庆声中，只有一张亚洲面孔号啕大哭，哭得生人勿近，哭声被卷进周围的声浪中，溅不起一点反应。

怪不得，毛蛋从英国回来就不再哭了，也许那一天毛蛋就已经预支了下半辈子所有的眼泪。

给我们讲这段故事的时候，毛蛋很平静，平静得让我们觉得有点陌生。

之后，我从深圳跳槽去了北京，和毛蛋偶有的联系中，也没再听他提起过田七。

这一次，他真的放下了。

玩游戏时，只要我们不停打怪刷副本，就能得到经验，得到装备，但你可能遇到一款游戏，不管你怎么打怪刷副本，经验都不会升，装备也不会掉。

这款游戏叫爱情。

付出皆有回报，唯爱不能。

一份无望爱情的副作用，是无尽的痛苦。

人在痛苦面前，都会下意识地选择更简单的那条路。

我们痛了，所以放手。

两年后的一次春节，我跟女朋友去英国旅游，借住在田七和阿狸家里。

田七和阿狸买了很多菜做给我们吃。

饭桌上，我们聊起以前的朋友。

田七抱怨，说，毛蛋这个没良心的，我来英国这么久，他居然一次都没来看过我。

我想说，但又什么都没说。

晚饭后，田七在电脑前玩游戏，玩得大呼小叫，左摇右摆。

我凑近一看，她在玩CS。

田七笑着说，你们看毛蛋这个菜鸟，又被我爆头了吧。

画面里，一柱血从一个警察头上绽开，警察倒地，画面弹出，"Terrorist

win（匪徒胜利）"。

原来毛蛋还一直在跟田七联系着。

毛蛋还在一直跟田七打CS。

毛蛋还在一直输给她。

人在痛苦面前，都会下意识地选择更简单的那条路。

我们痛了，所以放手。

毛蛋痛了，所以不放手。

因为放手更痛。

对有些人来说，爱情从来不是游戏，爱情不分输赢，爱情不需要回报。

毛蛋就是这样。

做不成李大仁，他宁愿做张士豪。

毛蛋从来没对田七说过，我喜欢你，但每次故意输给田七以后，屏幕上弹出来的，能让田七开怀大笑的"Terrorist win（匪徒胜利）"，就是毛蛋的情书，就是毛蛋的"我爱你"。

我的女朋友，活在1999年

因为你掉进了黑暗，我唯一能做的，就是走进黑暗，陪你慢慢走出来。

喜欢一个人的时候，我们总想去改变对方。

希望他为了你守时，希望他为了你戒烟，希望他为了你变得体贴……

对林淮而言，他只希望把女朋友变得像个正常人。

林淮，是个喜欢新鲜的人。

身上穿的，一定是当季最新款的服饰。

手上用的，一定是刚上市的电子产品。

但这样的林淮在第一次见到姜果时，完全震惊了。

那天姜果穿着喇叭牛仔裤，工整的格子衬衫扣到了最上面一颗纽扣，一副圆形的金丝边眼镜，腰间还别着一个汉显BP机。就像是从20世纪穿越过来的姑娘，都说时尚是个大轮回，越复古越时髦，林淮觉得姜果简直潮爆了，于是迷上了她。

但是，真正认识一个人要从同居开始。

当林淮和姜果交往半年后，终于开始同居生活时，林淮再次震惊了。

姜果的房间里完全保留了20世纪90年代的样子，家里没有空调、没有电脑，喝水用的是老式的热水瓶，床上铺的是老式的国民床单，暖手用的还是橡胶暖水袋……

原来姜果根本就不是复古，她就是个活在20世纪的人，过时的人。

林淮有些忐忑，但他想，只要有爱，一定可以跨越两人之间的鸿沟。

以前，林淮想要联系姜果时，姜果让他写信。

当时，林淮还以为是姜果的情趣，现在林淮才知道，姜果只有BP机，根本就没有手机。

于是，大冬天，林淮顶着寒风熬夜排队，终于为姜果抢到最新款的iPhone。

他把手机送给姜果，让她把那个没用的BP机扔了。

姜果却一次都没用过新手机。

每次找她都特别麻烦，然而他包容了。

有一天，林淮准备在家给姜果做顿饭，给她个惊喜。结果发现厨房里的用具都很老旧，特别是姜果吃饭的搪瓷碗，都锈迹斑斑了。

于是，林淮给厨房来了一次大换血。

等姜果回家之后，在她眼前出现的是一大桌菜，盛菜的是一套全新的淡雅的餐具。

林淮等姜果夸他，没想到，姜果着急地问，我的搪瓷碗呢？

林淮说，扔到楼下的垃圾桶了。

姜果直接冲到楼下，开始翻垃圾桶。

林淮真的没法理解，但他还是陪她一起去找。

因为他爱她，他逼自己去包容，即使不理解。

但是，包容也是有限度的。

有一天，林淮带姜果去见他的朋友们，路上经过一家麦当劳，大家都准备进去，但姜果站在门口，一动不动。

林淮问姜果，怎么了？

姜果面无表情地说，我不吃汉堡。

朋友们都很尴尬。

林淮拉着姜果的手，说，大家想吃这个，你就别闹别扭了。

林淮牵着姜果往里走，姜果突然甩开林淮的手，推开林淮，喊道，我说了不吃！

转头就跑掉了。

林淮一个人站在原地，朋友们都同情地看着他。

以前，姜果生气了，林淮都会追上去，主动和好。

但今天，林淮没有。

他一直以为姜果很爱他，但现在，他不敢肯定了。

因为他给姜果的爱，似乎从来没有回应。

他以为爱能跨越一道又一道的鸿沟，但没想到，爱也会累。

林淮累了。

林淮一个人在街上游荡，不知不觉地走进了姜果常去的书店，他翻阅着姜果常看的旧书。

书店老板走过来跟他打招呼，你就是姜果的男朋友吧，我经常听姜果提起你。

林淮问，你认识姜果？

书店老板说，不只是认识，我们以前还是十几年的邻居。

他告诉了林淮姜果的过去。

1999年，十五岁的姜果，跟现在的林淮一样，是一个追求时髦的人。

她用的是当时最流行的汉显BP机，周末去的是当时最火的旱冰场。

更让姜果兴奋的是，那一年，他们城市开了第一家麦当劳。

姜果想要尝尝鲜，让妈妈下班后给她买个汉堡。

妈妈满口答应，但总是一次又一次地忘记，姜果一次又一次失望。

妈妈跟姜果说，跨年那天晚上，我给你买汉堡，让你过个快乐的新年。

到了1999年12月31日，姜果一放学就冲回家，因为汉堡在家里等她。

妈妈还在厨房忙活，桌上放着个盖着盖子的搪瓷碗。

姜果以为里面是汉堡，结果里面是一碗饺子。

妈妈刚好出来，看着姜果说，对不起啊，妈妈今天工作太忙了，又给忘了，今晚就吃饺子吧，跟汉堡也差不多，不都是面包着肉吗？

姜果气得快哭了，说，一点都不一样！你连汉堡长什么样都不知道，老土！

妈妈说，你别生气，妈妈下次一定给你买。

姜果说，下次？又是下次！我再也不相信你的下一次了。

姜果把装满饺子的搪瓷碗往地下一摔，转身就摔门跑掉了。

姜果去了市里最好的旱冰场，跟朋友们一起跨年。

当时旱冰场放着最流行的新歌，张惠妹的《三天三夜》，姜果跟所有人一起陷入了狂欢，忘记了之前的争吵。

姜果疯玩到了午夜，伴随着广播里主持人的声音，全场安静下来。"让我们一起倒数！"

全场顿时响起山呼海啸，整齐一致的声音："10，9……3，2，1！新年快乐！"

身边的人开始疯狂地拥抱、庆祝。

姜果特别兴奋，她终于来到了2000年。

2000年，一个世纪全新的开始。

2000年，一定有很多未知的幸运在等着她。

这时，在喧闹的人群中，姜果突然看到了自己的邻居站在旱冰场外，着急地跟自己招手。

姜果听到了来自2000年的第一个消息。

"你妈妈死了。"

邻居告诉姜果，姜果跑掉之后，妈妈就骑着自行车出了门。

谁知道，在回家的路上，路边突然冲出一个拿着刀的疯子，朝妈妈乱捅，妈妈躺在地上，血流不止，身边还有一个沾满血的巨无霸汉堡。等她妈妈被送往医院，一切却已经来不及了……

邻居还说了什么，姜果已经听不见了。

处理完妈妈的后事，她回到家，才看到之前她跟妈妈发脾气，摔掉的搪瓷碗和饺子还静静地躺在地上。

姜果默默拿出BP机。

之前在旱冰场劲爆的音乐声中，她竟然都没发现BP机收到了好多条未读留言。

第一条留言：姜果，妈妈对不起你，忘了给你买汉堡。你放心，妈妈现在就去给你买，你别生气了。

第二条留言：姜果，你还生气吗？妈妈给你买到汉堡了，妈妈也不懂汉堡的那些口味，就给你买了最大的。你快回家吧，妈妈陪你一起跨年。

姜果握着BP机，失声痛哭。

原来，不是疯子杀死了妈妈，是自己杀死了妈妈。

如果不是自己硬要吃汉堡，不是自己赶时髦，妈妈就不会死。

妈妈答应过姜果，要陪她一起跨年，但现在妈妈不在了。

姜果不要去2000年，不要去那个没有妈妈的世纪。

就这样，姜果永远留在1999年。

因为那个时候，妈妈还在。

听了书店老板的话，林淮明白了一切。

姜果一直留着那个BP机，因为里面有妈妈跟她说的最后的话，但林淮却说那是没用的东西。

姜果翻垃圾桶也要找到那个搪瓷碗，是因为里面有妈妈给她做的饺子的味道，但林淮却给她扔掉了。

姜果发疯一般抗拒汉堡包，是因为那是她最愧疚、最悔恨的回忆，但林淮却逼迫她再次面对。

林淮原本以为，他很爱姜果。

后来才知道，他一直在伤害姜果。

他没有资格去改变姜果，去强迫她来到2016。

林淮活在2016年，姜果活在1999年。

他们注定是两个世界的人。

这天晚上，林淮没有回去姜果的家。

林淮走后，姜果继续着她的生活。

一切都好像没变，她还是那个过时的人，拿着BP机，用着搪瓷碗……

但一切都好像变了，不知道为什么，房间空了不少，冷了不少，似乎缺少了某样很重要的东西。

姜果不想去想少了什么，但每晚睡觉的时候，她仍然会忍不住哭。

一个月后，姜果如同往常一样，去书店看完书回家。

一进家门，却看到桌上摆着自己的搪瓷碗，里面盛满了冒着热气的饺子。

一个男人突然从厨房冒出来。

他穿着卷脚的老式西裤，白衬衫外面套着一件红色的鸡心领毛线衫，鼻子上还架着一副大方框金丝眼镜，土极了。

他就是林淮。

林淮说，你回来了？赶紧吃饺子，那个，我第一次做，也不知道好不好吃。

姜果眼眶一热，之前缺少的东西回来了。

姜果问林淮，你为什么回来?

林淮说，因为我爱你，因为你爱我。

林淮曾经不知道姜果爱不爱他，因为他对姜果的爱都是没有回应的。

但后来，林淮懂了。

姜果活在1999年的世界里，她拒绝所有来自2016年的事物，除了一个，就是林淮。

她接受了2016年的林淮，进入她的世界。

姜果爱林淮，比林淮想象中更爱。

而林淮也知道，他永远也离不开姜果。

林淮走到姜果面前，抱住姜果，说，你妈妈的事我都知道了。我知道，我没办法取代你妈妈，但我想要回到1999年，替她照顾你，替她陪你一起跨过以后的每一个新年。往后的日子，咱们一起走，一分一秒地走，慢一点也没关系。

林淮活在2016，姜果活在1999。

林淮没有资格强迫姜果来到2016，但他可以去到1999。

因为你掉进了黑暗，我唯一能做的，就是走进黑暗，陪你慢慢走出来。

有人说，占有，是改变别人，而爱，是改变自己。

姜果为了妈妈，把自己留在1999年。

林淮为了姜果，把自己也倒回1999年。

从今以后，林淮和姜果，两个人站在同一原点。

他俩的时间，从1999年12月31日起，重新开始转动。

遇到这样的渣男就嫁了吧！

我相信，一定有很多人，以朋友的名义，小心翼翼地活在爱的人身边，并卑微地祈求终有一天，他能看到自己。

每个人身边，大概都有一个渣男朋友吧。

叶七就是。

他有点小帅。

被他迷倒过的女生，很多。

被他伤过的女生，更多。

叶七在聚会上抱怨，你们女生真善变，好的时候叫"欧巴"，不好的时候就叫"渣男"。为什么分手了，不能好聚好散，做个朋友呢?

我说，分手了怎么可能做朋友?

分手如果还做朋友，要么是贼心不死，要么是毫不在意。

叶七说，我就是毫不在意嘛。

无耻得这么坦荡，也是够了。

我朝叶七翻了个白眼，人渣!

其他女生都义愤填膺，跟我一起骂叶七。

只有一个女生说，我觉得你说得有点道理。

大家惊叫，叛徒！

叶七握着她的手，热泪盈眶，直叫亲人。

这个女生，叫苗天天。

如果说叶七是渣男，那苗天天就是渣女。

她谈过很多次恋爱，屡战屡败，屡败屡战。

两人聊得热火朝天，苗天天说，我们这么合拍，为什么不在一起试试？

叶七有点迟疑地打量着苗天天，问，分手的时候，你不会骂我渣男吧？

苗天天举手发誓，要是谁有喜欢的人，就提分手嘛，我一定会履行"不哭闹，不上吊，不打扰"的三不原则，做一个满分前女友。

叶七打消疑虑，点了点头。

就这样，一顿饭的工夫，他俩就勾搭在一起了。

我们以为他俩在一起就是玩玩，没想到他们一处就处了小半年。

叶七对苗天天赞不绝口，说苗天天和他在一起的时候，是一个满分的女朋友。

叶七不想过情人节，苗天天说自己正好嫌外面人多，两人窝在家里看电影。叶七通宵玩游戏冷落苗天天，苗天天申请了一个账号陪他一起玩。

叶七看AV被她看到，苗天天拿出自己的私藏和叶七切磋交流。

他们唯一的一次争吵，是争论吉泽明步和波多野结衣，谁更美。

男生们都很羡慕，纷纷请教叶七，怎么让女朋友乖巧懂事？

叶七很得意，说，人要好，活儿也要好。

苗天天在一旁娇羞地点头。

我们无语，怎么没早点看出来，这两人是一对天造地设的不要脸呢。

不久之后，叶七跟我们吃饭，说他跟苗天天分手了。

说实话，我们不奇怪。

我们吃着火锅，烫着毛肚，随口问，你终于腻了？

叶七说，她遇到真正喜欢的人了。

原来他被甩了。

叶七说，前几天，他请苗天天去高级餐厅吃饭。

一顿饭到了末尾，他看到苗天天满脸通红，眼睛都直了。

苗天天说，九点钟方向。

叶七看过去，看到一个高瘦的男人独自坐在那里吃饭。

叶七问，怎么了？

苗天天说，他刚进来的那一刻，我就知道，他是我的命中注定。

一出餐厅，苗天天就跟叶七提出分手，理由是，她要去追求自己真正喜欢的人。

叶七同意了。

我们听完后很淡定，问，那你准备重出江湖，去泡别的妞了？

叶七满脸黯然，沉默了很久，才说，我本来要跟她求婚的。

我们大惊，什么？

原来，叶七跟苗天天相处久了，觉得跟她越来越合拍。

他是真的喜欢上苗天天了。

渣如叶七，遇到了真正喜欢的人之后，也会有想要一辈子的感觉。

他买了一枚戒指，想在七夕那天，送给苗天天。

为此，叶七特地选了 家高级餐厅。

但是，他还没来得及下跪求婚，苗天天就单方面宣布，他们的感情已经结束了。

叶七遇到苗天天，觉得遇到了这辈子的命中注定。

苗天天也遇到了她的命中注定。

叶七已经把苗天天当成自己的女主角。

而苗天天却只是把他当成自己的路人甲。

爱情里的这种错位，是非常可悲的。

叶七想要潇洒地离开。

但是他做不到。

分手后，他问苗天天，那我们还能做朋友吗？

苗天天有点迟疑。

叶七举手发誓，放心，我一定会履行"不哭闹，不上吊，不打扰"的三不原则，做一个满分前男友。

苗天天被逗笑了，点了点头。

退回朋友区的叶七，一开始还肆无忌惮地对苗天天好。

叶七找苗天天聊天，苗天天回复了几句就消失了。

叶七看到苗天天在朋友圈抱怨下雨没有带伞，专程去给她送伞。

但是苗天天说，你别这样，说好只是朋友呢。

因为只是朋友，所以连关心，都怕成为打扰。

因为只是朋友，所以连对你好，都怕成为另有所图。

叶七学乖了，每天看天气预报，在朋友群里发消息，降温了多穿衣服，明天下雨要带伞哦。

只是希望群里面的苗天天看到。

他看到苗天天在朋友圈里评论想吃潮汕火锅，于是打电话问我，我被客户放了鸽子，你想吃潮汕火锅吗？

我说，吃吃吃，我什么都吃。

一伙人闻风而来，他假装不经意地问我们，你们要不问问苗天天要不要来?

苗天天来了,大家已经扫荡得差不多,叶七将藏起来的一盘牛丸推到她面前。

苗天天笑了,说,谢谢,我最爱吃牛丸了。

叶七看着苗天天,也笑了。

我们偷偷交换眼神,无奈地叹气。

因为是朋友,所以连关心,都要假装不经意。

因为是朋友,所以为了对你好,要假装对所有人都很好。

又一次聚会,苗天天眉飞色舞地跟大家说,她追到那个喜欢的人了。

大家一片沉默,都不敢说话,也不敢看叶七。

叶七打破了沉默,朝苗天天竖起大拇指,说,可以啊你,那怎么不带出来遛遛?

气氛活络起来,大家继续插科打诨。

饭局后,苗天天打包了一堆东西,屁颠屁颠地回家陪男友。

叶七瘫倒在椅子上,摸出烟,一根一根地抽。

我们调侃他,你丫挺大度啊。

叶七苦笑,沉默了很久,说,我只是一个普通朋友,我有小气的资格吗?

但如果不做朋友,连待在喜欢的人身边的机会都没有了。

只要真心地喜欢上一个人,都会在爱情中变得不那么像自己。

叶七也不例外。

叶七深吸了一口烟,说,好累啊。

苗天天跟新男友好了两个月,两人就大吵了一架。

叶七给苗天天组局,陪苗天天喝酒。

苗天天一杯杯地喝酒,喝完了哭,哭完了喝,然后继续哭。

叶七在一旁陪着,听苗天天哭诉新男友的缺点。

抱怨他忘了情人节。

抱怨他宁愿玩游戏也不愿意陪自己。

抱怨他经常不接自己电话······

他想起苗天天跟自己在一起时的种种表现，觉得自己真他×蠢。

原来，苗天天乖巧懂事，只是因为没那么喜欢他罢了。

枉他自诩阅女无数，却忘记了，女生在爱情中情绪失常，脾气失常，才是正常的。

苗天天愤愤地说，再也不理他了。

在喜欢的人面前，苗天天也是一个爱耍脾气的普通女生。

两人正喝得起劲，新男友的求和电话打了过来，苗天天接了以后，起身就要走。

叶七跑出去拉住苗天天，让她不要走。

苗天天看着叶七，问，为什么？

叶七说不出为什么。

他不能说"我喜欢你"。

因为他只是一个朋友而已。

叶七松开手，说，没事。

苗天天走了。

叶七精心为她准备的聚会，大半夜掏心窝的安慰和劝解，都比不上她喜欢的人随便一通电话。

没有资格吃醋，没有资格心酸，更没有资格生气。

因为只是朋友。

叶七回到聚会上，像没事人一样跟我们喝酒。

他喝了吐，吐了喝，然后继续吐。

吐到第四回的时候，他一脸苍白地对我说，我明白了一件事。

我问，什么？

叶七说，原来，我们是没有办法跟喜欢的人做朋友的。

说完，他哇地一下，又吐了，连眼泪都吐出来了。

我相信，一定有很多人，以朋友的名义，小心翼翼地活在爱的人身边，并卑微地祈求终有一天，他能看到自己。

但遗憾的是，更多时候，我们一直被他们当成朋友，觉得我们很好，很体贴，有很多很多的优点。

唯一的缺点，大概就是，不是他们爱的人。

为了不失去爱的人，我们选择跟爱的人做朋友。

但是做了朋友以后，我们永远也不会拥有他们了。

我们只能看着他们爱上别人，然后结婚，生子，变老。

为了看着你和别人在一起，要花光我们所有的勇气。

叶七再也没有主动联络过苗天天。

后来，苗天天结婚了，给叶七寄了请帖。

叶七笑笑，撕了请帖，没有出席婚礼。

叶七说，他决定放过自己，不跟苗天天做朋友了。

我们都等着他走出情伤，重出江湖。

但叶七收了心从了良，做起了好男人。

有时候我们聊起叶七的往事，他跟我们一起笑着骂，这渣男。

我们问叶七，不谈恋爱了？

他淡淡地说，不想谈了。

我们默然。

因为我们知道，每一个说不想谈恋爱的人，心里都住着一个不可能的人。

和喜欢的人做朋友，是什么感觉？

有人说是"很庆幸，能走到你身边。很遗憾，没能走进你心里"。

如果有一天，我不再和你做朋友。

我并不是不在意你。

我只是还爱你。

交往七年，分手七年

最让我难过的，并不是当时为了让对方幸福而放弃。
而是，放弃之后，发现你却没有得到幸福。

我这辈子，因为家教严厉，从来没有说过一句脏话。

一直到这一刻。

我来到警察局，因为我老公嫖娼被抓。

我还是忍住了没说脏话。

一直到这一刻。

我抬头看向抓捕我老公的警察，是我的前男友。

我！的！天！

我想象过很多次和前男友程诺的重逢。

虽然场景和对白各不相同，但想象中的我，总是光鲜亮丽的，无一例外。

绝不是像这样，因为临时被电话吵醒，披头散发衣着随意，整个一失意中年妇女。

任谁看了，都会觉得我老公嫖娼，情有可原。

而程诺穿着笔挺的制服，帅得发光，正坐在我的对面给我做笔录。

程诺目不斜视，像不认识我一样，问，姓名？

我不说话，满脑子想着自己的眼睛是不是很肿。

程诺又问了一遍，姓名？

我不说话，恼恨为什么我刚才连眼屎都没抠一下。

程诺不说话了，在电脑上姓名一栏，打上"蔡蔡"。

是的，蔡蔡是我的名字。

程诺又问，出生日期？

我不说话。

程诺默默打上我的出生日期，民族，籍贯，身份证号码，学历……

交往七年，他对我的过去无所不知。

打到联系电话的一栏，他停下了手。

半晌，他说，我不知道你的新电话号码。

我沉默了一会儿，慢慢报出我的电话号码。

他接着说，现家庭住址……我也不知道。

我报出我的家庭住址。

分手七年，他对我的现在一无所知。

程诺录入完信息，盯着电脑屏幕。

从进来起，他就没有看过我。

程诺说，根据《治安管理处罚法》第六十六条，卖淫嫖娼的，处十日以上十五日以下拘留，可以并处五千元以下罚款，我们会根据条款对你丈夫进行处罚，你有意见吗？

我回，没有。

程诺又问，你丈夫的生活用品带了吗？

我回，没有。

程诺问，罚款是你交还是他交？

我说，他。

程诺问，你过得还好吗？

我说，……

我什么也没有说。

我和程诺，大约命里犯冲，总在自己最狼狈的时候见到对方。

第一次见程诺，他刚当片儿警，一身警服，正跟路边停车的车主纠缠。

不过这个纠缠，嚣张的是车主，怂的是警察。

车主揪着程诺的衣领，怒气冲冲地问，怎么开车的？长不长眼睛？警察就能乱蹭别人车啊？

程诺满头的汗，一脸的红，不停地道歉。

我当时在等公车背单词，远远看着他们，跟程诺投过来的视线对上。我撇了撇嘴，表达我的鄙夷。

真怂。

程诺的脸更红了。

我的优越感没有持续太久，没过两周，我们第一次相遇的那个街口，我失恋了。

男友劈了腿被我捉奸，我发狠道，你今儿不跟我把事说清楚了，咱们就分手！

男友特别高兴地说，好的，分手吧，再见！

我懵圈了，跟在他后面求他不要分手。

他理都不理我，手一招钻进一辆出租车里，留下我一个人号啕大哭。

我边哭边环顾四周，希望没人看到我这副烂样。

还好，看见这副场景的，只有街角的一只猫和像猫一样蹲在街角的程诺。

我看着程诺，程诺撇了撇嘴。

真怂。

我哭得更用力了。

后来的日子，我们经常遇到，看彼此的目光，都是心虚又得意。

我的把柄落在你手上的心虚。

你的把柄落在我手上的得意。

有一天我们真的忍不住了，决定公开谈判，把话说明白。

烧烤摊上，我们面对面坐着，我表情严肃地问，说吧，你打算怎么办？

程诺一脸严肃地回答，我希望我们都能为对方保守秘密。

我问，这要如何保证呢？

程诺沉吟片刻，说，我建议我们在一起，这样就能时刻互相监督。

我点点头，说，有道理，我们最贱最怂的一面，只留给对方看吧。

因为见到了对方最丢人的一面，我们决定在一起。

跟程诺在一起的日子，都开心，但是难熬。

那时候，我家境不好，只是学生，生活费微薄。

程诺家境也不好，刚工作，更是入不敷出。

我们平日里，吃食堂，老干妈拌面条。

纪念日庆祝时，吃火锅，老干妈涮蔬菜。

程诺把所有的蔬菜都拨到我碗里，说，多吃点，放心，难熬的日子会过去的。

我点点头，说，我相信。

难熬的日子过去了。

更难熬的日子来临了。

大学毕业，我进了新公司，工资迟迟不发，我所有的钱只够维持交通。

程诺得罪了上司，原定的晋升被取消，还被罚了款。

最难熬的那个月，交完房租水电费，我们只剩下十七块钱。

第二天，是我们的七周年纪念日。

但是我们连涮蔬菜火锅的钱都不够了。

第二天下班后，我直奔菜市场，一家家摊位问，有没有不要的菜叶？

我特别怕丢脸，可是，我想跟程诺一起吃火锅。

问到最后一家的时候，我看到了程诺。

他手里拎着一罐老干妈和一包菜，正在呵斥前面几个抽烟的青少年。青少年把烟一丢，一哄而散。

程诺走上前，看青少年走远，蹲下身，在地上挑挑拣拣，捡起一根比较长的烟屁股，深深地吸了一口，脸上满是陶醉。

我的眼泪一下就下来了。

程诺手里夹着烟东张西望，一下就看到了擦眼泪的我和我手里的菜。

我们对视着。

我们又看到了彼此狼狈的一面。

程诺问我，你打算怎么办？

我说，分手吧，我俩命里犯冲，在一起，就没有好过的时候。

程诺问，你会找个更爱你的人吗？

我回答，我可能会找个没那么爱我，但是能给我幸福的人。

程诺点点头，说，有道理，我们最戾最戾的一面，只留给对方看吧。

因为见到了对方最丢人的一面，我们决定分开。

我想象过很多次和程诺的重逢。

虽然场景和对白各不相同，但想象中的我，总是光鲜亮丽的，无一例外。

而想象中的程诺，也总是帅气自信的，无一例外。

我一直相信，我们离开了彼此，会更幸福。

警察局里，我和程诺面对面坐着。

程诺的眼睛从屏幕转到我的身上，他看着我，问，你过得还好吗？

我笑了笑，说，过得挺好的。

程诺看着我不说话。

我怕他不相信，赶紧补充，我真过得挺好的，事业有成，天天性骚扰男下属，爽爆了。我跟我老公没什么感情，他嫖娼被抓了正好，我可以光明正大地把他踢了，扶个小鲜肉上位……

他没说话。

我越来越心虚，转移话题，问，你呢？你过得好吗？

程诺说，挺好的，跟你分手后，我跟Lisa、Anne、苏苏还有阿尔汗萨丽交往过，最近刚看上的妞叫欢欢。

我笑笑不说话。

程诺怕我不信，说，真的，要是我有空，一定详细跟你说我波澜壮阔的泡妞史。

我说，我们以前不是一直想养一条狗吗，名字都取好了。

程诺一愣。

我问，没记错的话，名字就叫阿尔汗萨丽吧？

程诺沉默，又笑了笑，说，好吧，没有Lisa、Anne，也没有欢欢和阿尔汗萨丽。

他顿一顿，又说，但是苏苏是真的。

我哦了一声，问，我之后，就是她吗？

程诺点头。

我问，是女朋友？

程诺摇头。

我问，老婆？

程诺点头，又摇头。

我有点困惑。

程诺想了想，从桌上抽出一个文件，问，你知道这是什么吗？

我摇头。

程诺说，这是我两天前刚签的离婚协议书，还没来得及寄出去。

我问，怎么？

程诺苦笑着说，我们结婚三年，我才发现所有的纪念日节日，她都买两份礼物，一份给我，一份给情夫。

我沉默了一会儿，尝试安慰程诺，别想太多，好好工作，早点当上你梦寐以求的大队长，让她后悔去。

程诺沉默了一会儿，声音低沉地说，其实，她出轨的人，是我的同事。

程诺朝大厅的方向指了一下，我看到一个浓眉大眼的小警察，目测应该不超过二十岁。

他老婆还挺猛的。

程诺说，更不幸的是，他老爸还是个人物，下个月，我就要被调到县里了……

我起了疑心，狐疑地看着他，你不会在编故事吧？

程诺问，怎么，你觉得没人能倒霉成这样？

看着程诺有点凄楚的笑容，我不说话了。

不知道为什么，在没见程诺之前，我有点害怕他过得幸福。

发现他真的不幸福，我却怎么也高兴不起来。

程诺说，看我人生不顺，你有没有好过一点？

看着程诺调侃的表情，我勉强挤出一丝笑，说，好受多了。

我忍了忍，没忍住，问，当年你不是答应了我会过得幸福吗？

程诺深深看着我，问，那你呢？你幸福了吗？

我想了想，说，吃饱喝足，过得比当年幸福。

程诺说，那就好。

他不再说话，打印出笔录，让我签字离开。

我到大厅办理手续，看到那个浓眉大眼的警察，出于人道主义，我狠狠瞪了他一百眼。

小伙子见我看他，露出灿烂的笑容，问，你认识我们队长吗？

我走进办公室，坐在程诺的对面。

程诺抬起头。

我说，我骗了你。我老公嫖娼，我不是不在乎，而是气到快爆炸了。还有，我事业有成是真的，潜规则小鲜肉是假的。

程诺看着我。

我擦擦眼泪说，我再回答一次你刚才的问题，这些年，我过得还好，但我不幸福。因为我不想再让你看到我狼狈的样子，所以我撒谎了。

程诺说，我也骗你了。

我说，我知道，楼下的小警察是你的粉丝，他都告诉我了，你已经成了大队长。那出轨离婚呢？也是假的吧？

程诺不说话。

我翻开程诺刚才抽出来的文件，上面写的不是"离婚协议书"，而是"工作日志"。

我说，所以，连苏苏都是假的？

程诺没否认。

我说，你没有必要为了安慰我，把自己说得那么惨……

程诺打断我，说，不，我撒谎，是因为我也不想再让你看到我狼狈的样子。

我一愣。

程诺的表情很疲惫，他说，我过得，比我说的更不好。

我问，还能比这更差吗？

程诺嗯了一声。

我们隔着一张桌子。

程诺定定地看着我，说，因为我爱的人不幸福。这就是我的人生中最坏的结果。

年少时，我们常常害怕自己没有能力让所爱的人幸福。

所以我们放手了。

等我们后悔时，才发现，我们已经没有资格，让所爱的人幸福了。

最让我难过的，并不是当时为了让对方幸福而放弃。

而是，放弃之后，发现你却没有得到幸福。

慢慢爱上你，慢慢慢慢慢慢忘记你

所以，如果你终究要离开我，请不要来爱我。

毕竟，就连忘记，我都学得很慢。

你在什么时候会恨自己反应太慢？

微信群里，有人发红包，你每次都抢不到；

在地铁里，明明是你面前的人下车了，你都抢不到位子；

吵架的时候，被别人骂哭了，回家才想到该怎么怼回去。

沈小念也是这样的人，并且，她的状况比一般人更严重。

她并不是笨。

上学时，她是个学霸，总是第一个写完试卷；

工作时，她是个牛×员工，总是第一个提出解决方案。

但一到生活中，沈小念就变得很迟钝了。

有一次，大家在酒吧喝酒，有人提议玩个游戏——大家轮流讲笑话，只要
有一个人不笑，讲笑话的人就得一次喝完三瓶啤酒。

轮到余周，他讲了个笑话：

一个老师问三个学生：你们用什么东西可以将一间屋子填满？

第一个学生找来了稻草，铺满了地板。

老师摇了摇头。

第二个学生找来一根蜡烛，顿时屋子里充满了光芒。

老师还是摇了摇头，因为学生的影子没有被照到。

这时第三个学生往地板上丢了块肥皂……

没一会儿，欢快的娇喘声便充满了整个房间……

笑话讲完了，众人都笑了，余周以为自己逃过一劫，却发现沈小念依然摆着一张冷漠脸，没有一丝笑意。

没办法，余周只好一口气干掉三瓶啤酒。

当余周咽下最后一口酒时，现场突然爆发出一阵大笑。

沈小念捂着肚子，指着余周笑得喘不过气，说，哈哈哈，这个笑话我喜欢！

沈小念一直慢半拍，什么都比别人慢。

就连恋爱都是，二十五岁了还没谈过恋爱。

但这天，周围的朋友都觉得这个情况会有所改变。

因为余周看沈小念的眼神，有火花。

这是他们第一次见面，虽然沈小念害得余周喝了很多酒，但他觉得沈小念很可爱。

余周开始追求沈小念。

有一次，余周约沈小念去唱K。

到了KTV，沈小念静静地听着余周唱，余周让沈小念唱，沈小念一直推辞。

等余周去洗手间回来，却发现包间里面传来沈小念的歌声。

沈小念不是跑调，而是跟她的人一样，总是慢半拍。

她的歌声跟伴奏，永远不在一个频率上。

发现余周回来了，沈小念好像脸一下子红了，不好意思地放下话筒。

余周说，你知道吗？现在年轻人都流行男女二重唱，咱们也试试怎么样，我先唱，你后唱？

沈小念看着余周真诚的眼神，心中有点暖暖的。

这一天，沈小念第一次在别人面前唱歌。

这一天，沈小念第一次把歌唱尽兴了。

有一天，下雨了，沈小念没带伞，然后就直接冲进了雨里。

过了一会儿，沈小念发现雨停了。

就这样走了好几步，沈小念才发现自己头顶有一把伞，而自己旁边站着淋湿了的余周。

沈小念连忙把伞推到余周头上，说，谢谢你。

余周开玩笑地说，你居然没有发现我？我存在感有这么低吗？

沈小念有点愧疚，说，对不起，我就是这么一个慢半拍的人。

余周拿出纸巾，帮沈小念擦掉头发上的水，说，慢半拍有什么不好，挺萌的呀。

余周看着沈小念，说，我就喜欢这样萌的你。

沈小念一直慢半拍，但这一刻，她却感觉到自己的心跳抢拍了。这一天，沈小念和余周在一起了。

有了余周，沈小念慢半拍的生活有了变调。

跟余周去KTV唱最新的歌，吃新开的餐馆，玩最流行的桌游。

偶尔在余周的怂恿下，他们也会来一次说走就走的旅行，两人去了新疆，去看了戈壁，去看了雪山，去看了高原湖……

在那次旅行中，沈小念迎来了她二十六岁生日。

在最美的赛里木湖边，余周对沈小念说，我爱你。

沈小念瞬间红了脸。

余周问，你呢？

沈小念想说什么，却又开不了口，只是呆呆地站着。

余周说，没关系，慢慢来。我会等你的。我相信，总有一天，你也会跟我说"我爱你"。

但是，又过了大半年，沈小念还是没有说过这句话。

余周没有给沈小念压力，没对她发脾气，没跟她吵架。

只是余周工作越来越忙，加班越来越多，两人见面越来越少，就算见面，余周看上去也有点疲乏，不爱说话了。

但沈小念想，余周对自己这么有耐心，现在自己也应该更包容。于是，沈小念选择默默等待余周。

有一天，沈小念跟朋友喝咖啡，突然掏出一个毛线团，再掏出两只长长的毛衣针，旁若无人地开始织了起来。

朋友吓得咖啡都从嘴里喷了出来，问她，大夏天你这是做什么？沈小念淡定地说，这是我给余周准备的生日礼物，虽然还有三个月，但你知道我总是慢半拍，还是早点准备吧。

朋友无语，这么老土的生日礼物，我看在流行这件事上，你不是慢半拍，你是慢了半个世纪。

沈小念不管她，还是微笑着，继续织着毛衣。

余周生日当天，一大早，沈小念就打电话给朋友。

沈小念说，我梦见今天早上余周跟我分手了。

朋友说，那是做梦。

沈小念说，嗯，是做梦。

因为余周跟沈小念已经分手两个月了。

两个月前，沈小念刚下班，出了公司门就被一个陌生的短发女生叫住。

短发女开口第一句话就把沈小念问蒙了，你怎么还不跟余周分手？

短发女说她跟余周已经认识三个月了，她对余周一见钟情，第一天就跟余周表白说了"我爱你"。

余周对这个女生避之唯恐不及，但是这个女生每天都对余周说"我爱你"，见面说、微信说、电话说……也许语言有催眠的能力吧，一个月后，余周就跟她在一起了。

沈小念不相信，说，不可能。

短发女一脸嘲笑的表情，说，他天天跟我在一起，你都没有发现点什么不同吗？我真的没有见过你这么迟钝的人。

沈小念这才知道，所谓的"工作忙"，所谓的"在加班"，所谓的"没精神"，不过是余周的冷暴力。

很多男生都这样，他们已经不爱了，却又不想当坏人，于是用冷暴力的方式，逼女生说分手。

但沈小念还是没有反应过来，总是选择盲目相信，总是帮他找理由。

沈小念去见了余周，像往常一样，讲述她今天吃了什么，做了什么，以及遇到了什么人，包括短发女。

余周沉默了。

沈小念问，为什么？

余周说，你总是后知后觉，我的生日快到了，你记得吗？估计又得到了生日当天，你才会想起来吧！

沈小念捏紧了包里还没织完的毛衣，想拿出来，却忍住了。

余周说，你这样慢半拍，我好累。跟你在一起，就连一句"我爱你"，我都等不到。

沈小念还是那个慢半拍的沈小念，但余周却不是那个愿意等她的余周了。

他不爱你了，你曾经的优点，在他眼中，都变成了缺点。

那天，沈小念跟余周分手了，分得很干脆。

沈小念最后如余周所愿，变成了一个果断的人，一点也不慢半拍，一点也不拖泥带水。

朋友们都感叹，沈小念结束感情的方式，就一个字，帅。

两个月，就这么平平静静地过去了。

余周彻底消失在沈小念的生活里，但在余周生日这天，他突然出现在沈小念的梦里。

沈小念说，我梦见今天早上余周跟我分手了。

朋友说，那是做梦。

沈小念说，嗯，是做梦。

朋友安慰她，幸好都过去了。

沈小念说，是啊。

沈小念挂了电话。

沈小念摸摸自己的枕头，因为那场梦，枕头已经全被眼泪浸湿了。

沈小念从枕头下，拿出毛线针，然后织完了最后一针，赶在了余周生日当天。

沈小念看着毛衣，说，我爱你。

然后抱着毛衣大声痛哭起来。

也许在生活中，我们不一定都像沈小念这样慢半拍。

可是在爱情里，我们全都变成了沈小念。

爱情里，男女之间是有时间差的。

女生总是慢半拍的那一个。

他追我们的时候，我们还没爱上他。

当我们爱上他的时候，他已经不爱了。

因为慢半拍，一开始动心的人是你，结果越陷越深的是我。

因为慢半拍，所以你走了，我还爱着你。

有人说，慢热是怕被辜负，因为每一次都太全情投入。

所以，如果你终究要离开我，请不要来爱我。

毕竟，就连忘记，我都学得很慢。

给你五十万，离我远一点

很多时候，我们都是这样，嘴硬、赌气、逞强。

嘴上说着，谁会爱你啊。

心里想着，老子好想 Ta。

1

郑晓燕，我们这圈人里面公认的白富不太美。

郑晓燕在日本读的大学，因为她爹在中国驻日大使馆工作。

郑晓燕之所以能和王宁子扯上关系，都是因为日本代购。

王宁子托郑晓燕代购日本短刀。

正宗的日本短刀，一把五六千人民币。

王宁子前前后后一个礼拜，一共买了四把。

郑晓燕问我，你这哥们儿为什么要这么多刀？

我说，他是一社会青年。

郑晓燕暑假回国，和王宁子约定好，一定要见一面。

我问郑晓燕为什么。郑晓燕说，一个礼拜之内花出去小三万，你这个社会青年朋友一定很有钱。

2

那天王宁子隆重接待了郑晓燕，并邀请郑晓燕到他家参观考察。

王宁子说，自己的家在朝阳公园桥外。

王宁子家住十二层，郑晓燕进了电梯，电梯门合上，又打开，郑晓燕还停留在一层。

郑晓燕打电话问王宁子怎么回事。

王宁子说，电梯门关不上，你得用手贴在电梯门上再使劲推一把，什么玩意儿？你推了还是不行？那他×是你没用力。

郑晓燕讲了王宁子家，电视不是液晶的，是显像管的。马桶不是抽水的，是深蹲的。

但是郑晓燕推开王宁子卧室的门的时候，被映入眼帘的画面晃瞎了眼。

四面墙上全都挂满了各式各样、价值不菲的短刀长刀。

王宁子说，哥们儿一社会青年，挣钱不多，所有的钱都用来买刀了。

王宁子抽出一把郑晓燕买给他的日本短刀，笑吟吟地对着郑晓燕说，郑晓燕，你给哥们儿买的刀真他×不错。

郑晓燕原本以为王宁子是个有钱人，她万万没想到，王宁子竟然是一个死穷死穷的社会青年，不买房，不买车，仅有的一些钱还他×都用来买刀了。

3

郑晓燕在五道口逛街的时候，手机被顺走了。

郑晓燕报了警。

王宁子说，片儿警不管这事，你看哥们儿的吧。

王宁子打了个电话，在五道口的胡同里转悠了一圈，只花了三百块钱，就拿回来一手机。

郑晓燕惊呼，这就是我那个。

为了表示感谢，郑晓燕提出请王宁子吃饭。

王宁子说，我带你去一特好的脏摊吧。

到了烧烤店，王宁子说，先来一百个羊肉串，再来二十个腰子，二十个鸡翅。

郑晓燕说，行，你倒不跟我见外，吃吧，噎死你。

结账的时候，郑晓燕一掏兜，才发现自己的钱包也被顺走了。

郑晓燕悄声对王宁子说，抱歉啊，你带钱了吗？

王宁子说，废话，我出门什么时候带过钱。

郑晓燕问，怎么办？

王宁子点了根烟，一脸不耐烦地说，不是你请我吗，问我怎么办干吗？

郑晓燕又气又急，说，那我回家取。

王宁子放低声音说，少啰唆，逃单吧。等老板一回头的时候，咱俩就跑。

你一女的，你先跑，我殿后。

老板一转身过去，郑晓燕撒丫子就跑，冲出了三百多米。

郑晓燕扭头一看，王宁子笑呵呵地看着自己狼狈不堪的背影。

王宁子慢悠悠地从衣服口袋里掏出一沓钱，大声说道，老板，买单。

王宁子走过来，摸了摸郑晓燕的兜，一脸坏笑地说，我就是想试试你，是真没带钱，还是假没带钱。

郑晓燕气得想骂人，掉头就打车走人了。

打上了车，郑晓燕才发现自己还是没有钱。

郑晓燕一摸兜，发现口袋里面多了好几百块钱。

这是王宁子摸郑晓燕兜的时候偷偷塞给她的。因为王宁子看得出来，郑晓燕丢了钱包，很伤心。

郑晓燕给王宁子发信息说，谢谢你啊。

王宁子回复，不用谢，妞你以身相许就行。

王宁子是开玩笑的，郑晓燕却真的喜欢上了王宁子。

4

郑晓燕发现一个规律，和王宁子这种人相处，拼的就是无耻。

如果他和你讲黄段子，你就直接一个视频甩过去，先发制人。

小混混儿吃的就是姑娘的矜持劲，你一副畜生来吧的架势，他反而害臊了。

那天我们玩杀人游戏，郑晓燕当法官。

郑晓燕说，杀手请睁眼。

王宁子睁眼，其他人闭着眼。

郑晓燕直接扑上去亲了王宁子一下。

郑晓燕小声说，王宁子，我喜欢你。你答应吗？

王宁子蒙了。

随即，王宁子说，游戏没法玩了，都他×给我睁眼。

我们大伙睁眼。

王宁子当着所有人的面舌吻了郑晓燕，接着一个背挎，扛起郑晓燕就走。

王宁子说，哥们儿有女朋友了，还玩毛游戏啊。

在无耻方面，郑晓燕还是输了。

5

郑晓燕假期结束，回了日本。王宁子仍然在北京当着他的社会青年。

两人聊天大概是这样的。

［第一天］

郑晓燕：我想你了。

王宁子：哥们儿也想你。

［第二天］

郑晓燕：我爱你。

王宁子：哥们儿也爱你。哥们儿爱你没商量，哥们儿爱你那是你的福分，哥们儿爱你一万年太久，只争朝夕。

［第三天］

郑晓燕：我真的很想你。

王宁子没回。

郑晓燕：想你想疯了。

王宁子没回。

郑晓燕：你干吗呢？

王宁子没回。

郑晓燕：来劲是吧，你再不回信试试看。

王宁子没回。

郑晓燕：我跨洋电话打过去骂你信不信？

王宁子没回。

郑晓燕：你他×装睡呢？

王宁子没回。

郑晓燕：睡着了？好好睡吧。我想你，做个好梦，晚安。

［第四天］

我：晓燕，王宁子出事了，打架进拘留所了。哥儿几个凑钱赎他呢。

郑晓燕：×的。

郑晓燕：你们钱凑够了吗？还差多少？

我：还差两千。

郑晓燕：把你银行卡卡号给我，我给你打过去。

［第五天］

王宁子：燕儿，我在看守所里真的很想你。

郑晓燕没回。

王宁子：你给我回个话嘛。

郑晓燕没回。

王宁子一个越洋电话打过去，哭着对郑晓燕说，老婆我错了，别生气了，我再也不敢惹你了。

郑晓燕说，你要是再打架，咱们就分手。

王宁子说，那你爱不爱我？

郑晓燕：爱你个鸡毛啊，老娘花了两千块钱给你当赎金！你当我开银行的。

6

王宁子生日那天，郑晓燕从日本偷偷飞了回来，打算给王宁子一个惊喜。

郑晓燕准备了花、礼物，查好了王宁子最爱吃的菜，准备做给他吃。

郑晓燕下了飞机就飞奔到了王宁子的家。

王宁子没在。

王宁子的朋友被欺负了，王宁子帮朋友出头，又把人打进了医院，自己也进了拘留所。

那天下了雨，郑晓燕把银行卡里所有的钱取了出来，然后就疯了一样地往派出所跑。

快到拘留所的时候，郑晓燕脚一滑，一下摔在了路口，送给王宁子的花脏了，准备给王宁子的礼物也破了。

王宁子从拘留所里面走出来，看到郑晓燕的膝盖全破了。

王宁子说，你怎么了？

郑晓燕说，分手。没的商量，就是分手。

王宁子看着郑晓燕很久，然后点了点头。

王宁子问郑晓燕，分手是哪一种，是分了以后还能出来吃个饭这一种，还是谁理谁谁是孙子这一种？

郑晓燕一咬牙，说，后一种。

王宁子说，好，就后一种吧，谁理谁谁是孙子。

7

两年后。

郑晓燕在日本念完大学，没有听从父母的安排回国当公务员，反而打算去英国读硕士。

郑晓燕的父母和郑晓燕闹掰了，一分钱都不给出。

王宁子托人给郑晓燕打过去一笔钱，不多不少，正好一年学费加生活费。

郑晓燕不信，问我，王宁子哪儿来这么多钱？

我说，刀。

郑晓燕说，什么？什么刀？

我说，王宁子卧室里的刀。王宁子藏刀一百多把，按照一把五千来算，一共五十万。王宁子把它们全都卖了。

8

王宁子给郑晓燕写了一条长微信。

王宁子说，燕儿，哥们儿真没和你复合的意思。毕竟咱俩约好了，谁理谁谁是孙子。哥们儿这回没绷住，做了一回孙子。但如果感情泛滥，真和你好了，就是做一辈子孙子。这事要是传出去，哥们儿真没法在海淀这一块混了。

钱千万别给我退回来，你退回来，就证明你想我，你想我，你就是一孙子。英国好啊，赶紧找一个靠谱的男朋友嫁了。

郑晓燕没给王宁子回微信，因为她不知道说什么。

9

郑晓燕回国找我喝酒。

我问郑晓燕，想王宁子吗？

郑晓燕说，想。

我说，会复合吗？

郑晓燕问我，要是你，你会吗？

我想了想，说，不会。身边搁一天天扣雷闹事的男朋友，随时等着我赎他，太没安全感了。

郑晓燕把一瓶啤酒一口吹了，擦了擦嘴，跟我说，自己特别希望王宁子再进一次公安局，事情越大越好，最好得五十万才能把他赎回来，这样自己和他也算断了。

10

王宁子出事了。

春节的时候，王宁子去酒吧聚朋友。

聚会散了，王宁子走到停车的地方，发现自己的车被划了。

王宁子吹着口哨低头检查划痕的时候，一把刀顶在王宁子的脊梁上。

王宁子说了句，我去。

随即，一进一出，刀子在王宁子的后心上扎了一下。

亡命徒抢走了王宁子的车钥匙，开走了车。

那天的月色极美，但街道上空无一人。

王宁子挣扎着跑出了五十米，然后倒在地上，再也站不起来了。

王宁子走了。

11

王宁子的尸体就躺在大堂里面，郑晓燕去看了。

印象里，王宁子总是皱着眉头，一脸的骄傲和不屑。

而现在，他睡着了，神色平静。

郑晓燕摸了摸王宁子的额头，还有温度。坐在王宁子的身边，郑晓燕在他的衣兜里翻找，看有没有给她留下什么话。

什么都没有。

但王宁子最后还是对郑晓燕说了，我爱你。

王宁子去世的时候，除了手机、钱包，还留下了一样遗物。

王宁子贴身带着，四把正宗的日本短刀。

这四把日本短刀，都是郑晓燕帮他买的。

这是王宁子唯一没有舍得卖的刀具，他留在这个世界上的唯一念想。

他没有说爱她。

他一直在爱她。

很多时候，我们都是这样，嘴硬、赌气、逞强。

嘴上说着，谁会爱你啊。

心里想着，老子好想Ta。

郑晓燕摸着这四把日本短刀，突然笑了。

郑晓燕对王宁子说，傻×，身上有四把刀你还让人给捅了。傻×，你还是输了，当了孙子。傻×，我也输了，我也成了孙子，因为我想你了。

我是你喜欢的样子吗?

我爱你,我不在乎自己是谁,只要你是你,就好。
爱情能给人最大的荣耀,就是我是你喜欢的样子。

你高中时代的男神,现在怎么样了?

田萌最关心的,就是这件事。

前段时间,她终于在老同学的朋友圈,发现了鹿洋的消息。

鹿洋是高她两届的师兄,她一直暗恋他。

高中之后,已经过了八年了,田萌再也没有喜欢过别人。

老同学在朋友圈说在公交车上遇到了鹿洋,听说鹿洋刚来这座城市工作。

田萌兴奋不已,于是,她把自己的上班交通工具从地铁换成了公车,期待
跟男神的相遇。

转眼一个月过去了。

却没有遇到过鹿洋。

没想到,下一个车站,一个高大帅气的男生上了车,虽然跟中学时期的鹿
洋相比,有少许的改变,但田萌还是一眼认出了他。他还是那么皮肤黑黑
的,鼻梁挺挺的,头发竖起来。

喜欢穿带帽衫,喜欢戴着耳机听音乐。

田萌按捺着自己的惊喜,看着鹿洋上车,坐在靠窗的座位,一直到八站之

后，再下车。

田萌好像一下回到了少女时期，每天憧憬着跟鹿洋的相遇，但又没有勇气开口说一句话。

直到有一天，鹿洋上车了，不像以前一样听音乐，而是倒头睡着了。

对此，田萌很暗爽，她终于可以光明正大地看他的睡颜了。

但没想到，到站了，鹿洋都没有醒。眼看鹿洋就要错过上班时间，田萌来不及想，就冲到鹿洋座位前，把鹿洋叫醒。

鹿洋惊醒后，赶紧下车，车门关了，鹿洋回头，笑着冲田萌挥挥手。

这个笑容，田萌可以回味一年。

但后来，田萌都没有在车上遇到过鹿洋。

也许再也见不到鹿洋了，也许他搬家了，也许他换了公司了，也许他发现田萌是变态跟踪狂？

田萌思考了一万种可能性，突然被人拍了肩膀。

是鹿洋。

鹿洋说，上次来不及谢谢你，就出差了。幸好还能遇见你。

这一次，田萌总算跟鹿洋说上话了。

两人一聊上，就停不下来。

学生时代的鹿洋，蛮有偶像包袱的，没想到现在的鹿洋，毫无架子。

田萌觉得自己比以前更喜欢他了。

眼看就要到站了，田萌下车了，没想到关门的一瞬间，鹿洋也跟着下车了。

鹿洋说，你叫什么名字？我对你一见钟情，你可以做我女朋友吗？

田萌感觉自己幸福得要爆炸了。

田萌强迫自己冷静下来，说，我叫田萌，我要做你女朋友，因为我已经暗恋你十一年了……鹿洋。

鹿洋显然吓了一跳，过了一会儿，才恢复笑容。

鹿洋说，田萌、鹿洋，听着就很般配。

这一天，田萌完成了她的梦想，她终于跟鹿洋在一起了。

在一起之后，鹿洋对田萌很好。

鹿洋知道田萌想家，从不会做菜，自学到可以为田萌做一大桌家乡菜；

田萌不管加班到多晚，鹿洋都会在公司楼下等她，送她到家门口；

田萌食物中毒，鹿洋发现后，一下背起她跑去医院，全然不顾田萌吐了他一身。

田萌想向全世界分享自己的幸福。

想跟全世界宣告自己跟鹿洋恋爱了。

于是，她带着鹿洋拜访了她所有的朋友；

她带着鹿洋见到了她所有的同事；

她向所有人介绍鹿洋，这是我的男朋友。

鹿洋是田萌的男朋友，这大概是田萌方圆百里的人都知道的事情。

有一次，高中同学约田萌见面，田萌想带鹿洋一起去，鹿洋说自己实在太忙了，去不了。

田萌只好自己去了。

田萌知道那个高中同学也认识鹿洋，就说起了自己和鹿洋在一起的事。

老同学有点错愕，啊，他没说过，我还以为他单身呢。

田萌愣住了。田萌在以前的同学圈里问了问，所有人给出的答案都是，鹿洋是单身。

她一直被热情冲昏了头脑，却忘了一些事情。

鹿洋从来没有发过一条秀恩爱的朋友圈。鹿洋从来没有带她去见过他的朋友，他的同事，他的任何人……

鹿洋从来没有对人说过，田萌是他的女朋友。

田萌从始至终，都是独角戏般地在秀恩爱。

鹿洋是田萌的男朋友，但田萌却不是鹿洋的女朋友。

田萌想，也许是自己想太多。

第二天，田萌和鹿洋一起吃饭，田萌开玩笑地对鹿洋说，你发一条朋友圈好不好？

鹿洋说，好呀，发什么？

田萌说，田萌是鹿洋的女朋友。

鹿洋迟疑了一下，然后还是发了。

田萌看到手机屏幕上，鹿洋的朋友圈，松了一口气。

自己真的太疑神疑鬼了。

但鹿洋去洗手间的时候，放在桌上的手机却好像在勾引田萌。田萌点开了鹿洋的朋友圈，她苦笑了。

"田萌是鹿洋的女朋友。"这条朋友圈，是分组可见，而这个分组里只有一个人，就是田萌。

为什么？

田萌想，也许是因为自己不够好，也许是因为鹿洋根本就不够爱自己。

鹿洋回来，看见田萌的样子，收住了开心的表情。

鹿洋严肃得陌生，说，你都知道了？

田萌说，对，我知道了，你不爱我。

鹿洋说，不，我爱你。

田萌说，那你怎么不告诉别人我是你鹿洋的女朋友？

鹿洋沉默了，田萌直接起身要走。

鹿洋拉着田萌，喊出了一句让田萌不可思议的话：

因为我根本就不是鹿洋。

鹿洋，不，他的真实姓名是韩野。

韩野确实是对田萌一见钟情。不过不是在他们聊天那天。

第一次因为地铁故障，韩野中途上了那辆公车，一上车就注意到那个一脸惊讶地呆看着自己的田萌。韩野觉得她特别萌，齐刘海、学生头，有点像樱桃小丸子，不自觉地就喜欢上她。

于是以后，韩野每天都坐地铁再转公车，就是为了遇见田萌。

他知道田萌在看自己，却从来不跟自己说话。于是他便假装睡着，果然，田萌是个善良的姑娘，拍醒了韩野。

韩野阴谋得逞，所以才能笑得这么开心，冲着田萌挥手。

终于通过这个机会，他认识了田萌，越跟田萌聊天，越喜欢她。

他等不及了，于是，他跟田萌表白了，他对她一见钟情。

这时候才知道，田萌之所以这么热情地跟自己聊天，是因为把自己错认为她学生时代的男神。

韩野震惊了，却不知道如何开口解释。

他害怕错过田萌，于是他说了句，田萌、鹿洋，一听就很般配。

从那一天起，在田萌面前，韩野成了鹿洋。

韩野想带田萌见他的朋友，但是他不能，因为他不是鹿洋……

韩野想带田萌见他的同事，但是他不能，因为他不是鹿洋……

韩野想告诉田萌，但他害怕田萌会生气离开他。

他自私地想，也许等他没这么害怕失去田萌时，就可以告诉她，等他没这么爱田萌时，就可以告诉她。但是没想到，他每一天都"最爱"田萌，而这个"最爱"又那么轻松地被第二天超越。

韩野越来越爱田萌。他也欺骗田萌越来越久。

田萌问韩野，如果再给你一次机会，你还会骗我吗？

韩野说，我想说不，但我不知道，我害怕错过你。

如果我当时说自己不是鹿洋，你还会爱我吗？

田萌没说话，摔门而出。

韩野急忙想追出去，却被桌子绊倒在地，想给田萌打电话，却看到田萌发了一条新的朋友圈。

"韩野是田萌的男朋友。"

韩野一瘸一拐地追了出去，却看见田萌蹲在墙角痛哭。

韩野问，你怎么跑了，我还以为你不要我了。

田萌说，今天是我跟韩野交往的第一天，不能让你看见我哭成这副丑样。

其实田萌不用害怕，因为韩野也哭了，哭得比她还要丑。

这一天他们手牵着手回家了。

田萌原谅了韩野。

因为她知道，给她做饭的是韩野，接她下班的是韩野，送她去医院的是韩野。

她一直都知道他是谁。

他不是鹿洋。

也不是韩野。

他是对她最好的人。

后来，田萌问韩野，以前你假装是鹿洋，会委屈吗？

韩野说，不会。

我爱你，我不在乎自己是谁，只要你是你，就好。

爱情能给人最大的荣耀，就是我是你喜欢的样子。

我是你喜欢的样子吗？如果是，真好。

我爱你，只有日记本和死神知道

一句"我喜欢你"，在心里放了很久很久，鼓起勇气了很多次，还是说不出口。
因为，暗恋本身就是充满犹豫和自卑的。

大佑迷迷糊糊听到有人叫他的名字，睁开眼睛，看到眼前站着一个穿黑色
衣服的人。

大佑问，你是谁？

黑衣服的人说，我是死神。

哦，大佑想起来了，高速公路，侧滑，追尾，他死了。

死神对大佑说，为了让死者满意地死去，我们会给死者一次回到现实世界
的机会，完成一个心愿。

死神问，你最想做的事是什么？

大佑说，车祸前踩稳刹车，这样我就不会死了。

死神板着脸说，很遗憾，不管你做什么，你今天死亡的结果都不会改变。

大佑沉默了。

死神又问，你人生最遗憾的事是什么？

遗憾的事？

大佑的确有。

原本大佑的人生顺风顺水，一直没什么意外。

上大学的时候，他计划三十岁之前不谈恋爱，生理问题全靠自己解决。

然后他就喜欢上一个女生。

关键是，他连那个女生的脸都没有见过。

那是大三冬天，他每天早上都六点起来跑步、背单词。

天还没亮，全世界的人都还缩在被窝里，只有他一个人坐在操场上，显得很孤单。

有一天，他发现，自己经常坐的位置旁，堆了一个小雪人，胖嘟嘟的身材，头比身体还大，戴着一顶女式毛线帽。

接下来的每一天，大佑跑完步就坐在椅子上，跟雪人一起背单词。

他再也不孤单了。

他真想看看小雪人的主人长什么模样。

如果是女生，那么大佑想跟她表白。

可她一直没有出现。

小雪人陪伴了他半个冬天，直到来年开春，小雪人融化了。

大佑看着在自己身边，逐渐融化的小雪人，轻声说，再见。

第二年冬天，大佑在教室上课时，突然看到一个女生在操场的长椅上堆雪人——胖嘟嘟的身材，头比身体还大。

女生摘下帽子给小雪人戴上。

是她！大佑很激动。

他看到女生已经堆完雪人，起身准备要走。

大佑不想错过她。

于是他拉开窗户，在众人的惊叫声中，跨上窗户跳了出去。

在大佑的想象中，他应该像个英雄一样从天而降。

帅气，酷炫。

于是，他从窗户跳了出去，像个英雄一样。

然后他崴到脚了。

不帅气，不酷炫。

大佑抱着脚，痛苦地在雪地里打起了滚。

那个女生走了过来，关切地问，同学，你没事吧？

大佑努力让自己狰狞的脸看上去帅一点，说，没事。

女生将大佑扶起来，说，我送你去医务室。

大佑本想开口表白，但看着自己金鸡独立，浑身雪碴儿的造型，把想说出的话收了回去。

他要等自己更帅气，更完美的时候，再跟她表白。

于是大佑的表白变成了自我介绍，他说，你好，我叫大佑。

女生微笑，说，我叫小蛮。

错过这次表白，是大佑的第一个遗憾。

认识了小蛮之后，大佑惊讶地发现，原来自己跟小蛮有过很多交集：

他们大一时上过同一门选修课；

他们都会在早上六点起床跑步；

他们都很喜欢吃同一家饭堂的牛肉小炒……

越是了解小蛮，大佑越是喜欢。

在他们毕业的时候，大佑决定表白。

大佑和小蛮参加完毕业典礼，一起到草坪上合照。

已经到了夏天，阳光灿烂。

大佑满头都是汗，也不知道是热还是紧张。

朋友举着照相机，让他们对着镜头笑。

大佑对小蛮说，我有话要对你说。

小蛮问，什么？

大佑开口，准备说出那段在心中演练过无数次的话。

结果他结结巴巴地说，呃……那个……那个……

他忘词了，卡壳了。

大佑好懊恼，明明在日记本里演练了无数次的！

在日记本里，他是个超会说甜言蜜语的恋爱专家。

但在喜欢的人面前，他是个傻里傻气，话都说不清的呆子。

他强迫自己镇定，艰难地说，我喜欢……

"茄子！"

旁边是一整个班级在合照，巨大的合照声淹没了大佑的表白。

小蛮凑近大佑，大声地问，什么？

大佑红着脸，对小蛮说，茄子。

咔嚓，画面定格在又一次失败的表白。

这是大佑的第二个遗憾。

毕业以后，大佑和小蛮在同一个城市的两端工作。

大佑还是喜欢着小蛮，他把对她的思念和爱，都写在了日记里。

今天跟小蛮聊天了……

小蛮发朋友圈了……

小蛮好可爱。

这份喜欢，只有日记本知道。

突然有一天，小蛮来找大佑。

大佑穿戴整齐，在镜子前排练了很多遍表白的话。

万一时机合适，突然可以表白了呢？

抱着这样的心态，大佑去赴约了。

结果听到，小蛮要结婚了。

她是来送请柬的。

小蛮说，他见我第一面，就跟我表白了。

大佑看着小蛮一脸笑意，只能说，祝你幸福。

原来两次犹豫和错过，就能击败所谓缘分，就能让他永远失去喜欢的人。

临别时，小蛮突然对大佑说，说起来，我以前还喜欢过你呢。

小蛮说，那是在大一刚入学的时候。

她上选修课，被老师点名起来回答问题。

小蛮昏昏欲睡，连问题都没有听到。

老师见小蛮答不出，拿起点名册，问她的名字和学号。

快两百人的大教室，所有人都看着小蛮。

小蛮脸烧红了，背却在流冷汗。

这时，她身后的男生，用很轻的声音快速说出了答案，帮她解了围。

那个男生，就是大佑。

小蛮想跟大佑说一声谢谢。

她写了一张感谢纸条，一直紧紧攥在手心，直到下课铃响起，她都没有送出去。

小蛮犹豫，深呼吸，犹豫，深呼吸。

她鼓起勇气回过头。

座位空了，大佑已经走了。

只是多犹豫了三十秒，就错过了相识的时机。

听到这里，大佑苦笑。

要是他晚走三十秒，要是她早回头三十秒，他们是不是早就认识，是不是就不会错过了？

这是大佑的第三个遗憾。

从此，小蛮她经常出现在大佑的周围。

她上选修的时候，总是坐在大佑的前面。

她总是早早起床，为了陪他一起跑步。

她经常和大佑吃同一家饭堂的牛肉小炒，她总是故意排在他后面。

她把每天跟大佑的"相遇"都写在日记里，最后日记成了大佑的传记。

大佑的选修展示很棒……

大佑今天吃了小炒……

今天遇到大佑……

我喜欢大佑。

这份喜欢，只有日记本知道。

原来他喜欢她，而她也喜欢他。

原来她跟他在一起的分分秒秒，他们都在错过。

原来她跟他在一起的分分秒秒，都是遗憾。

他的爱情充满了遗憾。

有人会扼腕叹息，为什么就错过了呢？

但是，爱情里的人，都很喜欢做计划啊。

喜欢吹毛求疵，讲求时机，瞻前顾后。

担心自己不够好，害怕失败了再也做不成朋友……

一句"我喜欢你"，在心里放了很久很久，鼓起勇气了很多次，还是说不出口。

因为，暗恋本身就是充满犹豫和自卑的。

我们总想着给爱的人最好的自己，总想着还有下一次。

只有在错过了之后，才会懊悔地想，如果当时勇敢一点，如果干脆一点，如果没有那么要面子……那该多好？

可惜没有如果。

听到这里，死神突然问，如果有如果呢？

大佑一愣。

死神说，你有两个小时的时间，回到过去，去挽救你们错过的感情。你想回到什么时候？

大佑问，不管我回到什么时候，我都会在今天死亡吗？

死神叹了口气，点点头。

大佑想了想，说，那我要回到我出车祸的前一刻。

大佑把车停在教堂外，走了进去。

出车祸的时候，大佑正在驱车赶往外地——小蛮婚礼举行的地方。

他坐在教堂最后的长椅上，教堂门打开，他扭头，看到小蛮朝他走来。

大佑看着小蛮。

他有好多好多话，要跟小蛮说。

在雪地里，满身雪碴儿的大佑对小蛮说：

你好，初次见面，我爱你。

在阳光灿烂的草坪上，戴着学士帽的大佑对身边的小蛮说：

我爱你，如果你同意，你去哪里，我就去哪里。

在两百人的教室里，小蛮回头，看到离开的大佑又跑回来，对感谢自己的小蛮说：

不客气，我爱你。

在操场上，大佑突然停下，看着偷偷跑在自己后面的小蛮说，我爱你。

在饭堂的队伍里，大佑转头对身后的小蛮说，我爱你。

在微信对话框，大佑对小蛮说，我爱你。

他想回到过去的每一个瞬间，对小蛮说：

我爱你，一直爱你。

死了都爱你。

大佑坐在教堂最后的长椅上，教堂门打开，他扭头，看到小蛮朝他走来。

大佑看着小蛮，微笑着说：

再见。

在他回来的前一刻，死神问他，为什么选择回到这里？

大佑说，我错过了她那么多次，不想再错过她的婚礼了。

他错过了她那么多次，终于，没有错过看着她幸福。

如果爱你是一场梦，我想长梦不醒

如果爱你是一场病，那我不想痊愈。
如果爱你是一场梦，我想长梦不醒。

你最大的爱好是什么？

小葱的爱好是睡觉。

她很嗜睡，如果放任她睡到自然醒，她一天能睡十八个小时。

她随时随地都能睡着，看电视的时候，吃饭的时候，甚至是洗澡的时候。

小葱有个男朋友，叫大姜。

小葱刚毕业的时候，在一家创业公司上班，天天加班到深夜。

偏偏她还住在北京五环之外——回龙观，每天早上六点就要爬起来坐两个
小时地铁去公司。

高压工作加少得可怜的睡眠，她总是在地铁上睡着。

有一天，她睡着睡着，睡到了一个男生的肩膀上。

这个男生就是大姜。

小葱醒来，擦擦口水，说，对不起。

大姜笑眯眯的，眼睛弯成月牙，说，没关系。

自此之后，小葱在地铁上睡觉，总是睡到大姜肩膀上。

第十八次，是末班地铁上，小葱又睡着了，睡到大姜的肩膀上。

大姜不敢动，陪小葱坐到了终点站。

小葱醒来，擦擦口水，说，对不起。

大姜笑眯眯的，眼睛弯成月牙，说，没关系。

小葱问，你应该看得出来，我是故意睡在你肩膀上的吧？

大姜答，你应该看得出来，我是故意坐在你旁边的吧？

小葱和大姜在一起了。

小葱和大姜在一起之后，大姜给小葱买的第一件东西，就是一张床。小葱看着那张大大的、软软的床满脸羞红，浮想联翩。

但是大姜说，你工作累睡眠又不好，床又是你待得最久的地方，我觉得你非常需要一张好的床。

大姜说得对，一张好的床，大大提升了小葱的睡眠质量、幸福感，以及上班迟到率。

周末的时候，小葱总窝在床上睡懒觉。

中午，大姜打电话叫小葱起床吃饭，小葱满口答应。

两个小时后，小葱又被大姜的电话吵醒。

大姜问，你是不是还在睡觉？

小葱偷偷清嗓子，让自己的声音听上去理智清醒。

小葱说，没有啊，我已经在吃饭了。

大姜说，骗子。

然后挂断了电话。

小葱正想着怎么跟大姜赔罪的时候，门铃响了。

是大姜，手里还提着盐酥鸡和虾蟹粥。

大姜板着脸说，起床吃饭，吃饱了再睡。

小葱欢呼，抱着大姜狠狠地亲了一口。

大姜笑了，眼睛弯弯的。

在跟大姜在一起之前，小葱的日常就是工作和睡觉。

跟大姜在一起之后，小葱的日常变成了，工作、睡觉、陪大姜。

为了陪大姜，小葱牺牲了很多的睡眠时间。

有一次，小葱要陪大姜去看流星雨。

但在约会前一天，小葱通宵加班，等大姜看到小葱的时候，小葱眼睛下面挂着大大的眼袋，手里挂着两个大大的纸袋，里面装满了咖啡。

大姜让小葱睡觉。

小葱边灌咖啡边摇头，她说，我要陪你一起看流星雨。

怕咖啡不管用，她还往自己的脸上夹夹子，让自己痛得眼泪汪汪，倒是不困了。

凌晨三点的时候，大姜困了，小葱顶着满脸的夹子，精神得很。

小葱说，你睡吧，等流星雨来了，我叫你。

大姜摇头。

小葱说，我给你唱安眠曲，你睡吧。

小葱开始唱起安眠曲，在寒冷的冬夜里，她的歌声轻柔温暖，很催眠。

她把自己给唱睡着了。

大姜温柔地将小葱脸上的夹子取下来，调整坐姿，让小葱睡得更舒服。

流星雨来的时候，他不舍得叫醒小葱。

等小葱醒来的时候，天都快亮了。

小葱很懊恼，跟大姜道歉，说，对不起，没能陪你看流星雨。

大姜笑眯眯的，说，没关系，看，日出到了。

太阳缓缓地升起，照亮了小葱和大姜的笑容。

他们错过了流星雨，但还能看到日出，真好。

和爱的人在一起，不管做什么，都觉得很幸福。

小葱和大姜在一起两年后，住到了一起。

小葱升了职，工作更忙了。

虽然和大姜一起住，但是交流的时间越来越少。

更多的时候，大姜起床，小葱还在睡觉。

小葱晚上下班回来，大姜已经睡了。

大姜有起床气，小葱也有。

住在一起，难免会有争吵，有时候吵狠了，还会闹分手。

他们的第一次分手，是小葱连续加了半个月班，好不容易完成一个大项目。

她精疲力竭地回到家，只想睡觉。

但是大姜想让小葱陪自己去参加朋友的聚会。

小葱拒绝了，说，我只想闷头睡上一整天，谁也别打扰我。

大姜满脸不高兴。

小葱刚睡得迷迷糊糊，就听到大姜在摔东西。

小葱惊醒了，疲惫变成了怒火。

小葱跟大姜大吵一架，让大姜滚出去。

大姜气急了，狠狠地说出了分手，摔门而去。

小葱太累了，没有力气去道歉。

她倒在床上，沉沉地睡去。

小葱睡了很长很长的一觉，被盐酥鸡和虾蟹粥的香味叫醒。

醒来之后，小葱看到大姜已经回来，在床边温柔地看着自己。

小葱说，对不起，我不该跟你吵架。

大姜笑眯眯的，眼睛弯成月牙，说，没关系，我给你买了盐酥鸡和虾蟹粥，你饿了吗?

他们和好了。

后来，他们还是会吵架。

每一次，都会闹分手。

但每一次小葱从睡梦中醒来，都会发现大姜已经回来了，带着好吃的来哄自己。

他们每一次都会和好。

第一百次分手的时候，小葱照例爬上床睡觉。

她睡了整整一天一夜，被担心的家人摇醒。

家人担心她生病了，带着她去看病。

在治疗室，心理医生问小葱，你为什么每天睡这么多觉?

小葱说，我喜欢睡觉。

心理医生问，你越来越嗜睡，跟你的男朋友离世有关系吗?

小葱很喜欢睡觉，但以前的她，并没有这么嗜睡。

直到那天，第一次分手的时候，小葱想睡觉，却被大姜吵醒。

小葱和大姜吵了一架，大姜气急了，跟小葱说了分手，摔门而去。

小葱太累了，她没有力气去道歉。

她倒在床上，沉沉地睡去。

叫醒她的，不是盐酥鸡和虾蟹粥的香味。

是医院的电话。

大姜死了。

他在开车回家的路上，被醉驾的车辆以高速撞上。

他的副驾驶上，还放着盐酥鸡和虾蟹粥。

小葱处理大姜的后事，两天两夜没有睡。

她回到家，看到厨房一片狼藉，锅盖还掉在地上。

原来那天，大姜不是故意吵醒自己的。

他只是想给连续加班的自己做饭，失手把锅盖掉在了地上。

但自己却跟大姜生气，让他滚出去。

小葱倒在床上，强忍住的眼泪终于决堤。

她错怪了大姜。

她真想跟大姜道歉，跟他说，对不起。

但是大姜已经听不到了，也不会回来了。

小葱倒在床上，哭了很久，很久，哭到累了。

她哭着睡着了。

小葱睡了很长很长的一觉，被盐酥鸡和虾蟹粥的香味叫醒。

醒来之后，小葱看到大姜已经回来，在床边温柔地看着自己。

小葱哭着说，对不起，我不该跟你吵架，是我害死了你。

大姜笑眯眯的，眼睛弯成月牙，他温柔地擦去小葱的泪，说，没关系，我给你买了盐酥鸡和虾蟹粥，你饿了吗？

他们和好了。

在梦里。

小葱并不能总是梦到大姜，所以她要睡很多觉。

从此，小葱越来越嗜睡，如果睡到自然醒，她一天能睡十八个小时，并且她随时随地都能睡着，看电视的时候，吃饭的时候，洗澡的时候。

在梦里，大姜还好好的。

在梦里，她和大姜还是好好的。

在梦里，他们很甜蜜，但是也经常吵架，吵狠了，还会分手。

小葱和大姜分了一百次手，和好了九十九次。

其中和好的九十九次，都在梦里。

心理医生对小葱说，你病了。

心理医生劝小葱，不要沉溺于虚假的世界，要赶紧走出来，真实的世界，才有意义。

小葱笑了，她问，什么是意义？

什么才是有意义？

有人觉得真有意义，假没有意义。

但我觉得，有你的世界才有真义。

哪里有你，哪里就是我的世界。

至于世界的真假，重要吗？

在我看来，梦是虚假的，但爱是真实的。

这就够了。

如果爱你是一场病，那我不想痊愈。

如果爱你是一场梦，我想长梦不醒。

小葱从医院回到家。

家里空空的，只有小葱一个人。

小葱爬上床睡觉。

她孤独地入睡。

小葱在梦里醒来，家里弥漫着盐酥鸡和虾蟹粥的香味。

她看到大姜坐在床边，温柔地看着自己。

小葱说，对不起，惹你生气了。

大姜笑眯眯的，眼睛弯成月牙，说，没关系。

他们在真实的世界中分别了，但还能在梦里相见，真好。

和爱的人在一起，不管是真是假，都觉得很幸福。

小葱拥抱住大姜。

他们第一百次和好了。

我爱你，所以让你去爱别人

我一直觉得，当初是因为你没有坚持，我们才会分开。

只是很多年以后，我才发现。

其实是我也没有坚持，我们才会走到今天。

1

周明常常会想起，自己还是一名化妆师的时候，整天跟着剧组东奔西走。

给演员做造型、化装，偶尔得空，就随便找地方打个盹儿。

有时实在太困，就连吃饭也不大顾得上。

化妆师这个行当，是八卦和绯闻的主要源头之一。

组里一些资历更老的化妆师，经常在工作时聊起某某明星的八卦， 说到关键处，周明也忍不住分神去听。

"喂，专心点。"

"对不起对不起。"

周明一边道歉一边回过神，看着坐在镜子前的这个女生。

周明见过很多群众演员，他们大多涣散、轻佻，化装时眼神飘忽不定。

只有眼前这个女生，非常专注地看着镜子里自己的样子，好像她才是承担全剧最重要任务的那个演员。

周明下意识地给她化得仔细了些。

2

周明时常有机会给赵丽化装。化装的时候，赵丽常常靠在椅子上打盹儿。

她相信周明能化出自己最好的状态。

拍摄快要结束时，副导演把赵丽叫到了一边。

副导演说，你今天演得不错，尤其是今天的装，和你的角色很搭。

赵丽有些受宠若惊，不停地说谢谢。

副导演摆摆手，说，我正在筹备的下一部戏，缺一个女二号，不知道你有没有兴趣。有的话，可以找我详谈。

赵丽一声不响。

似乎想起了什么，副导演走的时候补了一句，说如果你来的话，记得化上今天戏里的装。

"考虑考虑？"周明貌似漫不经心地问赵丽。

"你希望我考虑吗？"赵丽看着周明。

"你不是一直在等这个机会吗？"周明避开赵丽的视线。

"你要是以后成了大明星，我就有机会去跟别人吹牛了。嘿，哥们儿可也是给一线明星化过装的人。"

赵丽定定地看着周明的眼睛，周明把眼睛移开了。

"那你帮我化装吧，我今晚去跟他谈。"

3

"我好看不好看？"

"好看。"

"有多好看？"

"比女主角好看多了。"

赵丽看着镜子里的自己，满脸笑意。

周明发誓自己这辈子都没给别人化过这么难看的装。

眼睛不是眼睛，鼻子不是鼻子。

赵丽转身，一手揽过周明的脖子，吻了上去。

赵丽和周明在一起了。

拍摄结束后，两人一起回到了北京。

赵丽继续在各个剧组当她的小演员。

两年后，在公交站牌上，赵丽看到一张电影宣传照，是那个副导演提到的那部电影。

照片上的女二，赵丽认识，是当时和她一起当群演的另一个小演员。

周明依旧在各个剧组当小化妆师，并不总是能和赵丽在一个剧组，两人聚少离多。

一个偶然的机会，周明接触到了给死人化装这个行当。

<h2 style="text-align:center">4</h2>

如果一个化妆师给死人化装这事别人知道了，那就再也不会有活人找他化装了。

周明愿意接这个活儿的理由很简单，他缺钱。

他已经三个月没有接到任何工作了，自从他上次在片场和一个化装时抽烟的小演员大打出手后。

周明想和赵丽结婚，算了算积蓄，离一套一居室房子的首付还差不少。所以当有人找到他，请他为死人化装的时候，他没有多挣扎便答应了。

只是再三叮嘱，千万不要把这事泄露出去，否则，周明在化妆师这一行就没了立足之地。

第一次给死人化装的过程出乎意料地顺利。

死的是一位老太太，前些天得了感冒，吃过晚饭就早早上床休息，没想到这一觉睡下去就再没有起来。

化完最后一道工序，周明突然觉得给死人化装也没有想象中那么难。

从周明手里接过老太太的遗体，老太太的家人依次向周明道谢，周明一一还礼。整个过程没有人说话。

堂里点的香一直飘出天外。

5

"你的钱是从哪儿来的？"赵丽问周明。

"给死人化装挣的。"周明认真地看着赵丽。

赵丽，喜欢做这个吗？

周明，喜欢。

赵丽，为什么？

周明，轻松，自在。给死人化装能让我平静下来，脑子空空的，什么也不想。

赵丽，明白了。

周明，而且给的钱不少。

赵丽看着周明，欲言又止，最终只是低低地叹了口气。

赵丽说，对不起，周明，我还是接受不了。

周明说，没关系。

赵丽起身，走到门口，突然折返回来，坐到周明面前。对周明说，对不起，我撒谎了。

周明一声不响。

赵丽说，记不记得两年前，有个副导演说要给我机会，我拒绝了。

周明说，记得。

赵丽说，那天晚上，同组的另外一个演员抓住了这个机会。现在她已经勉强能算是二线明星了。

周明还是不说话。

赵丽说，有人又给了我个机会。你知道的，我已经不年轻了。

周明抬手摸了摸赵丽的脸。

周明说，别哭了，不好看，擦擦眼睛，我给你化装吧。

6

"我好不好看？"

"好看。"

"有多好看？"

"比女主角好看。"

周明发誓，那是他这辈子给别人化装化得最好看的一次。

一定要成功啊，周明看着打开门往外走的赵丽。

"嗯，要不然对不起我放弃的这一切。"

这是周明记忆里赵丽说的最后一句话。

赵丽离开后，周明失去了赚钱的理由，于是给死人化装的工作便停了下来。

他还是像以前一样，在剧组跑跑腿，给资历深的前辈打打下手，老老实实地等待某一天，自己成为别人口中的前辈。

这样的生活直到周明又听到赵丽的消息为止。

听说了吗？那个叫赵丽的姑娘。

听说了，唉，可惜，没那个命。你说，本来她演女二都是板上钉钉的事了，谁知道中途杀出个投资方，非要用他们的女演员。

要我说这事也没啥好抱怨的，她赵丽的底就干净吗，她怎么拿到这个角色的，大家一清二楚，要怪就怪她的后台不够硬呗。

话是这么说，但我就是替赵丽不值。你看她跟咱们说话的时候，和和气气的，从没摆过谱。你再看那个谁，什么玩意儿，鼻孔里看人的主，真把自己当个人物了。

这是周明最后一次听到赵丽的消息。

赵丽此后的人生，跟周明再无半点瓜葛。

周明不再给剧组当化妆师了。

7

周明重新回到了给死人化装的行业。

做这一行不用曲意逢迎，不用和太多人打交道，甚至不用太看顾客脸色。

没有人会苛刻地要求给死人化出多么精致的装。

周明觉得这样的日子好像可以一直过下去。

直到他以一种他从未预料到的方式和赵丽重逢。

赵丽的家属送来了赵丽的遗体。根据赵丽的遗嘱，她明确要求，在她死后，由周明来为她完成上装的过程。

据说赵丽大概从两年前开始得了抑郁症，不敢接受治疗，自己偷偷吃药，病情一直不见好转。大概终于受不了折磨，上周在自己家里，开煤气自杀了。

这是周明第一次忤逆客户的要求。他在赵丽脸上化下了那个为她赢得机会的装。

他以为，化着这样的装转世，将来赵丽会比现在更漂亮。虽说红颜多薄命，周明还是觉得漂亮的人，命也要好一些。

但赵丽的家属很不满意这样的安排，他们希望死人脸上的装平静、安详，好像无论如何都准备好了去死的模样。

根本就没有准备好啊，周明心想。

但赵丽家属已经把遗体运走，周明甚至来不及再见她一面。

8

自那以后，周明常常会想起跟赵丽告别的那个晚上。

为了赵丽的梦想，周明选择了放弃，但谁知世事难料。

如果自己再坚持一下，是不是赵丽就不会走，那她现在也就不会死了？

这是很没有道理的想法，人总不能预知未来会发生的事。

但后悔这种情绪，也从来不跟人讲道理。来的时候拦不住，走的时候也留

不下。就像爱情这种东西一样。

十分后悔的周明想回到赵丽走的那天晚上，跟她说：

赵丽，你一点都不好看，你没机会的。

所以不要走，好不好。

年轻时候的爱情，总会遇到各种诱惑，总是容易经不起考验。

我一直觉得，当初是因为你没有坚持，我们才会分开。

只是很多年以后，我才发现。

其实是我也没有坚持，我们才会走到今天。

爱是天时地利的迷信

所有的迷信，都是因为在乎。

左眼跳财，右眼跳灾。

菜菜每次左眼跳都会捡到钱，迄今为止，都捡到几千块了。

一次我们在餐馆吃饭，吃着吃着，菜菜突然狂拍桌子大叫，快看我的左眼，跳了跳了！还跳了三次！

我们并没有那么爱钱。

我们只是丢下碗筷，弯下腰，屁股撅起，把头贴在地上像狗一样搜寻起来，毕竟跳了三次，肯定是大钱。

喜哥也神经一紧，丢下筷子，一抬手翻开菜菜眼皮，说，别迷信了，眼皮跳是因为里面有眼屎，你眼睛是不是发炎了？

菜菜推开喜哥，眼神放光，从一旁的沙发缝里抠出了一张红色毛爷爷。

大家都惊叹，还是菜菜专业，牛×！

喜哥摇摇头，嘟囔道，一群迷信的傻×。

喜哥是菜菜的男朋友，标准IT男，从来不迷信，超级理性。

菜菜说，亲爱的，我昨晚梦见自己踩到屎，说明我今天会有超级好运哦。

喜哥体贴地摸菜菜头，说，笨蛋妞，人睡着以后，有些脑细胞没有完全休息，微弱的刺激就会引起它们的活动，这就是我们做梦的原因。

又有一个晚上，菜菜跟喜哥看完电影回家，一颗流星划过，菜菜赶紧低头许愿，希望自己可以捡到很多钱，多到能在北京买套房子。

喜哥体贴地摸一下菜菜的头，说笨蛋妞，流星是尘埃微粒或者固体块经过大气层摩擦燃烧产生的光迹。许愿是对牛弹琴。

即便菜菜靠左眼跳捡到了不少钱，喜哥也坚持认为那是巧合，迷信只是人类安慰自己的一种方式，而已。

菜菜点点头，说，我就不该跟你谈恋爱，你这种人就该单身一辈子。

五一小长假的时候，菜菜跟喜哥去了趟四川旅游，看大熊猫。

围栏里的大熊猫有的瘫着晒太阳，有的滚啊滚。看得菜菜瞬间母爱泛滥，拉住喜哥的衣服上蹦下跳，直呼萌萌萌。

喜哥说，要不我们偷一只回去？

菜菜说，要不我们自己生一只？

看着喜哥的表情，菜菜知道喜哥马上就要说出人类DNA不可能繁育出大熊猫，于是赶紧说，我是说我们可以生个很萌的人类宝宝，要不，我们，结婚吧……

菜菜一脸期待，喜哥一脸纠结。

回到酒店，喜哥洗完澡，从浴室出来，第一件事不是去拿上衣穿，而是找到了一支笔一张纸。

喜哥一边算一边说，你看结婚办酒席，你家亲戚多，加上我们两边的亲朋好友二十桌总要的吧，一桌两千块，不，少一点，算一千吧，一共要两万。然后我们都没北京户口，生了孩子，就算孩子不生病，养到六岁上小学，其间奶粉钱衣服钱学费什么的粗略算就要十万出头，有了孩子我们得在北京买房，就算在郊区，上班两小时之内到的那种，三百万也要的吧。

我们现在连自己都才勉强养活，怎么结婚怎么生孩子？

菜菜被说蒙了，只记得两万、十万、三百万这样的数字。

为了保持清醒，菜菜拍了拍头，说，以后的钱以后算，你看，我左眼跳财都捡到几千块，这是一个奇迹，以后我们肯定能遇到更多奇迹，赚到更多钱。

等我眼皮再跳一万次，就能存够房子的首付啦。喜哥放下笔，说，现实点吧。

两人大吵一架，分手了。

很多人都这样啊，本来结婚是为了在一起的，结果却因为结婚的事，而分开了。

分手后，喜哥回了南京。

菜菜不想住在有他俩共同回忆的出租屋里，她也准备搬家，让我去帮忙收拾。

在柜子上，我翻出了一个小盒子，里面有一对戒指。

菜菜接过盒子，扔进了储物箱。

后来才知道，这对戒指是菜菜花光了捡到的几千块，买来的。

她一直谋划着向喜哥求婚，她想跟他说，明天忌嫁娶，所以我们今天结婚吧。

她以为他们的爱可以强大到打败任何现实。

没想到，他们的爱却那么脆弱，那么单薄。

床上放着一个平板电脑，是喜哥落下的。相册里躺着的全是两人生活的记录，菜菜拿起电脑，一张一张地删掉里面的照片。

有大学刚毕业时，两个人站在北京火车站，傻兮兮笑着的合照。

有刚搬到出租屋时，菜菜第一次眼皮跳，捡到钱后太开心，往喜哥脸上亲了一口的艳照。

有两人站在"天涯海角"旁，摆出鬼脸，手指苍穹，誓约一生一世的中二照……

一张张点开，删掉。

照片清空，菜菜看着空荡荡的相册，没什么表情。

菜菜说，一切重来，很干净，我眼皮又跳了，你说它是不是在暗示我该记录下这历史性的一刻？

菜菜笑着点开备忘录，突然哭得稀里哗啦。

我拿过电脑，看见备忘录上写着，关于笨蛋妞的一切。

"2014年7月23日，菜菜说她左眼跳，今天会有财运，结果买了一堆彩票没中，买了饮料也没有再来一瓶，连当天本来要发的工资，也说要推迟。这家伙一整天跟失了魂似的，我实在看不下去了，就往地上扔了二十块钱。得，捡了钱后，笨蛋妞在我眼前嘚瑟了大半天，喊。"

"2014年7月30日，因为我说玄彬不帅，菜菜在路上跟我大吵一架，气得完全不搭理我，这时她左眼跳了一下，我眼疾手快，赶紧往地上扔了一百块……嘿嘿嘿，现在这笨蛋妞在洗澡，一边洗一边唱着《恭喜发财》，心情好上天，我真是太机智了！"

……

原来，菜菜一直以来的左眼跳财，不是因为她迷信的事成了真，而是喜哥守护着她的迷信。

有些人迷信，是因为对未来有所希冀。

而有些人不迷信，却愿意成全所爱的人。

后来，听说他们复合了。

原因是，喜哥在微博上看到菜菜发了条微博，说她最近总是右眼跳。

右眼跳灾，他担心她猝死嘛，连夜搭了飞机，去北京找她了。

说好的理科男，说好的无敌理性呢。

所有的迷信，都是因为在乎。

因为在乎，所以容不得对方有一点点危险，有一点点不好的征兆，哪怕明知道不可能，也不敢冒险。

其实，爱才是最大的迷信啊。

葱葱那年

你喜欢我，我喜欢你，是世界上最幸福的事。

于小江是一个极其普通的男人，除了一点，他能看见死亡。

于小江五岁的时候，一群小孩玩疯了，躺在地上打滚。起身之后，他发现其中一个小伙伴变成了灰色。

他指着小伙伴大喊大叫，他变灰色了。

小伙伴的父母抖抖他身上的灰尘，说，现在好了。

但只有于小江看到，那个孩子还是灰色的，他的手、他的腿，甚至他的脸都变成了灰色。

三天之后，那个小孩出车祸死了。

最初于小江不知道这两件事有什么关系，但随着他看到越来越多灰色的人。他发现了他们共同的结局：三天之内就会死亡。

于小江很害怕，把这件事告诉了妈妈，毫不意外，他被痛打了一顿，理由是撒谎骗人。或许妈妈只是害怕，毕竟，当人们无法改变后果时，预言死亡，相当于带来死亡。

于小江也曾经想过去改变其他人的命运。

高中时，于小江亲眼看见一起长大的发小变成了灰色。当时，他第一次以为这是上天给他的恩赐，让他有机会来挽救他最好的朋友。于是，在一辆车撞向发小时，于小江拉过了他。

发小没死，但就在他获救的瞬间，发小的妈妈却被高空坠物砸死，毫无征兆地死在发小的眼前。于小江这才知道，这就是改变命运的代价，用最重要的人去偿还。原来，他的能力不是一种恩赐，而是一种诅咒。

看着比死去还难过的发小，于小江知道自己没有资格去篡改别人的人生。

从此，于小江再也不告诉任何人他的秘密，周围不时有灰色的人跟他擦身而过，但他已经习惯冷漠。

不与人亲近，就不会害怕失去。

直到遇到了她。

她叫周葱葱，是于小江在公司的同事。

周葱葱是个很普通的女生，长相普通，身材普通，穿着普通。她跟于小江一样，不爱说话，每天一到休息时间，总是一个人静静地翻看各种漫画书。同样沉默的两人，虽然在一个办公室，但从没有交谈过一句。

午餐时间，于小江总要专门去一家离公司很远的港式茶餐厅，因为这家店难吃到死，客人不如苍蝇多。于小江不喜欢跟人打交道，这就成了他的最佳选择。

一天，于小江依然是这家餐厅唯一的客人。没想到饭还没吃完，破天荒地进来了第二位客人，正是周葱葱。周葱葱似乎没有发现于小江，并没有跟他打招呼，坐在远远的座位上。周葱葱点了份烧鸡饭，于小江替她捏把汗，因为烧鸡饭是这家店的黑暗料理之王，于小江吃了一次做了半个月的噩梦。没想到，周葱葱却吃得很开心，于小江暗暗地想，这个女生口味真奇特。

也许周葱葱爱上了这里的烧鸡饭，从这一天起，于小江每天中午都能在这家餐厅遇见周葱葱。两人还是静静地各自坐着，各自吃着，依然没有说过一句话。

但于小江却在这种适当的距离感中，感受到了一种陪伴的温暖。

于小江开始留意周葱葱。

周葱葱每次打瞌睡都会狠狠地掐自己的耳朵；周葱葱每次系鞋带都会系成个死结；周葱葱每次喝牛奶前都会晃三下杯子。

于小江发现，周葱葱有很多的怪癖，周葱葱其实一点都不普通。

慢慢地，于小江喜欢上了周葱葱，也许是因为两人一起吃饭的缘分，也许是因为周葱葱的不普通，也许只是单纯地因为于小江莫名加速的心跳。

于小江越关注周葱葱，越觉得他跟周葱葱有缘。

证据一：周葱葱每天都是第一个来公司，给公司的每一株盆栽浇水。而以前，只有于小江一个人会给盆栽浇水。

于小江很开心，别人没有发现这个秘密。这样，于小江每天都提前半小时来公司，享受跟周葱葱两人相处的时间。

证据二：有一天，于小江竟然在地铁上遇见了周葱葱。原来于小江和周葱葱回家竟然要坐同一条地铁线。

虽然周葱葱一直看着手中的漫画书，完全没有看于小江一眼，但于小江却一直偷偷地看着周葱葱。就这样，两人一直坐到了终点站，周葱葱下车了，于小江也下车了。但于小江没有出站，而是坐上反方向的列车，因为他早已经坐过了两站。

从此以后，于小江每天都等着周葱葱上同一班地铁，再故意多坐两站，陪周葱葱在终点站下车。

于小江小心翼翼地珍惜着跟周葱葱在一起的时间，小心翼翼地对待这份只有他知道的幸福。

当暗恋一个人的时候，跟她在一起的每分每秒，都像突然中了五百万彩票一样，想要幸福地大叫，但又害怕别人知道。

虽然于小江仍没有跟周葱葱说过一句话，但因为周葱葱，他每天的生活都充满了缤纷的色彩。

他快乐得，几乎觉得他不幸的诅咒消失了。

但是后来，慢慢地，周葱葱不再出现在那家港式茶餐厅，每天中午下班后，都急急忙忙地跑掉。

于小江有点寂寞，心想，也许她厌倦了烧鸡饭吧。

后来才从同事那里知道，周葱葱每天都去公司附近的一家陶艺店。

于小江鬼使神差地跑到陶艺店门口晃悠。

当看到陶艺坊老板那一刻，他就懂了。

陶艺坊老板叫阿光，长得很帅，比于小江帅多了。

周葱葱和他很般配。

阿光指导周葱葱做杯子时，周葱葱笑得很甜蜜。

原来，于小江以为他和周葱葱之间有缘，但其实并不是。

所谓的缘分，都是自己的一厢情愿。

于小江很难过。

但还是忍不住提早半个小时去办公室，还是忍不住坐过两站。

被爱是幸福，但爱人也是一种幸福。

能看见她就好。

爱不是开关，不是能关上的。

一个周末结束，当所有人都垂头丧气迎接周一时，于小江却迫不及待地跑到公司，因为他想见周葱葱，即使她喜欢的不是他。

当他开开心心地走进办公室，第一眼还是看到周葱葱的微笑，还是那么好看。天是蓝的，裙子是红色的，她的笑容是灿烂的。

但她的人是灰色的。

于小江来不及悲伤，来不及崩溃，为了她，他竟然变得果断而冷静。

该怎么办？

于小江知道，如果他救了周葱葱，她会失去最重要的人。

也许周葱葱会难过，也许周葱葱会恨他，但他不能眼睁睁地让她去死。

爱情本来就是自私的。

为了她，他愿意变成个坏人。他唯一能帮她的是，让她不要目睹悲剧在最爱的人身上发生。他会在死亡降临到她挚爱身上的那一刻，捂上她的眼睛。

于是，三天内，于小江一直跟着周葱葱，避免周葱葱发生任何危险，同时排查谁是她最重要的人。

父母？周葱葱父母离婚，感情不深。

朋友？内向的周葱葱，总是独来独往。

男友？

陶艺店老板，阿光！

转眼就到了第三天 ，于小江守在陶艺店门口，静静地守护着店里开心做陶艺的周葱葱。

周葱葱出来了，手里还提着一个刚做好的陶艺杯子，笑得一如既往地好看。

阿光从店里走出来，一脸微笑地跟周葱葱告别。

一切都跟往常一样普通，但隐约的"嘎吱"声，却透露了一丝不普通。

于小江抬头一看，周葱葱上方的广告牌明显松动了，摇摇欲坠，眼看就要砸下来，但周葱葱却毫无警觉。

于小江大喊，周葱葱！

于小江冲过去，周葱葱转头，脸上一脸惊讶。

于小江一把拉过周葱葱，一瞬间，广告牌砸了下来。

他终于救到了周葱葱，即使这会让她失去最重要的人，失去阿光。

这时，阿光急急忙忙地跑过来。

是时候了……对不起……

于小江想捂住周葱葱的眼睛，但他却觉得头有点晕，迷迷糊糊地倒下来。

周葱葱吓得一松手，杯子摔到地上，碎了。

阿光并没有出事。

怎么回事？

周葱葱捂着于小江头上不断流出的鲜血，喊着，不要死，不要死……

原来广告牌砸下来，没有砸到周葱葱，而是砸到了于小江。

周葱葱哭喊着，我还没跟你告白呢……

原来从小父母离婚，没有朋友的周葱葱，一直很孤独。

直到她遇到了于小江，一样沉默、一样寂寞的同类。

她每天去那家港式茶餐厅吃饭，不是因为那难吃得要死的烧鸡饭，而是因为有一次在餐厅里偶遇了于小江，看着于小江皱着眉吃完黑暗料理的样子，觉得他很可爱。

她每天浇盆栽，也是因为曾经看到于小江很爱护这些植物，她想要帮他分担，并且想跟他多相处一会儿。

她每天坐地铁在终点站下车，但其实这并不是她的目的地，她的家根本就不在这条地铁线上，她是为了于小江去的。

其实，在地铁上，她每次看的漫画书，都是同一本。

离于小江这么近，周葱葱紧张得根本没有办法看漫画。

但是，于小江没有注意到漫画，因为他都在看她。

周葱葱知道明天是于小江的生日，她想跟他表白。

于是，她去学陶艺，想做一个杯子作为生日礼物。

但她笨手笨脚，做了好久，失败了好多次，但只要想到收到杯子时于小江开心的样子，周葱葱就会一脸幸福。

今天，杯子终于做好了。

于小江倒在血泊里，他侧头看到了碎掉的杯子，上面有他的名字，还有他的生日。还有一句话：

于小江，我喜欢你。

周葱葱哭了，哭得撕心裂肺。

于小江说，对不起，让你难过了……但我却有点高兴呢。

因为他喜欢周葱葱，而周葱葱也喜欢他呀。

于小江想也许他是在做梦吧，因为他快要睡着了。

你喜欢我，我喜欢你，是世界上最幸福的事。

虽然这个幸福很短暂。

希望有一个人，
能陪你走到终点

其实很多时候，生活的琐碎会遮蔽掉爱情。

我们常常以为，爱情被生活打败了。

其实，爱情一直都在。

就像有人说的，所谓天荒地老，就是这样。

一茶、一饭、一粥、一菜，与一人相守，足矣。

Chapter

4

初次爱你，请多关照

感谢春运，我捡了个男朋友

其实很多时候，生活的琐碎会遮蔽掉爱情。

我们常常以为，爱情被生活打败了。

其实，爱情一直都在。

爱上一个人要用多长时间？

有人只用一瞬间。

有人要用一辈子。

而胡小眯爱上韩彬，用了二十七小时三十五分钟。

这是一辆火车从广州行驶到成都的时间。

胡小眯和韩彬是在2008年春运的列车上认识的。

那一年，胡小眯还是个在广州读大一的学生，寒假她通过学校集体订票，轻松地买到了回家的硬座火车票。

胡小眯很开心，而这份开心只持续到了她到火车站的那天。

×的，人太多了。

她担心自己会挤不上火车。

事实上，她多虑了，她根本不用自己走，人多到已经把她挤成了悬浮状态。

伴随着生平最大的尖叫声，胡小眯被人群挤到了座位前，她赶紧抱住椅背，从人群中拼命挤出来，这才顺利站稳。

找个位子，活像一场极限运动。

胡小眯这才松了一口气。

坐下之后，她拿出自己带的各种零食，分给邻座的乘客吃。

大家都很友善地接受了，很快彼此就熟悉起来。

唯独胡小眯对面坐着的一个男生，又高又壮，脸上的表情凶凶的，一声不吭，完全不搭理胡小眯。

这个男生就是韩彬。

胡小眯有点怕他，不会是道上混的吧。

反正，她不再跟韩彬说话了。

过了几小时，胡小眯突然觉得肚子不舒服，按日子看，应该这几天就要来例假了。

好在再过十几个小时，火车就到站了，应该没那么衰吧。

这时候，火车上广播通知，前方有冰雪，火车减速，请乘客们少安毋躁。

是的，2008年，从没下过雪的南方，居然下起了暴雪。

胡小眯第一次看见了大雪，但她高兴不起来，因为肚子越来越难受。

她痛到咬牙、深呼吸，不过当时周围的人都很烦躁，没人在意到她。

这时，旁边有人说，你没事吧？

胡小眯抬头，竟然是那个长得凶凶的韩彬。

胡小眯有点怕他，赶紧说，没事，我只是肚子不舒服。

韩彬说，哦，你需要什么，可以让乘务员广播，找药，找医生……

胡小眯连忙摆手，说，没事，没事。

胡小眯不敢跟他多说，借口上厕所，离开了座位。

胡小眯拼命挤过人群，去到洗手间，瞬间就懵圈了。

大姨妈提前来了。

一个词形容那状况，血崩。

胡小眯蹲在洗手间，不知如何是好。

胡小眯就这么一直躲在洗手间里，十多分钟都没出去。

冷风从车窗灌进了洗手间，胡小眯冻得发抖，但又不敢出去。

胡小眯甚至想，就这么一直躲到下火车算了。

但是，门口响起了敲门的声音，还特别急促。

胡小眯想死的心都有了，她面如死灰地打开门，门口站着的就是韩彬。

胡小眯有点吓到了，不会是自己耽误了他上厕所吧？

惹到黑社会，会被砍吗？

结果韩彬递过来一个卫生巾，面无表情地说，给你。

然后马上跑掉。

胡小眯如获大赦，走回座位坐下。

这时，周围窸窸窣窣地响起嘲笑声。

胡小眯很尴尬，问隔壁阿姨，他们在笑什么？

阿姨说，他们在笑那个小伙子。

然后指着韩彬接着说，他呀，一个大男人，那么高高壮壮的，刚才居然挨个问车厢里的女人借卫生巾，把整个车厢的人都问遍了，你说好笑不好笑？

胡小眯看了看韩彬，这一次，他的脸上的表情看上去没那么凶了，因为红得快要爆炸了。

整个车厢的人，只有韩彬看穿了胡小眯不舒服，只有他为她解了围。

看上去那么彪悍的他，为她做了那么丢脸的事情。

这一瞬间，胡小眯觉得韩彬蛮萌的。

胡小眯赶紧跟韩彬搭话，让他不要那么尴尬。

胡小眯问他，你怎么知道的？

他尴尬地说，呃，刚才你的座位上有……呃，那个红色的……

胡小眯后悔问了这个问题，明明想打破尴尬，结果更尴尬了。她只好接着问了他一堆问题，从星座到家乡到小时候穿不穿开裆裤……

聊了一会儿天，她才发现：

韩彬居然不是黑社会，他上的是一家理科院校，就在她学校隔壁。

韩彬不是冷漠，也不是彪悍，只是害羞——随便讲点什么，他都容易脸红。

但胡小眯不知道，韩彬害羞，是因为他对胡小眯一见钟情——在春运的火车上，每个人都蛮焦躁的，只有她，看上去神采飞扬、元气满满，显得特别可爱。

意识到自己喜欢她的那一刻，他就开不了口，说不了话了。

外面冰天雪地，胡小眯和韩彬却聊得特别火热。

他们不担心火车延误，甚至有点默默地希望，这段行程再久点。

韩彬说，我知道一家特别好吃的担担面，下了车，我请你去吃吧。

胡小眯说，好呀。

二十七小时三十五分钟。

这辆火车从广州行驶到了成都。

火车是一个神秘的空间，它隔绝了外面的世界。

在这里面，人与人只有一种关系，旅伴。

但是当走下火车的一瞬间，这个关系就宣告终结。

真正的世界扑面而来，韩彬和胡小眯第一次发现他们之间的差别。

胡小眯走向停车场，因为她的父母开着宝马车来接她。

而韩彬则要走向拥挤的汽车站，赶着去搭回农村老家的班车。

胡小眯的父母一边给她递上热腾腾的比萨，一边心疼地责骂着孩子不懂事，让买飞机票不买，非要体验什么春运。

韩彬背着自己大大的帆布袋，看见了胡小眯上了豪车，叹了口气，唉，她怎么可能会喜欢担担面。

韩彬无奈地挤上了班车。

这时，却有人拍窗，韩彬一看，正是胡小眯。

胡小眯笑着在窗外大喊，你不是要请我吃担担面吗？

是的，胡小眯看见了差距，但那又怎么样？

这一天，两人在一起了。

但是，在一起之后，胡小眯才知道，客观存在的差距，影响着他们每一个生活细节。

胡小眯以前想吃什么吃什么，但两人在一起以后，胡小眯再也不好意思提议去吃西餐或者日料了。

两人出门，胡小眯以前总是打车，但现在跟韩彬在一起，就得跟韩彬去搭地铁。

胡小眯跟韩彬在一起这么久，想跟他去旅游，他每次都说太贵了，下次吧……

两个人最初的浪漫，就被这些琐碎的事，慢慢消磨了。

曾经在火车上的悸动，再也没有出现。

最让胡小眯难过的是，她为韩彬舍弃了很多，但两人在一起九年了，韩彬还从来没有提过结婚的事。

似乎，韩彬对他们的未来更没有信心。

也许，只有她一个人，在为两人的未来努力吧。

胡小眯心中渐渐有了一种想法，要是当年，自己没有在班车前叫住韩彬，两人就此别过，现在该会怎样？

胡小眯做了个决定，如果这段感情看不到未来，她要跟韩彬分手。

2017年，两人又要回老家过年，因为韩彬舍不得花钱买飞机票，两人又踏上了春运的火车。

虽然韩彬帮着提行李，帮着放行李，但胡小眯很烦躁，忍不住跟韩彬发火。

都这么多年了，他们一直都没有变化，她也希望可以坐飞机，不要再感受那么辛苦的春运了。

更让胡小眯烦躁的是，这一次她又在毫无准备的情况下来例假了。

一切跟九年前一样，她又躲进了厕所。

这时，门被敲开，一片卫生巾递了进来。

还是韩彬。

胡小眯出来，问韩彬，你又去挨个借卫生巾了呀？

韩彬呆呆地说，没有啊，我包里就有。

胡小眯这才知道，他们在一起之后，韩彬的包里就永远放着卫生巾。

他不知道胡小眯什么时候需要什么，他能做的，只是把一切都准备好。

胡小眯明白了，其实，韩彬是爱自己的。

以一种蠢萌的方法。

两人在一起以后，虽然韩彬从来没有带胡小眯去吃过西餐或日料，但韩彬每天都会亲手给胡小眯做几道菜，都是胡小眯最爱吃的。

胡小眯跟韩彬在一起，虽然不得不去挤地铁，但胡小眯不知道，韩彬一个人的时候，习惯搭更便宜的公车。

韩彬虽然没有带她去她想去的巴厘岛或者日本，但是每个月都会带她去周边钓鱼啊、摘草莓，他已经尽量满足她的少女心了。

原来，韩彬不是不浪漫，韩彬只是不邀功。

你一直觉得他不够好，其实只是你对他的好，太习以为常。

胡小眯说，我有话要对你说。

韩彬说，我也有话要跟你说。

胡小眯猜到了，韩彬要跟自己分手。

毕竟之前，胡小眯跟韩彬冷战了很长一段时间，韩彬就算再迟钝，也一定感受到了胡小眯对他的冷漠。

本来这次的分手可以成为两人的默契，但现在胡小眯要打破这种默契。

她爱韩彬，她不想离开韩彬。

就像第一次，胡小眯跑到韩彬的班车旁拦住韩彬一样，这一次，她要再次挽回韩彬。

胡小眯说，就算之后每一年，我们都要挤春运火车，我也愿意。只要跟你在一起，我就不累，就不辛苦。我们结婚吧。

韩彬说，对不起，我不能答应你。

胡小眯眼泪漫出。

韩彬擦擦胡小眯的眼泪，说，我不能答应你，因为我不会再让你春运挤火车了。

韩彬掏出一个存折，放在胡小眯面前说，这是这些年我存的钱，终于够咱们买房子了，我终于有能力给你一个家了，你愿意嫁给我吗？

胡小眯眼泪更加止不住了。

韩彬说，对不起，以后我再也不攒钱了，我要让你吃最好吃的，玩最好玩的……

原来，韩彬一直这么抠，一直不提结婚的事，都是为了给胡小眯准备一个家。

胡小眯看他求婚的时候，害羞的样子，就像回到了九年前。

他长得依然凶凶的，表情依然有点蠢萌。

她哭着抱紧了他。

第一次火车春运，他们收获了爱情。

最后一次火车春运，他们找回了爱情。

二十七小时三十五分钟，火车到站了。

胡小眯对爱情的怀疑和困惑也终结了。

其实很多时候，生活的琐碎会遮蔽掉爱情。

我们常常以为，爱情被生活打败了。

其实，爱情一直都在。

一起吃饭吧，是我爱你的另一种说法

就像有人说的，所谓天荒地老，就是这样。一茶、一饭、一粥、一菜，与一人相守，足矣。

离家越久，越是想念家里的饭菜。

把我养大的，是妈妈饭菜的味道。

我妈会的只是家常便饭，寻常米面，排骨卤味。

都说"舌头比思想忠贞"，比起饭馆的山珍海味，我妈做的饭菜，明显过时，却让人感到安心。

单是那一道卤味，肉质多软多硬，调料是咸是甜，沸水煮多久，调料何时下，有无数种讲究。我妈把她最黄金的时间，投放在厨房里，才打磨出这样的味道。

味蕾像是绳索，将人牢牢拴住。

不管我出门走了多么远，还是会回家吃饭。

我妈这辈子唯一的本事，就是用美味征服所有人，不管你来自哪里。

我爸不外如是。

我爸姓丘，二十岁时从北方来到香港，因为身材发福，被香港人称为肥丘。

南方人口味清淡，北方人口重。

肥丘完全吃不惯香港本地的饭菜。

因为吃饭，肥丘和人吵了无数次，直到遇上我妈。

我妈只是做了一道卤味饭，肥丘吃完，嘴里只蹦出了一个字，丢。

"丢"是骂人的话，是肥丘跟香港人学的。

但在这里，肥丘的意思是，太好吃了。

我妈说，她一辈子都被人夸自己做饭好吃，但那句"丢"，是她听过的最高的赞赏。

肥丘和我妈在一起了。

肥丘是修汽车的。那时候，无论在汽车修理厂工作到多晚，无论同事怎么邀请肥丘下班消夜，肥丘都会回家吃饭。

同事嘲笑肥丘，你就是一老婆迷。

肥丘说，不是。

同事说，那你怎么不和我们吃饭？

肥丘一本正经地说，因为饭馆里面什么都好，就是菜不行。

都说爱情有五味，酸甜苦辣咸。

肥丘和我妈的爱情，就是一个字，馋。

肥丘挣钱很少，和我妈挤在一处十平方米的小屋里。

肥丘很有心计，总是说女孩子还是瘦一点才好，然后趁我妈愣神的时候，把桌子上面的饭菜一扫而光。

我妈埋怨他耍心计的时候，肥丘总是说，吃你做的饭，代表"我爱你啊"，把你做的饭一口气全吃光，一口也不给你留，代表"我太爱你了"。

肥丘不仅爱耍赖，还没钱。

每到月末，房东来敲门催账，肥丘都急得要发疯。

我妈便把灯全部关上，伪造出家里没人的假象。

到了吃饭时间，我妈把饭菜端上餐桌，然后和肥丘静默地在黑暗中摸索着吃饭。

偶尔筷子轻碰，立刻移开，生怕发出一丁点声音，被人发现。

我爸原以为，穷，也可以活得很快乐。

但现在，他不这么想了。

房东走后，肥丘朝着门外说，丢你老母。

他跟我妈保证说，将来有一天，我会挣到很多钱，再也不让你过这种窝囊日子。

我妈说，丢，过什么日子，还不是得给你做饭。

半年后，肥丘发了。

把旧车零件拆下来，拼成新车，再以三四倍的价格，走私卖到深圳。

据说，肥丘赚得最多的时候，一年可以赚到七位数，那是在遥远的20世纪80年代。

都说人有钱了，就会变。

肥丘也一样，他回家的时间越来越晚，甚至都不回家吃饭了。

我妈说，饭不能凉，时间长了，味道就不对了。

她只是想让肥丘快一点回家。

肥丘曾经计划过，要是自己挣了大钱，就把全香港的人都撵走，只剩他和我妈，在维多利亚港散步，挥霍。

现在，他真的挣了大钱，也真的把自己的誓言忘了。

三年后。

肥丘贷款盘下了当时香港一大半的旧车，打算走私到深圳，大赚一笔。

结果，走私车运到深圳，被海关扣下了。

肥丘输光了所有的财产，而且因为借的是高利贷，对方放出话来，要是他不还债，就让他活不过三个月。

我妈当时已经怀上了我，每天大着肚子给肥丘做饭，希望能让他的心情好一点。

肥丘一口也吃不下。

我妈把一口都没吃的饭，一盆盆倒掉。

我妈生我的当天，肥丘没有陪在我妈身边，在外面躲避仇家。

陪在我妈身边的，是一群古惑仔。

古惑仔找不到肥丘，转而守住我妈。生怕逮不到和尚，再丢了庙。

都说孩子出生的时候，身边会围绕着一群亲戚，欢喜道贺。

我出生的时候，同样身边围绕着一群人，只不过他们是黑社会。

我姨来看我妈，被当时的阵势给吓到了。

我姨偷偷跟我妈说，她有关系，可以偷偷把我妈送到美国去。

肥丘知道这件事，大怒，说我妈背叛了他。

他要跟她离婚，让她赶紧滚。

离婚当天，我妈泪流满面，肥丘面色铁青。

办完了手续，我妈说，都生活这么长时间了，吃顿分手饭吧。

肥丘摇摇头，表情决绝。

我妈上了巴士，快要开车的时候，肥丘忽然敲了敲车窗。

肥丘对我说，咱们两个人，不能一起死，得有一个人活。离婚后，你去美国，好好带孩子，剩下的交给我。

车开了一段距离，我妈忽然听到身后一个声音大喊。

"丢！老婆我爱你！丢！老婆我爱你！"

一周后，我妈坐飞机到了美国，和肥丘断了联系。

不过，我隐瞒了一件事情。

我并不是跟着我妈，在美国长大的，而是肥丘一手把我带大的。

我妈上飞机的时候，并没有带上我。

因为黑社会把我看得很紧，在他们眼里，那个已经和肥丘离婚的女人无关痛痒，但是肥丘的孩子不能就这么放走。

我妈也不肯走，是肥丘让我姨强行把她带去了美国。

之后，肥丘把我托付给他的朋友。他自己则游荡在街头，故意抛头露面，吸引黑社会注意，等待自己必死的结局。

半个月之后，警察因为另一件案子，逮捕了追杀肥丘的黑社会。

肥丘从朋友那里把我接回家，作为一个单亲爸爸，独自抚养我。

我是在十岁的时候，才再次见到我妈的。

我妈给我做了一顿大餐，排骨、叉烧、卤味饭。

我妈说，尝尝看，不是你妈自吹，只要尝过我做的饭，都会对我心服口服。

我尝了尝，说，很平常啊，我从小在家吃的就是这个味道。

肥丘在十年间，把厨艺练得很好。

作为一个事业失败的男人，一个单身爸爸，肥丘把原本应该投入卧室的精力，转而投入了厨房。

肥丘一直对我说，给你做饭，是我这辈子最大的乐趣。

肥丘一直对我说，我所有的厨艺，都是你妈教给我的。

是的，把我养大的，是妈妈饭菜的味道。

只不过，做饭的人，是我爸。

如果用几个词语概括肥丘的前半生的话，那就是，拼搏、奋斗、贪图、财富、堕落。但如果用几个词概括肥丘之后十年的话，那就是，卤味饭、白切鸡、酸甜排骨、老火靓汤。

我一直以为，肥丘喜欢的是饭菜的香气，但其实他喜欢的，是和我妈在一起时，恬淡又平常的烟火气。

他经历了跌宕，经历了生死。

惊心动魄的故事最后，也不过消弭在了一顿顿饭菜里。

他想念她，用他们的专属方式。

每次吃饭，肥丘对饭菜，比对我还要更在意。

在那片眷恋、深情又沉默的目光里，我总能穿过表面，看到那背后，有一个温柔坚定的女人。

她看似拴住了他的胃，实际拴住了他的心。

我妈终于回到香港的家，她走进厨房。

肥丘在准备饭菜，回过头来，对我妈说，回家了，一起吃饭吧。

"一起吃饭吧"这五个字，无非就是"我爱你"的另一种说法。

就像有人说的，所谓天荒地老，就是这样。一茶、一饭、一粥、一菜，与一人相守，足矣。

我的婚礼，新娘睡过了头

爱情的配额是有限的。

有的人，把它切割成若干份，这样就能随意支取和保底。

有的人，选择一次性透支个精光。

林宽宽是一个有钱且貌美的三十三岁女人。

她最烦心的，不是事业，而是没人追。

而导致她没人追的主要原因还是她的事业。

林宽宽家里也拥有个私企，只不过业务范畴是殡葬行业，也就是白事。

好多人单听见"白事"这两个字就觉得丧，自然是不愿意跟她有什么进一步的接触。

林宽宽一度投奔到了相亲的大潮中，但仍旧是无人问津。

就在林宽宽已经死了心，决定孤独终老的时候，一个小鲜肉在相亲大会上，看中了林宽宽。

小鲜肉叫周南，二十五岁，长得眉清目秀，在相亲会上那一帮不是秃头就是啤酒肚的油腻大叔中间，简直算得上是帅得作弊。

这么一个抢手货，偏偏认准了林宽宽。

林宽宽一脸懵圈地问周南，你看上我哪点?

周南答，互补。

原来周南家里做的是红事，而且规模不小。

周南说，我们两个一个做红事，一个做白事，在一起就是喜事，红白喜事嘛，正好合适。

林宽宽被这个强大且扯淡的理由说服了。

被这么好的男生看上，她连装矜持的步骤都省了，直接跟周南以结婚为前提，开始了交往。

林宽宽和周南在一起之后，过起了普通情侣的生活。

但他们又不是一对普通情侣。

正常女生喜欢拉着男朋友讨论的话题是"前女友和我谁漂亮"，或者"你爱不爱我"。

而林宽宽最喜欢拉着周南讨论的话题是"你策划的婚礼都是什么样的"。

周南常常给林宽宽讲他策划的婚礼。

比如给一对新人策划了热气球主题的婚礼，新郎新娘在热气球上交换戒指。

比如给一对情侣策划了"海贼王"主题，新郎COS路飞，新娘COS娜美……

每次听完这些婚礼，林宽宽总是一脸向往地说，真好。

但是笑完，又有些难过。

因为她做的是白事，总是被认为不吉利，关系普通的人不会邀请她参加自己的婚礼。

关系亲密的朋友会邀请她，她又不好意思让对方为难，只能推辞。

所以林宽宽从没参加过任何一场婚礼。

周南看着林宽宽落寞的样子，笑着问她，那你想把婚礼办成什么样子？

林宽宽想了想，有点兴奋地说，我想要一场紫色的婚礼，这样才足够梦幻。最好是睡美人主题，新郎要像王子一样，一步步走过红毯，走到我面前，而我会打扮成睡美人，躺在花瓣中间，等着王子把我吻醒。

周南听完，撇撇嘴，说，好中二啊。

林宽宽很high的心情又冷了下去。

周南叹气，继续说，唉，没想到我未来的婚礼，会这么中二。

林宽宽愣住了。

这就算是求婚了吗？

林宽宽问，没有鲜花，没有戒指，你这样求婚，也太敷衍了吧？

周南挑挑眉头，问，那我再准备准备？比如，我准备个三五年？

林宽宽一听，又赶紧拦住周南，说，少废话，有本事你马上就娶我！

周南看着林宽宽着急的样子，忍着笑意，说，正中下怀，求之不得。

两人的婚期提上日程，结果，周南妈妈强烈反对。

周南是单亲家庭，由妈妈带大，周南妈妈嫌弃林宽宽做白事，年龄又大，不同意她进门。

周南经过一番严肃认真的分析，终于想出了一个科学的方法，他跟林宽宽提议，我们生个宝宝，把生米煮成熟饭，我妈肯定就没法反对了。

林宽宽拍他后脑勺，生宝宝？现在？你疯了吗？

周南笑着说，这有什么疯的？我特别喜欢孩子，我八岁的时候就想好了，长大了要生两个。我们抓紧时间，先生一个女儿，以后再生一个儿子。到时候，我们就在家里的小院子装上两个秋千，我俩一人一个，让两个孩子推着我们玩……

林宽宽被周南贱贱的描述逗笑了。

反正这辈子就赖上他了，生孩子是迟早的事，现在生也好，再拖就是高龄产妇了。

他俩工作也不怎么上心了，每天胡搞瞎搞。

天道酬勤，林宽宽快两个月没来月经了。

他俩兴冲冲地去了医院，林宽宽去检查，周南就坐在外面，跟孕妇们聊天，讨教经验。

从怎么照顾孕妇，聊到怎么照顾产妇坐月子。

林宽宽出来的时候，周南正在一边听孕妇传授经验，一边拿着个本子认真地做笔记，态度特虔诚。

看到林宽宽，周南兴奋地扬了扬手里的本子，说，你知道孕妇不能睡在正对门的位置吗？回去以后，我要把床的位置换一下。

林宽宽说，不用了，我没有怀孕。

周南一愣，说，没事，我们再努力努力。

林宽宽说，医生说我是提前闭经了，不能怀孕了。

周南沉默了。

路过家里的小院子，两个人都停了一下。

这下子，他们更沉默了。

是啊，秋千不用装了。

因为不会有一男一女两个小孩来推他们两个大人了。

当天晚上，他们一夜无话。

第二天早上，林宽宽醒了，发现周南不在旁边。

她出了房间，看到周南正在厨房里给自己做饭。

她说，婚约作废，我们分手吧。

周南择着菜，头也不回地说，我不同意。

林宽宽说，你应该找个更配你的人，可以给你一个完整家庭的，这个人肯定不是我。

周南停下手里的活，转身看着林宽宽，一字一顿，这个人就是你，也只能是你。

周南第一次见林宽宽，并不是在相亲会上。

是在十年前的一场葬礼上。

那是周南爸爸的葬礼，那天，雨下得很大。

葬礼开始了，妈妈突然发现周南不见了。

众人跑出门一看，周南正趴在地上，拼命往路边的排水口伸手，想捞什么。

原来他的钱包掉进去了。

大家都劝他，别捞了，不就一个钱包嘛，回头再买一个不就行了。

但是周南就是不听，一直趴在那儿，众人没办法，只好上前拖他。

这时，一个女生突然说，我来帮你，我的手臂细。

这个女生是林宽宽，她是这场葬礼的负责人。

她的手臂果然很细，一下就伸进了排水口，很快就把钱包拿了出来。

林宽宽将钱包递给周南，说，这个钱包一定对你很重要。

周南接过钱包，马上打开，抽出一张照片反复擦拭。

这是一张他和爸爸的合照。

周南对林宽宽说，谢谢，这是爸爸生前拍的最后一张照片。

林宽宽手一挥，爽快地说，没事。

这时，周南才发现，林宽宽的手臂被排水口的铁栏划伤，已经流血了。

原来她的手臂也没有那么细。

从那个时候开始，周南就认定了林宽宽。

周南说完，看着林宽宽，单膝跪地，目光笃定地说，请你不要再说分手，嫁给我，好吗？

林宽宽点点头，又摇摇头，说，可是你妈妈……

周南抱住林宽宽，说，这是我要操心的事，你不需要担心。

第二天，周南就跟林宽宽去领证了。

后来林宽宽才知道，周南跟妈妈坦白了他们不能生孩子的事情。

只是，换了一个版本。

他拿出一份他伪造的病历报告，告诉他妈妈，自己是重度阳痿，硬不起来。

因为这个缺陷，自己被历任女友嫌弃以及抛弃，只有林宽宽，一直在身边，不离不弃。

妈妈听得一把鼻涕一把泪，从此认定了林宽宽就是自己的儿媳，对林宽宽充满了愧疚之情。

领完证，周南对林宽宽说，你不要担心，我们两个人，也能活得热热闹闹。

林宽宽用力拥抱周南，觉得自己太幸运了。

简直像踩到了全世界最大一坨狗屎。

林宽宽跟周南筹备起了婚礼。

他们一天要跑好几个地方看场地；

试一套又一套的婚纱；

看无数式样的请帖；

还要试菜、定宾客名单、确定婚礼流程……

一场婚礼，充满了各种琐碎烦人的细节，但是林宽宽乐在其中。

想到这是自己参加的第一场婚礼，她觉得很新奇。

想到这是她跟周南的婚礼，她觉得很幸福。

她完全沉浸在筹备婚礼的幸福中，走路都是一蹦一跳的，睡觉都在笑。

更让她开心的是，有一天，她突然发现，自己的月经回来了。

也就是说，她可以怀孕了。

那一瞬间，她明白了，她踩到的，是全宇宙最大一坨狗屎。

林宽宽和周南又兴冲冲去了医院，做了一系列检查之后，周南去拿了检查结果。回来跟林宽宽说，医生说她的子宫有点小问题，还要继续检查。

周南安慰她，咱们婚礼可以晚一点，但你的身体不能耽误，乖乖休息一阵，配合治疗吧。

那天晚上，他陪着林宽宽看韩剧，给她讲笑话。

第二天早上，林宽宽醒了，看到周南，第一句话是，我是不是要死了？

周南一惊，说，你瞎说什么呢？

林宽宽缓缓地说，昨天半夜，我醒了，看到你在院子里哭。

周南没有说话。

林宽宽说，你这么坚强的人，会哭，一定是因为我出了很大的事。

周南还是没有说话。

因为林宽宽说对了。

林宽宽被查出宫颈癌，已经是晚期了。

闭经之后，又突然来月经，这就是宫颈癌的征兆。

知道病情之后，林宽宽沉默了好久。

再开口，她说的是，对不起。

周南一愣。

林宽宽说，我们之前约好了，要活得热热闹闹，但我要爽约了。

周南的眼泪涌了上来，他想忍住。

林宽宽接着说，留你一个人在这个世界上，对不起。

周南忍不住了。

他紧紧抱住林宽宽，号啕大哭。

两个月之后，林宽宽去世了。

这一次周南还是很淡定，没有哭，没有闹。

只是在外人看来，他已经疯了。

他非要亲自给林宽宽办一场白事。

亲戚朋友轮番劝他，但周南就是不为所动。

周南妈妈气急了，跟周南发火，大骂他，你他×能不能不犯浑？你一个做红事的去做白事，以后谁还找你做红事，谁还会请你策划婚礼？什么婚礼都不会让你去了！

周南沉默了很久，给妈妈跪下磕了个头，低声说道，我最想去的婚礼都去不了，别的，也无所谓了。

事业、未来和幸福，没有了林宽宽，都无所谓了。

爱情的配额是有限的。

有的人，把它切割成若干份，这样就能随意支取和保底。

有的人，选择一次性透支个精光。

周南就是后者。

他选择在爱情中毫不保留地赌上全部。

即使爱的人不在了，也一如既往。

因为这一次之后，他再也不会像爱她一样爱别人了。

林宽宽说，我想要一场紫色的婚礼，这样才足够梦幻……

于是，周南将葬礼办在郊区，四周全都是丁香树，紫色的花瓣在空中飘散，很梦幻，很梦幻。

林宽宽说，最好是睡美人主题，新郎要像王子一样，一步步走过红毯，走到我面前，把我吻醒。

于是，葬礼现场有耸立的城堡，在红毯的尽头，林宽宽身着一袭公主裙，安静地等着周南。

一切都跟林宽宽梦想中的婚礼，一模一样。

她所幻想的一切，他所承诺的一切，他都做到了。

只不过她睡的床铺，换成了木棺。

她想象的婚礼，变成了她的葬礼。

周南像林宽宽想象中的王子一样，穿着白色的西装，一步步走过红毯。

他想走得很快，很快。

因为前面等着他的人，是他最爱的人，他迫不及待想见到她。

但他走得很慢，很慢。

因为他知道，这是他见她的最后一面，现在的每分每秒，他都要记住。

周南终于，来到林宽宽面前，他仔细凝视着她，他的深情，一如既往。

她还是没有变，睫毛很长，鼻子很翘。

她闭着眼睛，像个沉睡的公主，等待她的王子把她吻醒。

周南慢慢地俯身，深深地亲吻林宽宽。

就像王子亲吻公主一样。

王子的泪，滴落在公主的脸上。

只是，公主再也不会醒来了。

倒霉的女孩，运气都不会太差

生活会给你意想不到的礼物，或早或晚，直到你遇到了那个人，才会相信。

大家都说本命年运气会比较差。

照这么说，丸子的二十多年都是本命年。

因为，她每一天都很倒霉。

下雨的时候，她肯定没带伞，而她带了伞的时候，就肯定不会下雨。

在路边摊排队买早餐，排到她的时候，总是刚好售罄。

她经常丢东西，这不算倒霉，问题是，每次买了新的，旧的一定会马上出现。

丸子没有因此觉得丧气，她总觉得，好运会积攒起来，在某一天给她惊喜。

公司年会那天抽奖，毫无意外地，丸子拿到了安慰奖——因为这个奖，人手一份。

安慰奖是各种形状的钥匙扣，大家都吐槽公司好他×抠门，一看就是地摊货，三块钱一个那种。

丸子看了看自己那个，她有点窃喜，居然是幸运星哎！

搞不好自己就要走运了呢。

这时候，她手机响了，是男朋友。

男朋友说，我们分手吧。

丸子有点错愕。

虽然她明白他俩不冷不热已经很长一段时间了，跟分手也没太大区别，但是，真的听到这么说，还是有点难过。

等年会结束，丸子到路边，准备打车。

像是为了配合丸子的失恋情绪，天突然就下起了暴雨。

毫无疑问，丸子没有带伞。

丸子远远就看见她要搭的那班公交车，已经缓缓停进了站台。她不管不顾地狂奔起来，只想赶过去，因为看看时间，这已经是末班车了。

慌乱之中，丸子甩掉了一只鞋。

她想要去捡起来，可是过往的车流疾驰而过，溅了她满身的泥水。

公交车已经绝尘而去，丸子的鞋子也被碾得不知去向。

这已经不是祸不单行了，简直就是倒霉十连拍啊。

说好的情场失意，其他地方就会得意呢？

瞎扯。

淋着雨的丸子，终于还是大哭了起来。

一辆出租车刚好停在了丸子面前。

丸子被这突如其来的"幸运"吓了一跳，甚至有些受宠若惊。

她不敢停留，飞速钻进车里，生怕这幸运来得稍纵即逝。

她一上车就说，好幸运，暴雨天打到了车。

但这话刚说完，她就发现一个问题，惨了惨了，都这么晚了，她家住得有点偏，还下这么大雨——联想到前几天在网上看的出租车司机奸杀女乘客的新闻，她越想越害怕。

这时候，司机问她，这么晚了，你是刚下班吗？

她吓尿了，马上掏出电话，假装给自己的室友打电话，小娟啊，你别担心，我已经上车了，大概二十分钟就能到家，你一会儿下来接我吧。

为了避免司机再跟她说话，她就越来越入戏，开始跟"小娟"聊了起来，说近期自己的各种倒霉事，讲着讲着，居然把自己都逗笑了，差点都忘了司机的事。

幸好后来安全到家了。

司机还提醒她，下车慢点，别落东西在车上了。

她松了一口气，原来是自己多虑了，司机是个好人。

那天之后，丸子突然发现自己变成了幸运的人。

上班的时候，丸子能买到早餐了，甚至她以前去的那个小摊，每天排着长龙，很多人都买不到的生煎包，都被她买到了最后一份。

下班的时候，丸子总能打到车了，即使是发布了橙色预警的台风天，她都顺利打到了车。司机不仅给淋了雨的丸子递上毛巾和水，下车的时候，还借给丸子一把伞。

丸子留了他的电话，说下次还雨伞给他。

而且有一次，丸子要出国参加会议，结果头天早上打车上班，把护照丢在车上了，因为忘了拿的士发票，就找不到了。

老板训斥丸子，说她蠢，丸子羞愧又焦虑，几乎要哭出来。这时，丸子却接到了前台的电话，说她的护照就在前台，让她去认领。

总算是渡过一劫。

习惯了倒霉的人，接连遇到幸运的事，是会感到惶恐的。

这一切一定有原因！

丸子仔细思索着，啊，一定是年会上那颗幸运星，真的发挥了作用！

丸子立刻翻出钥匙串，看到本该挂着幸运星的小铁环，现在却已经空空荡荡。

丸子不明白，既然不是因为幸运星，那会是为什么呢？

难道，有人在帮自己的忙？

丸子开始了调查。

她去问早餐摊主，对方说，有人让他每天留一份早餐给丸子。

她去问那个借伞给她的出租车司机，司机说有人拜托过他，要优先来接丸子。

她还去问公司前台，前台告诉丸子，是有人把护照送来的，气喘吁吁、满头大汗，却一直嘱咐前台，一定要让丸子赶紧拿到护照。

他们都说，那是一个平头的男生。

丸子总共也不认识几个男生啊。

平头的男生？

她想到的只有一个，她的前男友。

或许他是出于愧疚，想要给自己一点补偿吗？

虽然丸子没有要复合的打算，却也觉得很温暖，甚至有些感激。

又是一个雨天，丸子保持着"快速打到车"的好运气，刚刚坐上的士，转头却看见了自己的前男友，他还站在路边，正打车呢。

这是分手后第一次遇到他。

他还是顶着利落的小平头，冒着雨，慌张地挥着手。

丸子觉得，他那个样子，像极了曾经的自己。

丸子请司机停车，让前男友上车，准备顺路先送他回家。

丸子看前男友满头是水，递了张纸巾给他，说，你淋湿了，擦一擦吧。

前男友意味深长地看了她一眼，然后将手放在她的大腿上，说，要不，今晚去你家？

什么鬼？！

他想什么呢？！

丸子赶紧将他的手拿开，解释，你别乱说，我不是这个意思。

前男友立马翻脸了，说，你叫我上车，不就是想打个回头炮吗？怎么，现在你又想装白莲花了？

丸子气炸了。

她气的不是对方，而是自己，以前怎么会那么眼瞎？！

突然一个急刹车，前男友的头撞到了前排座椅上。

前男友怒了，骂司机，你他×会不会开车？！

司机也转过头回骂他，你他×会不会说话？！

What?

丸子完全懵圈了。

司机下车，开门，把前男友一把拽下车，直接扔到路边，动作一气呵成。

然后，他上车，关门，一脚踩油门，继续开车，一言不发。

丸子回过神，从后视镜里看司机的样子。

他有双很好看的眼睛，不过眉头皱皱的，很显然，怒气还没消呢。

哦，他也理了个小平头，看起来干净利落。

她总觉得他有点眼熟。

丸子说，刚才谢谢你，帮我解围。不过，我们是不是在哪儿见过？

司机说，是啊，我第一次载你的时候，你只有一只脚穿了鞋。

原来是年会那个晚上，那个被自己误会过的司机。

那天，他看到了丸子像落汤鸡一般的窘态，觉得于心不忍，就把的士停在了她身边，想着自己可能免不了要听到一路抱怨了。

可是丸子上车后却说着，自己真幸运。

那一瞬间，他觉得这个女生还挺可爱的。

更可爱的是，自己才问了她一句话，她就画风突变了，开始假装打电话，而且演技极其拙劣——从后视镜看，她连拨打电话的动作都没有，手机也没亮过，电话那头也没有传出任何声音，她就自编自导自演了半个小时。

她讲自己的倒霉事，还把自己给逗乐了。

这个女生也太呆萌了。

他突然很想保护她，想让她的运气配得上她的乐观。

他去拜托丸子公司附近的每一家早餐摊，预付了定金给摊主们，希望他们可以每天为丸子预留 份早餐。

他请那些在丸子公司附近揽活的同行们吃饭，认真地拜托他们，如果见到了丸子，一定要优先载她。

有一天，载到了丸子的同行告诉他，丸子把护照落在自己车上了。他急坏了，为了确定丸子公司的地址，走遍了她工作地点附近所有的商务楼，好不容易才找到她的公司。

他守住了丸子的幸运。

车子快到丸子家了，小平头司机问丸子，你愿意以后都坐我的车上下班吗？

丸子害羞地点了头。

他拿出一个幸运星的钥匙扣，对丸子说，第一次坐我的车的时候，你把幸运星掉在车上了。对不起，现在才想到要还给你。

丸子笑了，摇摇头说，我不需要它了，你才是我的幸运星。

其实哪有什么幸运呢。

不过是另一个人，用一己之力，为你抵挡了厄运吧。

生活会给你意想不到的礼物，或早或晚，直到你遇到了那个人，才会相信。

丸子遇到了那个人，她觉得此刻，自己是世界上最幸运的人。

喜欢你，失去你，活成你

我们想方设法地接近喜欢的人。

关心他们的喜怒哀乐。

感受他们的悲欢离合。

然后，打心里希望自己能变成他们喜欢的样子。

你见过最壮烈的爱情是什么样子的？

张爱玲说，为了他们的爱情，一座城市倾覆了。

而我的朋友老鬼，发动了一场战争。

那年我高二，沉迷网游，因此认识了老鬼。

老鬼在游戏里是神级人物，全服务器上最强公会的扛把子。

作为传说中的人物，我从来没见过老鬼上线杀敌，只在线下聚会见过他。

老鬼抽烟，一天两包。

老鬼抠门，抽的每一根烟都是蹭别人的。

老鬼的口头禅是，血战到底。

周四的清晨，老鬼突然在游戏里上线，发布了一条简短的信息。

"星期五所有人都到齐，和东征军公会血战到底。"

东征军公会在当时是仅次于我们公会的第二大公会。

随后，老鬼又轻描淡写地补了一句话，少一个人，我就退群。

我问朋友，鬼哥这是怎么了？

朋友说，你还不知道吧，对方公会的首领，一个叫轩子的人，抢走了老鬼的女朋友。老鬼这是报私仇。

老鬼的女朋友叫阿狸。准确地说，是老鬼的大学同学，老鬼强认的女朋友。

老鬼当时在学校是大学霸，典型的理科男。

而阿狸在学校是十足的女流氓。两人因为同乡，所以阿狸一直罩着老鬼，并放出话来，谁敢欺负老鬼，就是跟老娘过不去。

有一回老鬼陪阿狸逛街，被三四个社会青年截住，社会青年拿刀架在阿狸的脖子上。

阿狸说，大哥，你能把刀拿远点吗？

社会青年说，怕了是吧？

阿狸说，不是，我脖子好痒啊。

说完，阿狸咯咯乐起来。

社会青年一愣神，老鬼拉起阿狸的手就跑。

然后老鬼就把阿狸带到了死胡同里面。

走投无路的阿狸，抄起路旁边的垃圾筒，转身就朝社会青年冲去。

打走社会青年后，阿狸回头一看，老鬼吓得正在抱头哭泣。

阿狸说，别哭了，来，点根烟压压惊。

老鬼擦了擦眼泪，笑着从兜里掏出火机为阿狸点烟。

是的，老鬼一直是阿狸的跟班。

无论上课、吃饭、游玩，两人都在一起。

当时阿狸迷上了网游，第一个想到的就是拉老鬼入伙。

阿狸劝说老鬼的理由是，在游戏里你可以白手起家，从一贫如洗的混混儿，变成最强帮会的大哥，被人拥戴，也被人背叛，品尝胜利与失败，得意与失意。这么精彩的人生你不过，你不会想待在宿舍学习吧？

这安利简直绝了。

老鬼也迷上了网游。

只不过不是因为阿狸的安利，而是因为喜欢阿狸。

阿狸选择的职业，是战士，负责冲锋。

老鬼选择的职业，是法师，负责辅助战士。

一如两人的关系。

半年后的一个野外。

阿狸和老鬼在执行任务的时候，被一个满级并且浑身神级装备的大号给杀了。

阿狸是第一个死的，临死之前阿狸大喊，别管我，你他×赶紧走。老鬼是紧接着死的，老鬼的遗言是，我他×哪儿也不去，帮你报仇。

那个满级的账号就是轩子。

轩子杀完两人，只留下一句话，呵呵，还挺感人的。

阿狸和老鬼为了做这个任务，连续两天没吃没睡。没想到最后关头被一个大号，如同踩扁一只蚂蚁一样杀了。

阿狸对老鬼说，×的，我们再练一下，总有一天要讨回这笔债。

老鬼其实没有兴趣练级。

老鬼也没有兴趣攻城拔寨。

老鬼更没有兴趣在网络世界里面称王称霸。

老鬼不过是对阿狸感兴趣的东西感兴趣。

阿狸在一次任务中，又一次遇到了轩子。

阿狸呐喊着血战到底，然后又一次被轩子像踩蚂蚁一样杀死了。

只不过，这一次轩子在杀死阿狸之后，把自己身上的装备都脱了下来，送给了阿狸。

轩子说，你操作其实不赖，只是装备差了点，这身送你了。

阿狸说了声，谢谢。

阿狸穿上装备，立刻把轩子杀死了。

阿狸说，现在咱俩扯平了。

后来，轩子在线下约阿狸见面。

聊了两次之后，两人成了朋友。

聊了不知道多少次后，两人成了恋人。

老鬼问阿狸，轩子究竟哪一点好？

阿狸说，轩子打游戏的时候，仿佛有光环在身上。

老鬼这才知道，不是每一份守护，都能换来爱情。

对于一个女孩子，光有陪伴和守护是不够的。

你还要有光环。

就这样，阿狸从游戏里，赢了一个男朋友。

而老鬼，失去了玩游戏的所有意义。

一年之后，阿狸戒掉了烟，封了自己的账号。从一个女流氓变成了知书达礼的女朋友。

而老鬼抽起了烟，改了职业，从辅助变成了狂暴的战士，在游戏里披荆斩棘，满嘴脏话。

老鬼建立了自己的公会，并且势力盖过了轩子。

老鬼其实挺清楚的。

自己在现实里面失败了，才到游戏里找补。

这里再没有那个喊他进攻，让他辅助，叫他掩护的阿狸了。

阿狸找到了理由从游戏里面隐退，老鬼却没有找到。

前几天，老鬼在同学会上再一次遇到阿狸。

大家都问阿狸现在过得怎么样，肯定和轩子很好吧。

阿狸说，是啊，我们很好。

只有老鬼知道，阿狸过得并不好。

因为阿狸是遇到高兴的事情，就会收不住话匣子的那种人。

因为阿狸如果真的幸福，就一定会开怀大笑，到处和别人炫耀。

如果阿狸身边有一个珍惜她的人，阿狸会喝得大醉，然后一个电话打过去，告诉轩子，别忙活了，打车过来接我。

但是阿狸在说起她男朋友的时候，什么都没有。

只有干巴巴的"我们很好"这四个字。

看着阿狸难过的样子，老鬼很难过。

老鬼偷偷打听了一圈，才知道，轩子背着阿狸劈了腿，两人已经分手半年了。

第二天晚上，老鬼在群里发话，要把轩子和他的公会连根都拔掉。

随后，老鬼又轻描淡写地补了一句话，少一个人，我就退群。

于是，那一年全服最大的战争打响了。

周五的时候，我们公会的所有人，上班的一律请假，上学的一律翘课。

双方战斗了八个小时，服务器差点瘫痪。

我亲眼看见老鬼左手持剑，右手发光，周身环绕着火红色怒气，空降在十几个人的包围圈里，挥舞，猎杀，宛如一个战神。

我亲眼看见，老鬼用他的佩剑取下了游戏里轩子的人头。

那一刻，地下宫殿空气里叠起的红火色剑花，看上去很美。

我问老鬼，这么说，现在你还在乎阿狸？

老鬼叼了根烟，抽了很久，才跟我说：

我把自己活成了游戏里的阿狸，但还是不能接近阿狸，哪怕一点点。

阿狸把自己变成了另一个样子，但还是不能留住轩子，哪怕一分钟。

我们都曾是游戏里的老鬼。

也曾是游戏里的阿狸。

我们想方设法地接近喜欢的人。

关心他们的喜怒哀乐。

感受他们的悲欢离合。

然后，打心里希望自己能变成他们喜欢的样子。

可最后，我们都没有得偿所愿。

体重是检验真爱的唯一标准

世界喧闹，世事复杂。
谢谢是你，幸好一直都是你。

你知道胖虎吧。

《哆啦A梦》里那个总是欺负人的大胖子。

不过，我说的胖虎是个女生。

也是个总是欺负人的大胖子。

胖虎最爱欺负的，就是丁原。

丁原的体形与胖虎完全相反，干巴巴的身材像数字1，跟圆滚滚的胖虎站一起，组成了1和0。

丁原从小被胖虎欺负到大，胖虎每次都强迫他一起玩剪刀石头布，谁输谁就请吃东西。

小时候谁输了，就请对方吃小浣熊干脆面、麦丽素。

现在长大了，变成了谁输了，就要请对方吃牛扒和比萨。

丁原蠢爆了。

每次出拳顺序都是固定的，布、剪刀、石头依次使出，每次都输给胖虎。

还好，丁原是西餐厅厨师，每次输了，就乖乖进了厨房，做菜给胖虎吃。

一开始我们对丁原，都哀其不幸怒其不争。

但是想到丁原厨艺这么好，我们可以顺便蹭点吃的，也就算了。友情哪有食物重要？

后来，我们越琢磨越觉得不对劲。

如果你每次猜拳都输给同一个人，不是你怕她，就是你喜欢她。

丁原都他×这么大了，还怕胖虎干吗？

再瘦的男生，也打得过女生呀。

也就是说，丁原喜欢胖虎。

这家伙，绝对是个抖M。

我跑去找丁原，让他请我吃鹅肝，我帮他保守秘密。

我问他，你准备被那女胖子敲诈一辈子吗？

丁原说，首先，她不是胖子，你不觉得她很可爱吗？其次，她哪有敲诈，她只是撒娇。

刚吃的鹅肝，差点吐了。

丁原说，胖虎只是看着凶，但从来没有做过任何伤害他的事。反而小时候他每次被学校的小混混儿欺负，都是胖虎站出来，替他打架。

初一的时候，隔壁学校的大哥大听说丁原家有点钱，慕名过来勒索他。

一天晚自习，大哥大带着几个小弟，把丁原堵在学校旁边的小路上，扇他耳光，用打火机烧他头发……

他真的吓尿了。

胖虎不知从哪里蹿出来，一把拽着大哥大的头发，把他拉到旁边，甩到地上，然后一屁股坐上去，用两个大胖拳头轮流揍他……

那一刻，丁原看着打得正欢的胖虎，觉得她光芒四射。

从此就决定一辈子只被她欺负了。

胖虎也决定收他为首席跟班，专门欺负他一辈子。

我骂丁原，你傻×啊，喜欢就去表白啊。

丁原说，他正在攒钱，准备明年就自己开一家西餐厅。

到时候他就跟胖虎表白，请她来做老板娘。

他都想好了，他店里的招牌菜，都以胖虎来命名。

丁原还说，他特别喜欢跟胖虎玩剪刀石头布，喜欢看她赢了之后，开心的样子。

这傻×，没救了。

有一天，胖虎猜拳又赢了，丁原乖乖去厨房，准备给她做好吃的。

结果胖虎说，我不要吃东西，我要你陪我跑步。

丁原知道，出大事了。

胖虎活了二十三年，从来没有任何一个时刻，想要去运动——打架除外。

如果她要跑步，只有一个原因，她喜欢上别人了。

果然。

胖虎喜欢的男生，是一个健身教练，他们在朋友聚会上认识的。那个健身教练，有着丁原没有的身高，有着丁原没有的肌肉，有着丁原没有的残酷。

他直接对胖虎说，不好意思，我看女生，首先看三围。我不喜欢胖的女生。

胖虎说，好，那我减肥。

胖虎竟然真的开始节食，一天只吃两顿，一顿吃蔬菜沙拉，一顿吃一个苹果。

她每天饿得头晕眼花的，说话都没力气，丁原担心她随时会晕倒——我们都觉得他多虑了。

丁原心疼她，第一次很凶地对她说话，让她别减肥了，放弃吧。

胖虎说，我不会放弃的。我们继续猜拳吧，输的人绕操场跑二十圈，赢的人跑三十圈。

丁原第一次没有配合她。

胖虎转身一个人冲进了操场，咬着牙，倔强地跑了起来。

当胖虎摇摇晃晃跑到第四圈的时候，丁原实在看不下去，也进了跑道，陪胖虎跑了起来。

看着胖虎为了别人努力奔跑的样子，丁原难受。

但看着胖虎一个人孤孤单单的样子，他更心疼。

他想帮她。

哪怕是帮她追上别人，从而远离自己。

那天北京下雪了，稀疏的雪花慢慢从空中落向大地，偌大的操场上没有其他人，显得很空旷。

一个圆滚滚的身影，在跑道上一圈又一圈地跑着。

一个干巴巴的身影，跟在圆滚滚的身影后面，一圈又一圈地跟着。

雪越下越大，两个人在地上踩出密密的脚印。

之后，丁原猜拳还是一直输给胖虎。

胖虎赢了，拉着丁原陪自己跑步。

胖虎赢了，拉着丁原陪自己吃苹果、吃蔬菜沙拉。

胖虎赢了，拉着丁原陪自己去跟大东表白。

然而胖虎一次又一次被拒绝了。

也许是体质的原因，胖虎每天吃得很少，运动得很多，体重却减得很慢。

胖虎变得烦躁。

她花钱试了针灸、点穴、埋线等各种减肥法，没用。

最后丧心病狂开始网购减肥药，不管什么都乱吃一通。

丁原担心胖虎的身体，劝她不要再吃减肥药。

胖虎口头上答应，背地里继续偷吃。

有一次，胖虎因为吃了违禁减肥药，搞到胃出血，被送进医院。

病房里，丁原生气地盯着胖虎，胖虎却一直盯着自己的手臂，因为瘦了一点而兴奋不已。

丁原不想看胖虎再这样下去，把她的减肥药全部倒进了抽水马桶，吼她，不准她再乱来。

结果胖虎也炸了。

她吼了回去，你没胖过，你他×什么都不懂！

你知道胖子被骂肥猪和死胖子，是什么感受吗？

你知道胖子就算穿上新衣服，都只是换了一个丑法吗？

跟你猜拳赢了再多有什么用？

这个世界就是为你们这些瘦子设计的。

你们瘦子才是人生赢家！

我们胖子做什么都是错，做什么都会输。

你看不惯我，大可以不看！

最好我们永远不要再见面，不要再彼此恶心了！

丁原想说，我没有看不惯你，我更没有觉得你恶心。我只是想让你健康，我只是担心你。

但他没有说出口。

丁原消失在了胖虎的生活里。

丁原走了之后，没多久，胖虎就神奇地瘦下来了。

原来最好的减肥方法，不是针灸，不是埋线，不是吃减肥药。

而是失去一个重要的人。

丁原不在。

没有人陪她猜拳了。

没有人给她做好吃的了。

没有人数落她在乎她了。

没有丁原，胖虎干什么都提不起兴趣，包括吃饭。

半年下来，她瘦了很多很多。

后来的胖虎，体重九十八斤，只有以前的一半，她的三围变成了34C、24、36。

她五官本来就很好看，瘦下来，特别甜美，有点像薛凯琪。

有人说，一百斤以上和一百斤以下，是两个截然不同的世界。

胖虎真实地感受到了。

以前追着她打的男生，现在开始追她了。

以前懒得理她的大东，现在开始约她吃饭了。

有一天，大东直接跟胖虎表白了。

胖虎拒绝了。

去年平安夜的晚上，胖虎约我去喝酒。

我问她，为什么拒绝大东？

胖虎说，如果一个男人在你胖的时候，都不能接受你，那他爱的一定不是你。

如果一个男人在你胖的时候，全心全意喜欢你，那你应该珍惜他。而我这个大傻×，却弄丢了他。

听说，丁原早就去了外地。

那天晚上，她一瓶接一瓶地喝酒，一直喝到全身发红。

她说，以前每年平安夜，丁原都会给她做圣诞大餐，烤鸡、鳕鱼、羊排、螃蟹……

他们一起喝酒，一起交换礼物，一起看电影，一起笑得傻×兮兮。

丁原走了之后，胖虎每一天都会想到他。吃饭的时候，饿肚子的时候，下雪的时候，天晴的时候……丁原出现在她生活的每一个细节里。

胖虎说，她想一个人走走。

那天北京下雪了，稀疏的雪花慢慢地从空中落向大地。

喝完酒的胖虎走在以前和丁原跑步的操场上，地上密密地布着她的脚印。

忽然，她看见前边有一排更大的脚印，抬起头，一个胖胖的男生站在她的面前，是丁原。

丁原变胖了很多，看起来圆滚滚的。

丁原解下自己的围巾，包裹在瘦瘦的胖虎的脖子上。

他说，你以前说过，我不懂你。为了懂你，我吃了很多很多。你以前说过，瘦子才是人生赢家。为了让你赢过我，我胖了很多很多。以后，就让我一直输下去。

丁原还说了一句：

对不起，我来晚了。

胖虎哭了，眼泪、鼻涕和雪花混为一体。

丁原温柔地帮她擦掉眼泪和鼻涕，说，敢不敢赌，剪刀石头布？

胖虎说，赌什么？

丁原说，赌一辈子。

胖虎出了剪刀。

丁原出了锤子。

丁原说，你输了，你要跟我在一起一辈……

丁原的话还没说完，胖虎就踮起脚，亲了上去……

平安夜这天，白雪茫茫的天地中，一个瘦瘦的身子，被一个圆滚滚的身子紧紧抱住。

曾经胖虎是0，丁原是1，他们在一起，就是10分的友情。

而现在，胖虎是1，丁原是0，他们在一起，是10分的爱情。

爱情，是一场赌约，不惜倾尽所有，只为赌一个可能，他爱不爱你。

而真正的爱情，会超越胖瘦，超越输赢。

世界喧闹，世事复杂。

谢谢是你，幸好一直都是你。

吃土的我们，好像一条狗啊

作为一个北漂，钱更重要，还是尊严更重要？其实都不重要。
重要的是你跟谁在一起，重要的是跟他在一起，你快不快乐。

尊严重要，还是钱重要？

小安站在宾馆里思考着这个问题，四十多岁的公司领导正在前台办理钟点房入住手续，嘴里还哼着小曲，好像忘了自己是个有家室的男人。

小安拨通了我的电话，问我，尊严重要，还是钱重要？

我沉默，不知怎么回答。

小安说，当然是钱重要。

小安挂了电话，跟着领导走进了房间。

小安是我大学的学妹，出生在三线城市，家境富裕，爸爸是当年最早下海经商的那批人之一，他们镇的第一辆小轿车就出自她家。

小安从小被富养，房间里摆满了玩偶，所有人都叫她公主。

两年后，所有人都叫她乞丐、小杂种，因为她爸爸自杀了。

因生意伙伴卷钱逃跑，欠了一屁股高利贷的爸爸走投无路，跳下了桥，再没上来。

家里的房子、车子都被卖了。

连她最喜欢的玩偶都被拿走了。

曾经甜蜜过，后来会更痛苦。

曾经富裕过，后来更觉得穷。

生活很糟糕，小安却没有陷入黑暗，因为妈妈一直鼓励她，虽然穷，但我们还有尊严。

妈妈兼了几份工地上的活，一边赚钱还债，一边供小安上学。

学校里，小安憋着一口气，拼命读书。

别人聊周杰伦，小安关注的是周作人。

别人花六个小时学习，小安就花六个小时睡觉，剩下的十八个小时全用来学习。

妈妈问小安想考去哪里，小安说北京。

因为北京是天堂，那里到处有高楼、有大商场，北京的霓虹灯能照亮整个黑夜。

最重要的是，北京有无限的可能。

小安对妈妈承诺，等我在北京赚到了大钱，就接你过去。

高考结束，小安顺利进入了北京的一所知名985大学。

第一次到北京，小安坐的车飞驰在四环上，窗外一幕幕掠过的，是北京的繁华，小安打开窗子，将头探出去，对着整个北京城兴奋地大喊：

北京我来了！

小安心想，到了北京，苦日子总算到头了。

然而苦日子并没有到头，出了小镇来到北京上学，才知道贫富差距更大。

同宿舍有一个北京本地人，家里靠拆迁分了好几套房，现在每套房值八百万以上。

她逛一次街能花好几千，这个钱，小安能过一年。

宿舍里当然也有穷人。

但那些人说出去吃一顿好的，是人均一百。

小安认为的吃一顿好的，是人均十块。

那些人说的吃土，是买了一件心仪的衣服、包包之后才说的。

而小安，什么都不买，就已经在吃土了，吃土是她的日常。

别人欠小安两块钱，她第二天就会去要。

别人用力挤她的牙膏，她会心疼一整天。

因为两块钱她能在食堂吃一顿饭，而一管牙膏她会小心翼翼地用很久。

穷也分三六九等，小安是最下面的那等。

小安越来越自卑，她终于懂了，作为一个北漂，没有钱，就等于没有尊严。

直到她遇见了大江。

大江是小安兼职的时候认识的，他是小安的校友，也是一个穷人，却是一个乐观到能上天的穷人。

穷得没车没房，大江指着面前一栋三十层高的楼说，等我未来赚到钱，这一栋楼都是我的，十楼以下当厕所，十楼到二十楼当卧室，二十楼以上空着，为什么？不为什么，老子高兴。

穷得只能吃馒头，他说幸好没有大鱼大肉，不然还得买药控制三高，高血压高血脂和高大上，是的，他害怕自己吃太多肉，会变得太高大上，就不亲民了。

穷得没空在宿舍打游戏，只能跟小安在这里苦兮兮地做兼职，他也说没什么，能看见小安，一切都值了。

小安愣住，问你说什么。

大江也愣住，为了掩饰尴尬，去一旁的娃娃机抓起了娃娃，好不容易抓到了一只猴子玩偶，却是劣质品。

因为猴子的尾巴缝错了位置，本来应该在后面，却缝到了前面。

大江把猴子送给小安，说，一亿只猴子里只有一只猴子有这种运气，普通的是长尾猴，这个是长丁猴，送给你。

说完，大江笑了，小安哭了。

不是被吓哭的，小安是被感动哭的，在二十岁的年纪，在女生们都嫌弃玩偶的年纪，在她们都追求LV、CHANEL、GUCCI的年纪，小安却固执地喜欢着玩偶，就像小时候喜欢的一样。

即便眼前是一只奇怪而劣质的猴子玩偶。

因为穷，她已经很多年没有碰过玩偶了。

小安把猴子挂在了包上。

小安和大江在一起了。

后来，小安知道，大江跟自己一样，梦想是在北京扎根，然后他×衣锦还乡。

后来，小安知道，原来大江早就喜欢上了自己。

为了看小安，他故意去做了小安做的所有兼职。

每次做完兼职，大江都会疯跑二十分钟，赶回教室上课，即使有很多次都是雾霾天。

有人说，世上最浪漫的事，就是一个人跑很远的路，去看另一个人。

大江为小安跑了很远的路，很多次。

大江不像一个正常的穷人，他从来都不会唉声叹气。

王尔德说过，我们都生活在阴沟里，但仍有人仰望星空。

大江不只仰望了星空，他还将星空倒映在小安的世界，赶走了她世界的阴霾。

大江每天都跟小安讲各种冷笑话。

比如，听过了很多道理，却依旧过不好这一生，你知道为什么？因为我是个聋子。

比如，蛋去求饭帮忙，饭说，好的，包在我身上……于是它们变成了蛋包饭。

比如，你知道卡夫卡的弟弟是谁吗？奥利奥。

别人用力挤小安的牙膏，借她两块钱，她没有那么难过了。

因为她忙着听笑话呢。

作为一个北漂，钱更重要，还是尊严更重要？其实都不重要。

重要的是你跟谁在一起，重要的是跟他在一起，你快不快乐。

小安觉得很快乐。

两年后，大江和小安顺利毕业，在北京找到了工作。

望着窗外繁华都市的模样，大江和小安发誓，他们一定会在这座城市扎根，在这里找到属于他们的一席之地。

两个人租了个单间，果然找到了一席之地。

一间六十平方米不到的房子，被隔成了六个屋，他们住最小的那一间——果然是席子那么大的地方。

搬过去的第二天，大半夜的，墙在震动，他们以为地震了，吓尿了。

正准备起来跑路，结果听到啊啊哦哦的呻吟。

哦，原来不是地震。

每到冬天的时候，大江和小安加班的频率明显增加，就算领导赶他们也不走。

一开始领导以为他们太拼了，后来才知道是因为他们自己家里没暖气，零下几度的北京冬天，他们在验证着一件事，没有暖气，也能活着。

他们庆幸地说，幸好房间小，不然就更冷了。

说完，他们冻得瑟瑟发抖，抱在一起取暖。

我问他们苦吗？

他们说，严格来说，也不算苦吧。他×是特别苦。

不过北京有两千多万人，至少有一半人跟我们一样，为了留在这座大大的城市，每天把生活当成战斗，不敢松懈，不敢分神，很怕被这座城市突然踢出局。

我们都有一个北上广的梦，是竭尽所能地留下。

我们都有一种大城市的尊严，是混不好就不回去。

即使北京每天塞车到死，即使雾霾让人咳嗽和哮喘。

很多人留在北上广，是为了钱，也是为了找回尊严。

就像大江和小安。

为了赚钱，平时的大江拼了命在工作，冬天结束的时候，大江病了，住进了医院。

因为工作强度太大，加上连续的雾霾天，大江的咳嗽越来越严重，进医院检查的时候，被查出是病毒性感染的肺炎加肾炎，被赶紧拉去住了院。

小安每天照顾他，给他做饭洗衣，刮胡子洗头，连睡觉都一直趴在大江的床边。

每天家里、公司、医院三地跑，小安都没觉得累，但看着他们俩的存款数字，她难受得直不起身。

他们太穷了，穷得连一个急病都看不起。

生而为人，小安觉得很累。

有时候，大江睡着了，小安站在医院的窗口望着窗外的灯火辉煌，想着要不从窗口跳下去算了。

但看着大江熟睡的样子，小安又走了回来，把脸埋在医院的被子里无声地哭了很久。

想到自己的穷困潦倒，小安一时无措。

第二天，小安从公司下班，将要赶去医院的时候，被四十多岁的男领导留了下来。

男领导问，今晚有时间吗，一起吃个饭吧？

小安想起一个月前，领导也这么问过自己，还说要送自己一个LV的包。

他的意思，小安懂，就是他想睡自己。

一个月前小安果断拒绝了他，而这次，小安说，好啊。

领导带着小安去酒店草草地吃了晚餐，然后去宾馆开了房间，四十多岁的公司领导正靠着前台，在办理钟点房入住手续，嘴里还哼着小曲。

小安拨通了我的电话，问我，尊严重要，还是钱重要？

我沉默，不知怎么回答。

小安说，当然是钱重要。

说完，小安和领导进了宾馆房间。

领导先进了浴室洗澡，小安安静地坐在床沿上。

这时，包里的长丁猴不小心掉了下来，小安看着长丁猴，突然哭得歇斯底里。

后来听说小安的领导很生气，因为他从浴室出来后，发现房中空无一人，裤子都脱了他什么都没看到，也没看到小安从宾馆走出去的时候，害怕得全身发抖。

在尊严和钱面前，小安选择了钱。但在爱情和钱面前，小安选择了爱情。

后来我们几个朋友凑了钱给大江治病，后来他痊愈出院。

回家的路上，小安对大江说，以后赚钱不要那么拼命，我也有工作，会陪你一起扛。

但在车上，小安却接到了电话，公司领导在那头骂，你知道吗，在北京，你这位置每天有多少人在等着吗？北京最不缺的就是人，你这样的货色要多少有多少！给脸不要脸，你被炒了！打包滚蛋吧！

曾经小安的眼里，北京是天堂。而现在，小安看着北京，好像看见了地狱。

这时候，出租车完全堵在了四环上，动也不动。

小安打开车门下了车。

夜幕降临，无数车灯闪着星星点点的光芒，像是无数只失落的眼睛守望着这座大大的城市。

堵在四环上的车一直此起彼伏响着烦躁的喇叭，好一些司机探出头来互相大骂！

小安周围是嘈杂的车流，她一个人甩着包，踩着高跟鞋，走在堵车的四环上，嘴里冲这座城市大喊，×你妈！

她大骂这个浑蛋的北京。

然而她的声音被嘈杂淹没。

北京无动于衷。

小安没了工作，每天待在十平方米不到的房间里，颓废而失神。

大江心疼小安，每天对她好，照顾着她。

睡觉的时候，大江把不大的被子，往小安那边扯。

只有一碗饭的时候，大江让给小安吃。

小安心情不好，大江就搜集更多冷笑话逗她，比如，一个人的丁丁很短，后来他去学了拉丁舞。

一天夜里，大江抱住睡着的小安，轻声说，对不起，让你受苦了。以后让我照顾你，让我养你。

明明生病刚痊愈，身子还虚弱，但大江的肩膀看起来却很宽阔，他一直紧紧抱住小安，从未放手。

小安其实没睡着，此时被大江紧紧抱着，她忍不住泪崩。

大江的话，让她有了安全感，有了再次面对生活的勇气。

第二天，小安重新振作，疯了似的投简历，跑各种招聘会，焦虑得头发大把大把地掉，瘦了十几斤。

两个月后，小安终于接到了聘用电话。

小安找到了新工作。

那天，北京天晴，空气很好。

小安突然发现，北京其实不是天堂，也不是地狱，北京就是生活本身，有时候很让人失望，有时候又让人充满希望。

小安拨通了妈妈的电话，妈，我找到了新工作，工资比之前还高一千呢。等我有钱了，就把你接过来。

说完，小安望着身边的大江开心地笑了。

尊严重要，还是钱重要？我也不知道。

但我知道，即便穷会消磨人的耐心，抹杀人的尊严，爱是唯一的支撑，能够重新唤醒失措的灵魂。

在北京这么大的城市，我们失落，我们欢笑，我们痛哭，我们振作。

人生只有900个月，死也要死在有爱的地方。

如果终点是你，晚一点也没关系

希望有一个末班车，能带走你的伤心。
希望有一个人，能陪你走到终点。

没有人会喜欢末班车的，起码阿九这样认为。

因为加班，阿九总要赶末班地铁。

这天，阿九跟进了很久的项目，砸了。

晚上，拖着疲惫身躯坐上末班车，阿九失神地看向车厢里。

这是她第一次观察地铁里的人。

对面的座椅上躺着一个一身廉价西装的小哥，满身酒气弥漫开来。

旁边有个穿着艳丽的姑娘，大概是从哪个party回来，妆都晕了，一脸生无可恋。

车厢角落蹲坐着结束了一天乞讨的流浪汉，清点搪瓷杯，只有些硬币叮当作响。

这是一群没人在乎的人。

末班车就是一座城市最大的loser集散地，在这些"同伴"身上，阿九更加看清了自己的失败。

伴随着一个急刹，地铁广播里突然传来一声："哎哟，我去！"

司机本来准备发出通知的，结果不小心飙了脏话，赶紧补救，列车要在前方临时停靠，请乘客耐心等候。

乘客们反应都很冷淡，反正已经是末班车，谁也不会害怕再晚一些了。

阿九回味起司机那句不小心的粗口，不由得"扑哧"地笑了出来。坐在同排座椅另一边的男生看着阿九，也笑了出来。

阿九觉得有些尴尬，停下笑声，低下了头，男生却自然地开始跟她搭话。

男生说，你知道吗？听说坐到末班地铁会有好运气，乘客可以把他的伤心全都留在地铁里呢。

阿九说，我的伤心可能有点多呢。

男生说，没关系呀，末班地铁很空啊。

说完，两个人都笑了，列车也重新开动了。

那天，阿九觉得自己的伤心真的全都留在了地铁里。

那天之后，阿九常常在末班车上遇到那个男生，她还知道了他的名字，叫大佑。

他们在一次次的末班地铁上，成了无话不谈的伙伴。

阿九告诉大佑，自己暗恋一个叫陈朗的男生，他也会在这一站等末班车回家，坐的却是同一个站点的另一条线路，所以总是遇不到。

大佑却告诉阿九，在浦电路地铁站，明明有两条线路经过，却不能同站换乘，相比之下阿九和陈朗已经算很有缘分。

大佑还知道很多很多地铁的趣闻，常说着不着边际的话，却让阿九回家的路变成了一段奇妙的旅程。

大佑会在弯道来临之前向阿九预告，让她看着车厢里的拉环整齐划一地倒向一边，说它们好像一排醉酒的士兵，连趔趄都要保持步调一致。

有一次在地铁上，阿九接到妈妈的电话，得知家里养了多年的松狮去世了，阿九很难过。

地铁行进中，大佑突然对阿九说，你看！那是不是你的松狮？阿九顺着大佑的手指望向窗外，恍惚中，竟然看到了一只狮子。

大佑让这班地铁变成了童话世界，阿九甚至相信那只狮子就是自己家松狮，虽然后来阿九才知道，那时候列车刚好路过上海野生动物园，会看到野生动物也不奇怪。

其实生活旅程并非没有风景，只是有时候，需要有个人指给你看，才能发现同样的世界里暗藏着不一样的惊喜。

阿九开始喜欢末班车了。

当一个人率先变得快乐起来，好运气就会主动来临。

阿九负责的项目又重新启动了，而同一天的末班车站台上，阿九见到了陈朗。陈朗走近阿九，说觉得她有些眼熟，问她是不是在隔壁公司上班。

陈朗告诉阿九自己搬了家，以后都要坐这一班地铁了，说不定以后会经常遇到。

阿九也不是没有幻想过这样的情节，可是真的发生的时候，却似乎没有当时想象的那么开心。

阿九边和陈朗说笑着，边走进了末班地铁，刚好和大佑的眼神撞上。

大佑突然把右手插进口袋，用左手偷偷对阿九比了加油的手势，随后闪身走向远处的车厢。

那天之后，阿九几乎每天都会在地铁站碰到陈朗，但大佑却再也没有出现过。

阿九饶有兴致地把大佑给她讲过的趣事，一点一点地讲给陈朗听，陈朗越笑越开心，阿九却越来越难过。

当全部的趣事都已经讲完，陈朗跟阿九告白了。

阿九这才发现自己的后知后觉。

原来在和大佑一次次的末班车冒险中，自己早就和暗恋陈朗的心情道了别。

阿九简单地拒绝了陈朗，而之后，陈朗没有再坐过末班地铁。

就像过了十二点的灰姑娘，阿九的一切回到了原点，她再没有在窗外看到过狮子。

大佑的理论似乎失效了，地铁把阿九曾留下的伤心，全都还给了她。

列车转弯，看着吊环整齐地倾斜，阿九突然不自控地流起了眼泪，不知不觉，就坐到了终点站。

广播里的声音把阿九从思绪中拉回现实。

"终点站已经到了，请所有乘客带好您的随身物品下车……还有，阿九，请在站台等一下。"

是大佑的声音！

阿九哭得更凶了，她一下子起身冲上了站台。

她不知道为什么大佑会从驾驶室里走出来。其实有太多她不知道的事了。

大佑是个地铁检修工程师，每天坐着末班地铁，等待最后一拨乘客离开，再开始自己的工作。

在末班车上，他看到疲惫的阿九却轻易地被广播事故逗笑了，那笑容特别好看。

从此大佑每天都盼着听阿九讲她的烦恼，想着，要怎么逗阿九开心。

有一天，阿九终于出现了，大佑却看到她的旁边，站着陈朗。

大佑退缩了。

后来，大佑主动申请转岗，去做了地铁司机。

在车载监控中看到和陈朗有说有笑的阿九，他也觉得足够安心了。

大佑不曾缺席阿九的每一班末班车，只是换了一种方式，继续守护着她。

可是直到这一天，他看见阿九一个人在车厢里哭，他终于还是忍不住，在广播里叫住了阿九。

大佑问阿九，是在为陈朗伤心吗？

阿九摇摇头，是因为找不到你。

意外的答案让大佑感到了错愕。

那些自以为是的自知之明，他以为是一个人的成全，却成了两个人的阻碍。

大佑不允许自己再怯懦，这一次，他一定要把心意传达给阿九。

大佑说，地铁要经过一整天的运行，才能最终成为末班车。对不起，我绕了些弯路，希望还来得及成为你的末班车。阿九，做我的女朋友，好吗？

阿九终于不再哭了，对大佑说，好。

阿九和大佑结婚了。

阿九还是每天都会坐上末班车，在第一节车厢，隔着一道门，陪着大佑开完最后一班车，然后两个人一起下班，回家。

希望有一个末班车，能带走你的伤心。

希望有一个人，能陪你走到终点。

你是女汉子，我要保护你

宫崎骏说，被一个人深深地爱着，将给你力量，而深深地爱着一个人，将给你勇气。

如果世上一定有一个人嫁不出去，我觉得，她会是田大力。

田大力是南方姑娘，身高却有一米七四，笑起来很呆萌，有点像傅园慧。

我们成天调侃她不要脸，连长相都蹭热点。

田大力人如其名，力大无穷。方圆一公里之内的饮水机，全是她亲自装上的。

有一次在公车上，司机开得猛，大力扶着投币箱，车子一个急转弯，大力把整个投币箱连根拔起，全车人眼神惊恐。

还有一次，大家出去玩，一辆自行车突然撞过来，所有人都吓尿了，尖叫着散开。

大力挥手一挡，把自行车给拍飞了。

大家惊呆了，这娘们儿是有内功吗？

二十七岁，大力从没谈过恋爱。我们问她，寂寞吗？想结婚吗？

田大力摇摇头，说，老子足够man，一个顶三个男人。

就是这么一个看起来永远嫁不出去的女孩，突然就被求婚了。

那天晚上，我们几个朋友吃完饭，正在商场闲逛着，一个穿着白衬衫，瘦瘦弱弱的白嫩男生冲过来，直接单膝跪在田大力面前，掏出戒指，向她求婚。

男生态度很坚决，表情很壮烈，对大力说，你要是不答应，我就永远也不起来。

下一秒他就起来了。

是被田大力硬生生给拽起来的。

这说明，有些×，是不能装的。

后来我们问大力，这男生谁呀？挺逗的。

大力说，那个男生叫小白，他们是在网上玩漂流瓶认识的。

一开始小白在漂流瓶里面写了个问题，拉屎屁股痛，好像得了痔疮，有什么偏方可以治?

大力回他，硬拉，痛了也得拉。

一来二去，俩人就聊上了。

小白问大力，你怎么不出去玩呀？大力说，确实是该出去走走，踏踏青，爬爬山，看看海，约几个朋友喝茶聊天，玩一圈下来，你就会发现，还是在家宅着有意思。

小白笑了，说，你真逗，可我还是想去环游世界。

大力说，傻×，我就喜欢在沙发上瘫着，环游什么世界啊。

我们打趣大力说，这小男生看着挺傻白甜，你就收了，以后也没人像他这么瞎了。

大力说，别了，上网聊个天就来求婚，这多不靠谱。

再说了，小白还有个前女友叫右右，娇滴滴的，分手后一直追着小白念念不忘。

跟右右柔弱的形象一对比，大力觉得右右更需要男人。

看大力这态度，我们以为这事就这么结束了，可过了几天，右右单独把大力约了出去。

我们友情提醒大力，情敌约你，你要小心点啊……别把人家给打残了。

刚一见面，还没开始说话呢，右右的眼泪就喷了出来。

右右求大力让出小白，还要求大力打电话给小白，跟他说永远不见。大力觉得右右神经病啊，转身要走。

右右不依，一下拉住大力，大哭大闹说，你为什么要打我。

她俩完全是芒果台八点档的标准剧情，引来了一群人围观。

大力力气再大，对这种女生也没辙，只好解释说，我没打你啊，我要真打你，你早就躺医院里了。

吃瓜群众看不下去了，纷纷指责大力，太过分了吧，你还想把人家一个弱不禁风的小姑娘打进医院?

大力百口莫辩，看到小白赶来了，心想完了，前女友被我搞成这样，小白这不得心疼死?

小白上来就开始劈头盖脸地骂人。

他骂的是右右。

这是大力第一次看到小白发火。

在吃瓜群众一片"狗男女欺负弱女子"的骂声中，小白拉着田大力的手就走了。

小白对大力说，以后别再说什么"柔弱女生更需要男人保护"这种混账话了。在我心里，你最需要被保护。

Man爆了。

我们以为大力不需要爱情。

却忘了，看起来再坚强的姑娘都有脆弱的一面。

再大力的人，也会陷入爱情。

当晚，小白就把田大力带回了父母家。

三个月后，他俩结婚了。

之后才听说，其实小白父母一开始是不满意大力的。

第一次去小白父母家，父母觉得大力太粗鲁，没有右右懂事可爱；

第二次，大力全程表现得娇滴滴，结果父母又嫌弃她是外地人；

第三次，小白直接伪造了一份病历，声称自己得了癌症，强迫大力和他上演了一次病后生活。

小白躺在床上一动不动，大力又是抱着小白去厕所，又是背着他下楼逛花园。

完美上演了一次"丈夫得了癌症，走不动路，但妻子依然不离不弃"的知音体戏码。

小白父母被大力的大力给震惊了，当场拍板决定，同意婚事，同时让小白赶快住院治疗。

大力对我们说，我又不是圣人，要是小白真得了癌症，我快速闪人还来不及呢。

婚礼过后，小白跟大力拿着父母给的住院治疗费，去马尔代夫度了蜜月，玩得超high。

这两个没心没肺的贱人。

他俩刚回来，小白父母就逼问，小白病情怎样了？

为了堵住他们的嘴，小白就去医院意思意思，做个全身检查。

他准备拿到结果就告诉父母，病情得到了控制，全好了，皆大欢喜。检查结果出来，小白真出了问题。

他得了直肠癌，这也许就是他之前发漂流瓶的原因。

小白赶紧住院，开刀，化疗。

病情比想象中严重，小白本来就瘦，现在更瘦了，头发也掉得差不多了。

大力这个骗子。

她根本没有像之前说的那样快速闪人。

她辞掉了工作，每天二十四小时待在小白身边，照顾他。

我们都感慨患难见真情啊。

没想到不久之后，他们还是离婚了。

是小白提出的，他不想连累大力。

大力找到我，一杯接一杯地喝酒。

我担心她哭，因为我从没见她哭过。

然而她笑了。

她笑着说，反正老子也累够了，正好可以回家瘫着。

大力从我们的生活里消失了。

再大力的人，有时候在爱情里也是无力的。

两年后，有一次我去南方出差，一起吃饭的客户提到他有一个高中女同学，她老公得了癌症，后来癌症好了，身体却差了，走路都很吃力，女同学还是陪着环游世界。

客户看我很懵圈的样子，以为我不信，打开他的朋友圈，给我看照片。

一看照片我就哭了。

大力背着小白。

在瑞士的少女峰上，雪下得很大，他们却笑容灿烂。

是大力陪着小白，完成他的梦想。

宫崎骏说，被一个人深深地爱着，将给你力量，而深深地爱着一个人，将给你勇气。

因为被小白深深地爱着，大力有了对抗世界的力量。

因为深深地爱着小白，大力有了面对生活的勇气。

"去向世界发出我们的声音，我一个人是不敢的，有了你，我就敢。"

"我喜欢周杰伦" "我喜欢你"

我们可能会经历很多离别，但也许在下一个转角，我们又会重新遇见。
也许这不只是因为命运，而是因为我们想着对的人，找回了以前的路。

全世界最难做到的三件事，分别是：减肥、早睡以及抢周杰伦的门票。

前两样我永远都做不到，第三样我他×做到了，还一口气抢了三张。结果约好的两个闺密放老子鸽子，亏得她俩还成天说自己喜欢周杰伦，假！

我一气之下发了朋友圈，说，转两张周杰伦门票，只卖给周杰伦死忠粉。

瞬间就有几个人发消息过来。

第一个是同事小强，他说，我和我家的狗都是杰迷，我想带着它，有生之年在现场听一次周杰伦的歌。

好感人，这必须得卖给他一张啊。

第二个是我的初中同学孟洁，她成绩平平，样貌平平，我想了半天才记起她是谁。

她说，她也是杰迷。她和初恋是因为周杰伦才在一起的。

我有点好奇，她给我讲了整个故事。

我的初恋叫八顿，因为他是我们八中的牛顿，物理一直是年级第一。我跟他同学大半个学期，都没有听他讲过几句话，感觉他特别高冷。

2002年的时候，周杰伦为了宣传《范特西》上了湖南卫视《音乐不断歌友会》，我在电视机前激动不已，发现现场有个男观众比我还夸张，他举着周杰伦的海报，失控地尖叫，杰伦！我爱你！

更夸张的是，我仔细一看才发现，他就是那个高冷的八顿。

那时候，我身边喜欢周杰伦的人很少，找到同好，很惊喜。

第二天，进了教室，我就直奔八顿而去，他从书中抬起头看我。

我说，快使用双节棍。

他回，哼哼哈兮。

《双截棍》他对上了。

我唱，嗷咿吆嗷咿吆咿

他唱，嗷咿吆嗷咿吆咿嘿

《忍者》他也对上了！

这一天，在北京八中高一（2）班的教室里，两个亲人相认了，场面感天动地。

他还告诉我，那天歌友会结束的时候，他还跟周杰伦握了手。

如果我是他，我十辈子都不洗手了。

高二的时候，班上喜欢周杰伦的人越来越多，班主任忍无可忍，觉得周杰伦吊儿郎当的，话都说不清，宣布要"严打"周杰伦。

当时我气得浑身发抖，八顿却一脸平静。

这个叛徒、人渣！

我决定跟他绝交。

随后的月考中，文科一向很烂的八顿，作文居然拿了高分，班主任猛夸他，我心里更鄙视他了。

哼，认贼作父！

班主任开始念八顿的作文：迷茫的我们，就像蜗牛……小小的天，却有大大的梦想，重重的壳，其实包裹着我们轻轻的仰望。

大家骚动起来，这不是周杰伦的《蜗牛》吗？

我愣住了，转头看八顿，他朝我眨了一下眼睛。

老师犹在台上回味：化平淡为生动，化深奥为浅显，很好！很好！

八顿站起身微笑地说，谢谢您对周杰伦的肯定，这篇作文来自他的歌《蜗（gua）牛》，我推荐您也听一下。

全班鼓掌欢呼，班主任脸色铁青。

那一次，八顿的作文被改判为零分。

2003年9月12日，这个日子我会永远记得，那是周杰伦第一次来北京开演唱会。

作为学生的我们，买不起门票。八顿带着我翘课去了工体，守在演唱会门口，想到杰伦就在离我们两百多米的地方，只隔着一堵墙，我激动得都快哭了。

周围有很多和我们一样的杰迷，大家将体育场包围得严严实实，里面唱什么，我们就在外面跟着唱，从《双截棍》到《爱在西元前》再到《开不了口》，近三十首歌，我们唱到嗓子嘶哑，一首都没有落下。

演唱会结束，我仍是迷迷糊糊的，觉得刚刚就像一场梦，直到散场的观众拥出来，才知道梦醒了。

我问八顿，我还没看到周杰伦呢，这就结束了吗？你不是跟周杰伦握过手吗？那是什么感觉？

八顿还没来得及回我，不远处响起一阵尖叫，我捡到周杰伦的衣服了！

我们回头，看见有个人挥着一件黑色的T恤，我艳羡地看着。

八顿说，还没结束呢。

他猛地冲过去一把抢过那人手中的衣服，拉着我的手就跑，被抢了衣服的人在后面穷追不舍。

我们一路狂奔，好不容易才摆脱了那个人。

八顿一边喘气，一边大笑。

我骂他，你疯了吧，要是被抓住，他非得打死你。

八顿说，你不是要跟周杰伦握手吗？

他背过身，穿上周杰伦的那件黑T恤，转过来的时候，我清楚地看到黑T恤的胸口印着名牌：灯光组 李佳龙。

衣服根本不是杰伦的，居然为了一件工作人员的衣服，带着我跑了几条街，我很想打他。

八顿把手放在鼻子下面，模仿周杰伦的语气逗我，哎哟，小姐不错哦，听说你是我的歌迷，现在你可以跟我握手了。

他朝我伸出手。

我觉得很无聊、很神经……很可爱。

我越过他的手，抱住了他。

抱住他的时候，我的心越跳越快，我的嘴里突然蹦出四个字：

我喜欢你。

八顿的身体僵住。

我的身体也僵住了。

八顿不说话。

我也不说话。

一阵沉默。

我想我应该说些什么来打破尴尬了，于是我说，我想拉屎。

八顿说，其实我也想拉……不不不……我也喜欢你。

2003年9月12日，这个日子我会永远记得，那天，在充满气味的对话中，我的初恋开始了。

这么浪漫啊。

孟洁接着说，我跟他约定了要一起去看演唱会。

我说，我很想成全你们，但一张票我给了狗，现在只剩一张了。

孟洁回得很干脆，没事，一张就够了，我去。

唉，我懂，哪怕再爱男朋友，还是周杰伦更重要。

我把两张演唱会门票都寄出去以后，又接到一个电话。

是我的另外一个同事，宋与，他说他也是杰迷，他和前女友还是因为周杰伦而分手的。

喊。

我跟他同事好几年，根本没见过他有女朋友，还给我卖惨。

我没理他。

演唱会当天，我早早来到会场，想要见识一下小强家的狗，没想到却在位置上看到了宋与。

我问，你怎么在这儿？

宋与说，小强带着狗过来，才知道狗绝对不能进去，只好把票转给我了。

我坐下来，有点尴尬，只好没话找话说，你跟前女友真是因为周杰伦分手的呀？

宋与说起了他和前女友的故事。

我跟我的前女友都是杰迷，我们是高中时在一起的，她长得很可爱，一笑起来就露出两颗虎牙，我叫她跑跑，因为她唱什么歌都跑调，她还不以为意，每天都在我耳边哼周杰伦的歌。

当时，周杰伦风靡我们整个学校。每天校园广播里都有人点周杰伦的歌，校园歌手大赛一半以上的人都是唱周杰伦的歌，《三年二班》出来的时候，学校里只要是二班的，都特别得意。

周杰伦的粉丝实在太多了，跑跑跟我说，杰迷群龙无首，我们要成立歌迷会，一统江湖。

我俩都想当会长，互不相让。僵持不下的时候，她掏出了一盒还没拆封的磁带，是刚刚上市的《八度空间》。

跑跑严肃地看着我，说，我们谁能准确听出歌词，谁就是会长！

放学后，教室都空了，只剩我们两个人并肩坐在一起，一人戴着一只耳机，开始我们的听力考试。

她把"让我们半兽人的灵魂翻滚"听成了"让我们半兽人吃完了别犯困"。我把"我留着陪你，强忍着泪滴"听成了"我留着baby，强忍着lady"。我们一直打平，最后剩下了一首歌，《回到过去》，我们一个个字念出来，"想回到过去，试着抱你在怀里……"后半句，她听不出来，我听出来了，是"羞怯的脸带有一点稚气"。

但我还是输了，因为我不忍心看她输的样子。

从此，她就是会长了。

2004年，我们高三毕业，约定一起去看杰伦的演唱会。我们还花了一个暑假做了一个"八中歌迷会"的大灯牌，务必要让杰伦知道我们歌迷会的存在，结果我们攒够了钱，却没抢到票。

2005年，周杰伦出演了《头文字D》，我们一起去看了，回家的时候，跑跑硬要骑自行车载我，我还没坐稳，她大喊"来一个拓海的排水道过弯！"，然后她一个漂移，成功地把我甩出去了。

2007年，周杰伦出演了《不能说的秘密》，我们一起去看了，桂纶镁消失的时候，她哭得稀里哗啦。出来的时候，她模仿杰伦的语气，对我说："你不要消失好不好？"我本来不想理她，打了个哈欠，她拧我一把，我一秒入戏，回答："我不会消失的，以父之名发誓！"

那段日子，关于周杰伦，每天都有说不完的傻话，做不完的傻事。

我以为我们会继续说着傻话，做着傻事，这样下去。

但是，年末杰伦的新专辑《我很忙》出来，好像成了对我的预言。2008年我毕业后，进了一家游戏公司，成了一名程序员，我，每天越来越忙，完全没有时间听周杰伦的新专辑，也没有时间跟跑跑聊周杰伦。

我们就这么磕磕绊绊到了2010年，我想弥补跑跑，抢到了周杰伦演唱会的门票，两张。

跑跑很激动，翻出了我们高中时候做的"八中歌迷会"灯牌，她说，我们终于有机会用它了，以后每次演唱会都带上吧！

我一口答应。

结果演唱会那天，程序出了bug，我忙着修复，等我弄好了，赶到演唱会现场，已经散场了。

跑跑说，我们分手吧。

我想说什么，但人群却把我们冲散。

隔着人群，我看到她拿着灯牌消失在人海中。

那个"八中歌迷会"的灯牌，它有着我们的过去，本来也会有我们的未来的，但它消失了，和跑跑一起消失了。

宋与讲到这里的时候，很失落。

他说，这几年每场周杰伦的北京演唱会，他都会来。他好像是在履行着某种承诺，虽然等待这个承诺的人已经不在了。

想起了孟洁因为周杰伦而跟初恋在一起，而宋与却因为周杰伦和爱的人渐行渐远。

周杰伦见证了一些人的圆满，也见证了一些人的缺憾。

他见证的，是一代人的青春。

此时，有个声音跟我打招呼，我回头，是孟洁，她抱着一个灯牌，上面写着"八中歌迷会"。

孟洁愣住，眼睛直直地盯着我，不，是我身旁的宋与。

我转头看着宋与，他也呆呆地看着孟洁，我这才发现，他穿着一件黑色T恤，胸前赫然印着"灯光组 李佳龙"的字样。

我们可能会经历很多离别，但也许在下一个转角，我们又会重新遇见。

也许这不只是因为命运，而是因为我们想着对的人，找回了以前的路。

原来宋与是八顿，孟洁是跑跑。

他是她故事中的他。

她是他故事中的她。

他还穿着那件黑T恤，她还拿着那个灯牌。

黑T恤和灯牌，曾经像一封写着"我喜欢你"的情书，现在却记载着"我还爱着你"。

这一刻，周杰伦的《晴天》响起来。

故事的小黄花 从出生那年就飘着

童年的荡秋千随记忆一直晃到现在

Re So So Si Do Si La

So La Si Si Si Si La Si La So

吹着前奏

望着天空

我想起花瓣

试着掉落

为你翘课的那一天

花落的那一天
教室的那一间
我怎么看不见
消失的下雨天
我好想再淋一遍
……

在宋与和孟洁的凝视中，我仿佛看到了一个阳光明媚的晴天，一个老旧的空教室，一个少年和一个少女肩并肩坐在一起，共享着一副耳机，认真地听写着歌词，小黄花随着风飘进来，散落在他们发间。

少女说，我喜欢周杰伦。

少年说，我喜欢你。

少女说，我也是。

原来，三十岁的我们和青春之间，也不过一首周杰伦的距离。

我们在青春中相爱，长大后，在现实中离散。

但故事的最后，我们会重逢在阔别已久的青春。

爱你，就想为你花很多很多钱

这个世界，从来没有做不到，只有想不想，爱不爱。
所谓爱情，就是为了你，我愿意一再破例。

阿阮是我身边最穷的朋友，因为她最败家。

为了庆祝自己拿到第一笔工资，请朋友们吃大餐，账单一上来，比她的工资还多。

阿阮刷爆了信用卡，接下来一个月，蹭吃蹭喝。

阿阮痛定思痛，决定要好好存钱。

第二个月月中，她跟我借钱，说自己连买卫生巾的钱都没有了。

相信她能存钱，是我的错。

阿阮头脑灵活，工作能力上佳，一年工作下来拿了小十万的提成，胡吃海喝一顿之后，怂恿我们去澳门赌一把，反正我们在深圳，离澳门也挺近的。

那天阿阮手气好，押什么赢什么。半个晚上下来，赢了小几十万，我们跟着沾光，赚了不少，激动的我们跪在一旁直叫财神爷。

阿阮满意地点点头，说，趁着手气旺，要玩就玩个大的。

她一把将所有筹码推出去，大喊，搜哈，买大！

我们和围观群众鼓掌叫好，跟着买大。

结果盘一开，小！

我们哭了。

阿阮仰天大笑，感慨，这种人生大起大落的感觉，真痛快！

痛快你妹啊！

我们恨不能把阿阮生吞活剥了，但是一个身影冲出来，护住阿阮。

那是阿阮的男朋友火柴，火柴人如其名，瘦高瘦高的，显得头特别大，他一颗大头一副瘦身板挡在阿阮面前，杀气腾腾地看着我们，一副遇神杀神，遇佛杀佛的样子。

一点都不可怕好吗。

阿阮和火柴都是我的朋友，我从没想过他们会在一起，因为他们就是两极。

火柴是我的高中同学，他是我见过的唯一一个一周只花三十五块的人。

阿阮第一次拿工资吃垮自己后，就开始轮番到朋友家吃饭。

她一开始想，把所有请客的朋友都吃几遍，应该可以熬过一个月。

她吃了一轮，熬了十天。

她又吃了一轮，熬了十天。

厚脸皮如阿阮也有点不好意思吃第三轮了，于是在第二轮的最后一个饭友那儿，她吃了三碗米饭，做好了饿几天的准备。

结果吃完，饭友对她说，我明天做红烧肉，要不你明天还是在这儿吃？

红烧肉是阿阮最喜欢的菜。

于是阿阮在最后一个饭友那里，吃了十天的红烧肉。

是的，饭友就是火柴。

他用十天的红烧肉，收了一个女朋友。

我们感慨，这一个月火柴的伙食费，大概顶他平时三个月的。

阿阮听了，笑嘻嘻地说，那多好，因为我的存在，他才能改善伙食。

真是恬不知耻！

两个人在一起之后，火柴就搬去跟阿阮一起住了。

火柴帮阿阮收拾屋子，发现阿阮家里散落了很多硬币。

阿阮说，我最不喜欢带硬币出门了，麻烦。

火柴帮阿阮把钱收拾起来，放到一个密封的大花瓶里。

火柴说，以后我们把硬币都存到这里吧，等满了，我们就拿出来花掉。

阿阮来了兴致，问，怎么花？

火柴笑了，说，这要看到时候存了多少钱了。

我们在一旁冷眼旁观，按照阿阮的尿性，这存钱罐这辈子都不会满了。

过了两个月，我去阿阮家吃饭，在客厅看到立在角落的大花瓶，好奇地摇了摇，一惊。

手感沉甸甸的，至少装满了三分之一。

我惊讶地看着阿阮，阿阮得意地朝我笑，偷偷对我说，我每天都会把硬币投到里面去呢。

火柴这招不错，看来阿阮不会乱扔钱了。

一次我和阿阮出去吃饭，花费二百九十三，我们拿出三百块纸钞。

我随口说，剩下的就不用找了吧。

阿阮眼巴巴看着我，说，你不要吗？那零头给我可以吗？

我奇怪地看一眼阿阮，点了点头。

吃完饭，我问阿阮，前面有你最喜欢的饮料，你要喝吗？

阿阮看看价位表，说，算了吧，省一杯饮料，我又可以多存二十五块。

我下巴都要掉下来，这是阿阮吗？

她还兴致勃勃地跟我说，等把大花瓶存满，她就把里面的钱拿出来，跟火柴一起花掉。

她说，火柴太节俭了，平时肯定不愿意花钱，等零钱存满，我要给他买衣服，我要多存点钱，这样我们还能去看个电影吃个饭。

说着说着，阿阮笑了。

阿阮和火柴在一起快两年的时候，阿阮来找我，说火柴最近工作很辛苦，她想跟火柴休个小假，去旅行放松一下。

我随口问，这么奢侈，火柴不会同意的吧。

阿阮蹙眉想了一会儿，一拍脑袋，说，有了！

她兴冲冲回到家，摇了摇大花瓶，没满，还差一些。

我劝她，要不等花瓶满了，你们再休假吧？

等待才不是阿阮的做派，她又想了一个办法。

她把自己的当月工资，全部兑换成硬币，投到花瓶里面去。

花瓶终于满了。

火柴回到家，阿阮得意扬扬地告诉他，花瓶满了。

火柴错愕，这么快？

阿阮说，我们来数数里面有多少钱，看看这些钱能做什么，要是能约会，我们就去约会；要是能旅行，我们就去旅行。

火柴想了想，点头答应。

于是两人就把花瓶砸了。

花瓶一砸，两个人都呆了。

火柴看着满满一地的硬币，惊讶地问，这都是你存的？

阿阮看到硬币里，夹了很多红色方块，她捡起打开，发现都是一百元钞票，她惊讶地问，这都是你存的？

原来，自从有了这个花瓶存钱罐后，火柴除了保留每个月的生活费之外，剩下来的钱，都投进了这里。

火柴说，想到这里的钱是要跟你一起花的，我就忍不住往这里投钱。

这哪里像是存钱。

分明是在存储爱意。

而他们的爱意，都比他们想象中多，多得多。

阿阮说，他们坐在地板上，数了一夜的钱。

我羡慕地说，真好，那你们的钱一定够去旅行了吧？

阿阮和火柴对视，笑得很甜蜜。

我有种不祥的预感，问，你们笑什么？

阿阮说，够，不仅够我们约会，够我们旅行……

她举起手，手上的钻戒闪闪发亮。

阿阮说，还够我们结婚。

阿阮和火柴都是我的朋友，我从没想过他们会在一起，因为他们就是
两极。

阿阮挥金如土，火柴嗜钱如命。

阿阮怎么存也存不了钱，那是因为她不想。

如果她想为他们的未来存钱，存多少钱都不是问题。

火柴从来不乱花钱，那是因为他不想。

如果他有了想要花钱的对象，他愿意为喜欢的人一掷千金。

这个世界，从来没有做不到，只有想不想，爱不爱。

所谓爱情，就是为了你，我愿意一再破例。

图书在版编目（CIP）数据

初次爱你，请多关照 / 咪蒙等著 . —长沙：湖南文艺出版社，2017.8
ISBN 978-7-5404-8217-6

Ⅰ . ①初… Ⅱ . ①咪… Ⅲ . ①短篇小说—短篇小说—中国—当代
Ⅳ . ① I247.7

中国版本图书馆 CIP 数据核字（2017）第 164783 号

上架建议：畅销·青春文学

CHUCI AI NI, QING DUO GUANZHAO
初次爱你，请多关照

作　　者：咪　蒙　钟小钟　黄经天　李　野　张静思
　　　　　吉　跳　谭十五　杨科南　邹　蛋
出 版 人：曾赛丰
责任编辑：薛　健　刘诗哲
监　　制：毛闽峰　赵　萌　李　娜
特约策划：郑中莉　由　宾
特约编辑：张明慧
项目支持：郑安迪　黄经天　钱多多　杨科南　孙　萌
　　　　　谭智文　杨冬梅　王思扬
营销编辑：好　红　雷清清　吴　思
封面设计：WONDERLAND Book design
　　　　　仙境 QQ:344581934
版式设计：利　锐
封面插画：舒　然
内文插画：赵喻非
头像插画：猪坚强
出版发行：湖南文艺出版社
　　　　　（长沙市雨花区东二环一段 508 号　邮编：410014）
网　　址：www.hnwy.net
印　　刷：北京鹏润伟业印刷有限公司
经　　销：新华书店
开　　本：880mm × 1230mm　1/32
字　　数：283 千字
印　　张：9.75
版　　次：2017 年 8 月第 1 版
印　　次：2017 年 8 月第 1 次印刷
书　　号：ISBN 978-7-5404-8217-6
定　　价：39.80 元

质量监督电话：010-59096394
团购电话：010-59320018